远道而来

北乔 著

陕西新华出版传媒集团
太白文艺出版社·西安

图书在版编目（CIP）数据

远道而来 / 北乔著. -- 西安 : 太白文艺出版社,
2021.12
ISBN 978-7-5513-2177-8

Ⅰ. ①远… Ⅱ. ①北… Ⅲ. ①散文集－中国－当代
Ⅳ. ①I267

中国版本图书馆CIP数据核字(2021)第272174号

远道而来

YUAN DAO ER LAI

作　　者　北　乔
出 品 人　党　靖
策　　划　申亚妮
摄　　影　北　乔
责任编辑　史　婷
封面设计　杨泽江
出版发行　陕西新华出版传媒集团
　　　　　太 白 文 艺 出 版 社
经　　销　新华书店
印　　刷　西安市建明工贸有限责任公司
开　　本　787mm×1092mm　1/16
字　　数　225千字
印　　张　20.5
版　　次　2021年12月第1版
印　　次　2021年12月第1次印刷
书　　号　ISBN 978-7-5513-2177-8
定　　价　69.80元

联系电话：029-81206800
出版社地址：西安市曲江新区登高路1388号（邮编：710061）
营销中心电话：029-87277748

目录

附录

山，就在那里

序曲

山，巨大的沉默立于大地之上，如一张冷峻的脸，没有表情，成为其最醒目的表情。因为一言不发，给人的感觉总是暗色的。尽管许多山五颜六色，呼应四季，但在记忆深处，山就是夜晚端坐于白天的样子。而到了夜晚，这巨大的沉默则成为人间最密实的记忆。我们常常感叹山的高大、陡峭、高不可攀，而忽视了山的深不可测。山以静止的方式表达无尽的涌动，巨大的存在内部蕴含巨大的秘密。

冶力关是山中小镇，自然四面环山。以小镇为核心的冶力关大景区，地质遗迹众多，地貌类型极其丰富——多姿的石林、奇幻的丹霞地貌、陡峭的崖壁、幽深的峡谷……这里虽没有终年不化的雪，但一年之中，山有雪、溪有冰的时间至少有8个月。随处可遇的山泉，总让人意外。冶力关是人间，也是山的家园。以前，这些山是天然屏障，现在成了风景。山没有变，变的是山里山外的世界。山静静地注视岁月沧桑、人间轮回，或许这就是它立于天地间的意义。从爬山的那一刻起，我感觉到山的威严。我必须前倾身体，以敬畏的姿势一步一步脚踏实地。许多时候，手脚并用，身体俯得越低，速度才会越快。登山与爬山，看来是不一样的。登，只是走上山的动作本身，而爬，则多了许多敬畏。也只有爬，我们才能离山更近，身子贴着山坡，才能感觉到其实是山在托举着我们完成登高的梦想。山的善意，在这一刻显现出来。

白石山

我第一次到冶力关的那天，天气很好。那是7月的一天，绿色是大地的主色调，天空的蓝，是我们想象和期待的那种蓝。那样的蓝，我找不出合适的语言来描述。或许，妙不可言就是这意思。我走在一条绿树相抱树影曼妙的小路上，忽地抬头，远处一朵云挂在空中，下部被树梢若即若离地托着。不，我知道这根本不是云，有棱有角，如一把把利剑直刺蓝色。朝前走了走，白色的下方是绿色，噢，这是一座山。目测山的高度，凭我在高原的经验，这般高度的山顶，有积雪也是可能的。后来，我才反应过来，这就是别人介绍过的白石山。不是我故弄玄虚，我第一次看到白石山，确实就是这样的梦幻过程。后来，我与好几位第一次来冶力关的朋友聊过，问及他们第一眼看到白石山的情形，认为是云或雪的居多，当然，有一位朋友过于夸张，居然觉得那是满山遍野的羊。错觉，常常就是我们面对真实的慌张。在这慌张之下，直觉又当仁不让地蹦出来。这时候的直觉，其实是内心的某种期待，或是长年累月积攒起来的图像，有关众多记忆糅合而成的图像。

白石山，海拔4081米，在冶力关及周边是最高峰，裸露的石灰岩远观呈银白色。低处绿色浓郁，树木茂盛，虽然不高，但相当稠密。许多地方的坡很平缓，大小不一的草地和小小的水塘，是牧民放牧的宝地。最高处的几百米，基本全是无遮无拦的石头。据说，过去此山名为“露骨山”。大山露出充满力量的骨骼，这名字似乎更让山有了生命感。其实在这些白色的石头中，还是间或有小草栖身于石缝之中。离得越近，这些小草越显眼。保持足够的距离后，小草被忽略，众多的细节被忽略，就连那些石头也更加白了。也正因为如此，我在近处看山时，总会有意识地避开那些石头，而是专注于飘忽不定的云雾，看这样的轻飞曼舞，与山缠绵，与山进行着我们无法读懂的交流。要么，我就背过身，想象白石山的白色和神韵。是啊，距离过近，我们或许会看得更清楚，但也会丧失许多的美好。这与哲学无关，也非一叶障目或盲人摸象之理，而是与我们的心智有关。收回目光，甚至是封闭五官的功能，只任心灵畅游，看似阻隔了真实，但也可能是无限接近和最大还原真实的最好方式。不管怎样，我最喜欢的还是在小镇上远望白石山，我与山同在一个世界，我在人间，它在仙境。它越发纯白，我就越会想到那些翠绿的野草，那些岩缝里的阴影。我可以想到很多，但从不会把白石山只当作风景。

白石山给人一览无余的感觉，除了石头，还是石头。不像有些山，林密草深，让人难以捉摸。而白石山自然也有许多秘密。满山石头，其实是一种假象，时而陡崖峭壁。许多地方也非一整块的石头，而是许多石头相接相错而成。石头像护卫一样，挡住了后面众多的平坦之地。白石山，藏语为扎格尔杂，这也是藏族人心中的神山。在山巅以及山间多处的插箭台，站成了自己的山。所谓“插箭”，是取若干长木杆，每根木杆顶端用工具削成箭镞形状，集成一丛，立插在高地上，下端以木栅栏或石块堆起固定。木杆丛上再绕以条状玛尼经幡，挂上羊毛。这里又是百姓放牧的地方，牛羊在坡上吃草，远处是插箭台，牧民就在牛羊和插箭台之间。尘世的生活与敬畏的神性，在同一座山上，同一片天空下，更在牧民一个又一个不经意的转身里。有一次，我向一位从山上下来的牧民探问山上的情况。他说他不住在山上，家在山背后的一个村子里，山上有一片他家的牧场。山上真的没有什么，就是雨水多些，海拔高些，石头也不是全白的，有草有树，有大大小小的水塘，那水，牛羊能喝，人也能喝。要说牧场，其实也不是最好的，石头太多，经常雾太大，动不动就找不着牛羊了。他的语速不快，语气很平和，但声音很洪亮。在他的心目中，白石山不是风景，只是家园。这与一帮从平原来的登山客恰好相反，他们是专门来看白石山的，上山下山，用时7个小时。回到平地的他们，体力明显消耗过大，但情绪激昂，兴奋不已。他们说，白石山太美了，太妙了，风光无限好。这高原之上的白石山，处处有惊喜，时时有意外。因高海拔缺氧所致的呼吸急迫沉重还没有缓过来，但这不影响他们笑得很开心。我相信牧民和游客说的都是真心话，而在我的眼里，他们本就是风景的一部分。

白石山还没修建山道，这便有了别样的诱惑力，但也更考验人。无路没台阶，海拔又高，别说游客，就是当地人登顶的也很少。奇怪的是，我见山就爬的习惯，在白石山面前不灵了。三年来，我到冶力关数十次，只有一次动了爬白石山的念头。都走到山脚下了，最终还是放弃了。那天，我坐在一块石头上，看几只羊边吃草边戏耍。高处的山腰间，一头牦牛显得分外黑。在更高处白石的映衬下，这样的黑仿佛是夜晚走失的一块黑。虽然我对高海拔有不小的恐惧，但我不上山的原因其实是敬畏。我知道，这与“神山”关系不大，而与“神秘”紧密相关。我知道，山里是牛羊以及许多动物的家园，还有牧民的家。这是大自然的神秘，也是他人生活的神秘。揭开神秘的面纱，满足好奇的欲望，真不知会打扰多少的生命和静默。只是守望，便能保留未知的神秘及想象的自在。

十里睡佛

相比天空，山以极为实在的方式演绎神秘。似乎一切都触手可及，但种种的未知，就在真切的山石之中。山是从大地中长出来的，蕴有大地的隐秘和源源不断的生命力。庞大的身躯，让大地更辽阔，让天更高。没人会小看一座山，哪怕只是百十米高的山。面对一座山，我们心甘情愿地承认自己的渺小和虚弱。与山对话，拉近与山的距离，在崇拜之中寻找一份依靠和寄托，是我们的天性。

冶力关自古就是边塞要地，兵家必争之地，烽火连天。人们恐惧战争，又敬仰英雄。止杀戮，保安宁，将军是民众现实生活的保护神。把一座山看成将军，自然是与山独特的形状有关，但一定也与人们心底的渴望脱不了干系。小镇南面的一座山，就这样被人们称为将军山。方位并不重要，在小镇的许多地方，都能看到这座山，它更在人们的心头。将军山，形状确实像一位将军，尤其是当地人兴奋地指着告诉你时。这是一位仰天而躺的将军，侧面的面部轮廓确实越看越逼真，足东头西仰卧于相对高度近400米的山巅，足腿、胸腹、面目轮廓清晰，双目微闭，眉毛胡须一一可辨，面容神态安详，姿态舒展，身材魁梧，头戴盔甲，身着战袍，足蹬战靴。人们以情感为想象的动力，觉得将军之所以躺着，是因为他是为保护小镇而牺牲的。即使流尽了最后一滴血，倒在战斗的地方，也要千年万年地守护小镇。更有人说，躺着的将军在观天，透过日月星辰，遥想远方的故乡。冶力关小镇是游牧民族最好的栖息地之一，据说冶力部落就是从东北的白山黑水间迁徙过来的。其后，又有江淮之地的汉、回等民族扎根于此。无从忘怀的乡愁，让他们借将军山抒情，也是可能的。

近年来，此山又被人们唤为“十里睡佛”，并得到了“中国第一睡佛”的美誉。1994年，新华社电讯稿称其为“继乐山大佛之后的第二尊石佛。也是我国发现的三尊卧佛中最大最生动的一尊”。如此，头盔变成高冠佛帽，盔甲变成长长的僧袍，战靴变成莲花靴。战争远去，生活日渐富足安宁。从将军山到十里睡佛，人们又一次将日常生活的感受以为山命名的方式进行既含蓄又张扬的表达。在远离战争的今天，指此山为佛，也更能为游客所认同。我在想，此山似将军又似睡佛，是不是还有一种可能，即与我们内心的某种意愿有关？放下屠刀，立地成佛。从将军到佛，山还是那座山，我们的目光时常会受心念左右，面前的景象，其实是我们潜在的话语。就像我，当忆起我的从军岁月，我的眼前就是倒地但不屈的将军；当我望着幸福的人们，想起远方的亲人，将军隐去，佛在天地间。

因为到冶力关的次数比较多，我看过不同季节、天候和时辰中的睡佛。我喜欢的是晨雾中若隐若现的睡佛、被如血夕阳浸染的睡佛和比黑夜还黑的睡佛。印象最深的是某一天的深夜，我看到的睡佛。因为刚从县城高海拔之地翻山越岭到冶力关，海拔的不断变化，让我一时适应不了，头痛，胃也不舒服，睡不着，只能漫无目的地转转。在冶木河边走了一会儿，我便看到了睡佛，夜深人静时的睡佛。小镇几乎全归于黑夜了，天色微亮，似乎还有一种难以形容的蓝。黑至极致的，是睡佛。在那一刻，我认为睡佛是真正的夜晚，是无与伦比的黑夜。面对这样的黑，我感受不到沉重，居然有轻盈之感。那晚，我坐在冶木河边的长椅上，背对贯耳的水声，以我的沉默回应睡佛的沉默。在那密不透风的沉默和黑暗之中，水声消失了，我心里照进一束光。

在白天，我也有意看看睡佛。一旦注视，我便会不自觉地停下脚步，平和呼吸，默默地看很久，心里什么也没有想，如同山石一样归于静止。但有时，它在我的目光里是恍惚的。每每到这时，我会故意回避它。看来，我的生活无法真正归于平静。或者说，当我不需要平静之时，睡佛的那份不可撼动的平静，让我不寒而栗。

至于拍照，当然在最佳位置上才能拍下十里睡佛最佳的画面。但这样的画面过于俗常，出现在太多的画册、宣传品中。美，可以平常，但让美过多流连于日常之中，美的一些品质会弱化。至少我在拍照构图时，很不喜欢照着别人的画面进行复制。如若无法找到独特的视角，我是不会举起相机的。

有一次，我试图再走近它。从这一方向目测，我感觉可以找到一个好的拍摄角度。穿过一个村庄和一片不大的草地，眼前竟然是一处破败且许久没有人住的院子。院子后面有一个小小的圆拱门，外面是一条小河。河边有几棵杏子树，挂满红红的杏子。我摘一颗尝了尝，很甜。再往前，一片庄稼地连接着山脚。这是我想象中的画面，然而拍出的照片，都不如意，我全删了。我不拍了，只是默默地站着。我的身后，有几个草垛，过了小河是一片菜地，再过去就是小镇居民的房屋。当我对着某一处凝视时，这确实是一座山。那些岩石，那些树木，似乎在沉默中言说。把目光散开，一位将军就这样仰面而躺，浑身布满坚硬的线条，但感觉又是那样安详。我突然觉得，在这个位置上，我似乎与将军、与睡佛建立了某种渴望已久的联系。此时，不需要话语，彼此静默地注视，天地间是那样辽阔祥和。

莲花山

所谓物极必反，用在大山上，似乎并不奏效。山石，并不会坚硬至极后变得柔软。滴水可以穿石，那是水的持久之功，石头破碎，甚至化为粉尘，并非自我的顿悟，而只是外力所致。我们需要山的厚重和冷峻，又向往山的柔情与温暖。尽管如此，当听到人们把一座山看作莲花的模样，我还是有些诧异。虽说从空中看，棱角分明、线条刚烈的山石酷似莲花，但这样的酷似，不可能只是目光所致，一定有我们的期盼在起作用。可能在某个位置远望，这座山有几分莲花样，而我们心中的佛性更愿意这是一朵硕大无比的莲花。一座山，一朵花，还是莲花，这是人性的两个极端，也是人间冬与春的比照。这里的莲花，是清水池塘里的莲花，也是莲花宝座的莲花。

由冶力关小镇向东15公里，就有这样一座莲花山，其主峰海拔3578米，因由裸露山岩构成的主峰顶端酷似九瓣莲花而得名。想象一下，天空之下，大地之上，一朵巨大的莲花，何等壮观，何等仁厚。古代诗人赞道："西倾积石几千峰，不及莲花绝黛容。休与峨嵋争虚宠，愿投碧落作神工。"民国时期著名的河州诗人邓隆写道："莲花万朵矗云端，瘦影香风压客鞍。莫怪归途频勒马，好山只在回头看。"从山下拾级而上，时常有险要之处。眼睛享福腿受累。因为险，一路上视野很开阔，举目便可远眺。崇山峻岭尽收眼底，人在画中游的感觉，随处可遇。向当地人打听莲花山，从他们滔滔不绝的话语中总结出来就是奇峻醉美，不上去一次，枉活一生。

明朝嘉靖以前，莲花山又叫西崆峒。藏语名为白玛山。秦汉时，莲花山为洮州羌人进行原始宗教活动的场所，两晋为侯和吐谷浑进行宗教活动的地点。南北朝时，佛教及道教在莲花山盛行，藏、汉信徒就在山上开凿石径、石洞，修建寺庙。从此，莲花山寺院林立，僧众遍布。至元明清各朝代，儒释道三教并存，成为汉、藏、回、东乡、保安、撒拉等多民族共同的敬重之地。

那天，我上下莲花山用了6个多小时，算起来还是比较快的。5月初的莲花山，到了海拔3000米以上就开始有积雪了。前半程，有台阶，山比较陡，台阶又多半修在悬崖边，移步换景，美哉。常常在一个拐弯处，还会有精心修建的观景平台，放眼望去，崇山峻岭在远处犹如五彩梯田。在淡淡云雾的笼罩下，真是如梦如幻。一路上，古迹也不少，看看相关的文字介绍，打捞一些与之相关的历史知识，快哉。过了金顶，台阶和栈道正在修。有一段20多米的小路积雪过膝，右边是无处着手的石壁，左边是看着心颤的悬崖。我迈出的每一步都小心翼翼，双手紧贴雪的表面，好像是做好了准备，一旦脚下出现什么状况，手可以抓着什么似的。能抓什么？抓雪？这经不住细想。我不敢往左边看，生怕目光的重量把我拽下山崖；我不敢往右边看，生怕积雪掉下来将我砸下山崖；我也不敢直起身子，生怕风把我吹歪吹倒吹下山崖。那一刻，我真正领会了什么是小心翼翼。这一段路，只是路，没有风景，准确地说，再美的风景，我也没心思欣赏。

过了这平坦却极度危险之地，坡度一下子陡起来，更有一段坡度至少在60度。问题是，没有台阶，脚下全是光溜溜的石头，因其上有冰雪，更加滑。这时候的上山就真是爬了，“爬”这个字是多么形象多么传神。寻找能抓的石头，光溜溜的不行，不稳固的也不行。有几次，我只能抓住几根野草借点力。当时看远处有两个人也如我一样手脚并用地爬，其中还有位四五十岁的妇人，我给自己打气，人家上得了，我怕什么。说实话，要不是这样“打气”，我是坚持不下去的。不管了，先上了再说。我内心有些虚，但行动还是表现出不顾一切、勇往直前的模样。这一路上，山是沉默的，我也是沉默的，只能听到我粗重的呼吸和缠绕周身的风声。我不时觉得心中的恐惧在下一秒就会让我尖叫，在那些瞬间，心头沉甸甸的，时间在虚无中停顿。有意思的是，时隔一年后，那段留下我恐惧的路和坡全修了台阶，两边还有以铁链相连的栏杆。听到这消息后，我没有一丝高兴，反而认为多了安全则少了刻骨铭心的体验。我崇尚冒险，但我反对没有充足准备和相当能力的盲目冒险。在我看来，冒险是一种征服之举，而不是以命相搏的挑战。这是尊重自我生命使然，也是对大自然应有的敬畏。

上山容易下山难，我心里想得最多的是，这原路返回时可怎么办？登顶的欲望一直被下山的恐惧所压制，明明是在上山，心中却担心该如何下山。沿来路下山，那段陡坡，的确是绝路。这是我有生以来最为奇特的一次爬山。所幸，到了玉皇顶得知，下山是另一条路，除了刚开始有一处名为“蛇倒退”的立壁，落差有10多米，需要借助铁链倒退着下来，其他都是台阶或木栈道。在轻松下山的途中，我想起上山时的担忧，就觉得好笑。因为过于轻松，我在一处最为平实的木栈道上，一个踉跄，若不是本能地抓住了栏杆，真会摔个大跟头。

我稳了稳神，索性坐了下来。这时候，那巨大的莲花在我头顶之上，在一片云雾之中。

赤壁幽谷

无言的山，被人们赋予各种各样的想象。自然界的山石，最易被人们的想象所左右，人们偏执于要看出个形状来。世界上的那些隐秘，就这样被我们大白于天下。人是高傲自大的，但又总要与自然界建立某种近乎血缘般的关系。尤其是面对雄伟高大、桀骜不驯的山，我们总喜欢寻找某个角度重新构图，将无生命的石头看成或动物或人这样的生命体，如果能从中看出神或佛的造型，那更是狂喜不已。我们在重构一个世界，一个既有强烈现实感又充满虚幻的人神同在的世界。我们内心的这种渴望，似乎早已成为一种集体无意识，并在日常生活中乐此不疲，而在旅游中，更是无可替代的一个兴奋点。我们无法知晓第一个人是如何看出来的，但我们愿意接受他的指认，并且以越看越像的方式表达由衷的认同。三分像，七分看，而这所谓的七分看，其实一多半是受他人的提示或引导。

有了形状，还得有故事，“相传”“据说”是这些故事的常规开场白。有真有假，有虚有实，真实的故事被神化，神话、传说被理直气壮地讲述。我们不需要历史和科学常识，真伪搁置，一遍又一遍地讲述，神性从内心深处泛起。我们不关心那些被讲述的石头，也可以不相信身边生活的人和事，但愿意相信那些遥不可及、难以辨别的故事。这一刻，我们进入迷醉的状态，拒绝清醒过来。话说回来，迷醉与清醒，标准是什么，边界在哪里，如若追问起来，还真是个难题。

在冶力关，丹霞地貌有三处。一处就在冶力关镇上，山形酷似甘肃天水麦积山的形态，故称其为小麦积。小镇自知名气不够，便竭力与声名远播的麦积山攀上关系。这在我们的心理上，是常有之事。不自信自我的存在，不自信个体的价值，总是行沾亲带故之能事，借用他者的光芒。山坡上，有几块紫红色的石头看似随意散落，我总把其看成几个可爱的孩子在玩耍，红红的脸庞，煞是俏皮。距冶力关镇约4公里有一座直径20米、高达50米的峰柱，被人们称为镇关雄柱，连同依偎在旁的一个大石洞，被赋予阴阳石之名。此处原名青崖沟，后取阴阳和谐之意改名为亲昵沟，对人类的生殖崇拜既赋予诗意又不失其真。近年，人们又在阴阳石前面修了一座爱情桥。另一处就是赤壁幽谷，离小镇约5公里。听说，此名是位当地人前些年刚取的。我喜欢这名字，赤壁，既借用赤壁之战的那赤壁，又贴合此处的山石之色。在长达20公里的狭长山谷两旁，水蚀、风蚀出许多形态各异的石峰、石柱，壮观且奇妙。

赤壁幽谷的山形十分丰富，人们充分利用这样的丰富，将此建构为一个完整的世界。动物、人神、建筑，一应俱全。一块巨大的山体，仿佛一道展开的圣旨。好吧，历史随之关联，洮州地区有著名的18位龙神，明朝开国大将常遇春便是冶力关供奉的地方龙神，这道圣旨便是当年朱元璋册封常遇春为龙神时的圣旨。有一处名为伏蟒崖，高大且很长的石壁是蟒身，独立的石柱是巨蟒的头。来前，我做过功课，也曾多次听人讲述过这石壁的传神之形，以及同样精彩传神的传说。而我第一次看到这巨石，就觉得它像是一个历经煎熬、守望千年的男人的头颅。满脸的伤痕，真如刀刻斧凿；那暗红的一片，又像凝固的血痕。这不仅是岁月的磨砺，也是内心外化的切割。虽说这与其外形有密切关系，但我更多的是认为山是有生命的，有我无法洞悉的灵性。意外的是，面对它，我没有丝毫的悲凉，也感受不到它的孤独。我很羡慕它，在这深山之中，如此安静地守望千年万年，不为从尘世而来的喧嚣所心动，不会在风霜雪雨中迷失和屈服。它只有一种表情，而我能读到万般心绪。看不到它的眼神，但能感觉到它的目光。终年无语，却道尽无限的沧桑。我在仰望它，但又觉得我们并肩站在一起。

我第一次去赤壁幽谷，是秋天的一个下午。苍茫的秋色中，呈红褐色的砂砾岩写满沧桑，处处可见岁月的足迹，时光在这里变得可以触摸。石壁上的沟痕，深浅不一，粗糙与光滑掺杂其中，这是风吹水冲的结果。我看不到水的存在，就连淡淡的湿润也难寻，但我感受到风还在。此刻谷中一片静止，风应该就栖居在这些沟痕里。往后退，再往后退，这满壁的沟痕，就像我爷爷额前的皱纹，就连那颜色也如他老人家的面色。我一直没有想明白为什么有这样的感受，但每次来到这块石壁前，总会想起我的爷爷。

同样是一个秋天的下午，我只身一人走在峡谷里。抛开了所有别人为我预设的想象以及我自己曾经的想象，只把眼前的一切当作纯粹的风景。我关注脚下的路，因为我没有走人工铺设的路，而是钻小路，甚至自己开辟新路。看看地上的那些乱石和野草，更多的时候，我眺望远处，或仰观巨石，或俯瞰山谷。偶尔，空中会有不知名的鸟儿掠过，草丛里有小动物窜过，这让周围更加空旷，更加静寂。这里被无限的孤独笼罩，渺小的我以及我那自认为巨大的孤独，突然间都消失了。幽幽深深的山谷，远离人间，似乎又是最为真实的人间。

走着走着，我开始盼望能遇见人，哪怕只是一个人。在进入山谷最深处，我这样的盼望更为迫切。上了一个小陡坡，一片平坦的空地上，除了枯黄的草，还见到一人多高的一块石头。我爬上去，眼前10多米的地方，有个人牵着一匹马正向我走来。我还没看清此人是男是女，年龄多大，就跳下石头，急速走开。不，不是走开，那时，我真的是落荒而逃。天啊，怎么会这样？

尾声

每每遇见一座山，我都爱寻找奇石。所谓的奇，只是造型或纹理暗合我的某种期待。我最喜欢的是在山脚或山顶，寻找我认为的奇石。山脚泥土里的石头，是山的一部分，又从未离开大地的怀抱；山顶的石头，远离尘世，离天空更近，风是它的翅膀。这两种石头，是我的情感所需要的，可以与我的灵魂产生互动。我会小心地拿起我看中的石头，细细地看了又看，仿佛是在看镜子中的我。我不会带走，从来没有，与其相伴一会儿后，便将其归到原位。我的书房里也有一些石头，但那些都是我在河滩或平地的草丛里发现的。我固执地认为，这些石头希望到远方，感受山外的世界。它们流浪得太远，已经无家可归，我给它们一个家吧。几乎每次登山，我都会从山脚带一块石头，带它至山顶。而后，多数情况下，我在下山时会将其放到原来的地方或山脚的其他地方。有些时候，我就在山顶为其找一个我认为合适的地方。这纯粹是一种无意识的行为，至少时至今日，我也不知道我为什么要这么做。

我对山有自己的想象，但草垛和村庄，是众多山留在我心中的形象。常常是在远观时，我最爱把一座座山看成巨型的草垛，看成是我老家屋后、晒场上的草垛。一个人无聊发呆时，我会坐在草垛边。和小伙伴玩得最刺激的，就是躲进草垛里，让别人怎么也找不到。某个午后或夜晚，我会爬上草垛，以最舒适的姿势躺着，看蓝蓝的天白白的云，看闪烁如眨眼的星星。

在群山之中，尤其是像冶力关这样的地方，山是大地的主人，每当我在山之巅瞭望一座座山峰，我的眼前会是一座座村庄，就像我在异乡想象生我养我的村庄，更像那些我从未进入，只是草草张望过的村庄。

水之册页

一

来到河边，面对水，我们总会进入与日常生活不同的状态。与水对视，时间长短，心情和思绪是不一样的。站着坐着，姿势的不同，也会直接影响状态。人与水，有着某种我们能感知到但又无从详察的隐秘关联。当然，我们对世界对人类自身都了解得太少太少，岂止与水，我们与天下万物间的诸多联系，至今依然不得而知。

我不太关心一条河从何处来，归宿在哪里。眼前的河，身边的河，是整条河的一部分，但其中的水，可以是这条河的全部。我在意的是水，从眼前一闪而过，再无相遇可能的水。就像冶木河，我只认为流经小镇冶力关的这一段，才会在我与冶力关、与冶木河之间建立关系。当别人向我介绍冶木河的种种时，我在听，但心神全集中于流动不止的水上，在意与小镇日夜厮守的冶木河以及匆匆来匆匆去的水。不管它们从何处来去往何处，来到小镇，就会参与小镇的生活。而小镇以及小镇上的人们，也因为它们的到来而得到改变。可见的，不可见的；可感知的，不可感知的；可言说的，不可言说的，凡此种种的改变，就像时光一样流过。我接触的当地人似乎对小镇上的冶木河没有太多的赞誉，而对潆洄于高山深谷的那段冶木河倍感自豪。冶木河上游称黑河，因流域内沼泽泥炭发育，河水呈黑色而得名，由南北两源汇合而成，北源发源于合作市太子山东端额格夏锐，南源发源于与羊沙沟、佐盖多玛沟交界处的扎尕梁，北源西北—东南流向，南源西南—东北流向，两河汇合后与北源同向，在进入康多峡谷后由西向东流，在流入冶力关盆地后称冶木河。

冶力关人一般不会告诉你冶木河的发源地和最初流经的那些地方，而只说冶木河从峡谷中来。他们会兴致勃勃地告诉你，那些山是如何峻峭，那些峡谷是如何迷人，好像言外之意，眼前的冶木河很平常，山中的冶木河有脱俗之美。我与他们的想法恰恰相反，难道仅仅因为我是外地人，他们是当地人?

这些水或许是因为在峡谷中待得时间太长，已经耐不住静谧，也可能是来到热闹的小镇，得表现出迎合之意，水流很响，甚至可以称得上喧嚣。也许，这正是小镇的先祖们所需要的。水流声里有另一种生活，甚至是另一个世界的讲述，有过去与当下合体的复调式讲述。这样的讲述，又是一种预言。

这些年，冶木河两边越来越漂亮，带状公园中鲜花成河，木栈道木栏杆，方便了人们沿河诗意地行走。好是好，但给我下到水边制造了麻烦。桥边有一处可以到水边的台阶，极为方便，与水相接处，还有一个平台。那天，我看到一位姑娘在那里洗衣服。衣服只一件，显然是临时借冶木河救急。姑娘身着素白罩衫，浅绿长裙，起先的动作和我儿时看到的大人在河边洗衣服是一样的。后来，她用衣服和河水玩了起来，那件青色浅浅的衣服像蜻蜓点水，又如鱼儿跳跃。几乎每次在这儿，我都能看到有姑娘在这里，或撩水，或洗衣洗手，有时是两个或三个姑娘坐成一排，微笑地看着河水。涌动的冶木河与娴静的姑娘，总会让我混淆现实与梦幻。只有一次，我在这里见到一位老人坐在河边。那天，天空晴朗，小镇的广场上有一场活动刚刚散去。老人身下的小板凳，是树根做成的，幽幽发亮，看样子是有些年头了。起初，我以为他在钓鱼。他手里确实有根竹竿，但一直横放在双腿上。近些再看，原来是一根甘蔗。阳光照在他那单薄的后背上，把影子打在水里。他头戴的毡帽，遮去了大半个脸，我走到桥上，走到河对岸，也无法看到他的眼睛，最醒目的是他花白的长长的山羊胡。我也坐下来，贴着河边栏杆旁的一张桌子坐着。这里是小镇上的一处小吃点，多是当地的特色小吃。外地游客喜欢，小镇人也是这里的常客。我要了两串烤肉，地道的牦牛肉。刚吃完了一串，老人起身，把小板凳挂甘蔗上，把甘蔗扛在肩上，步履轻快地上了岸。后来，我在莲花广场围观洮州花儿的人群里，又看到了他。他还是坐在小板凳上，毡帽还是深扣在头上，只是甘蔗直立着。他昂着头，山羊胡也斜向天空，摇头晃脑，跟着唱花儿。他的声音洪亮，多半时候都盖过了其他演唱者。这与河边的他，完全不一样。

我不会从这里的台阶接近河水，规规矩矩的人工设施，少了一些意思。我找到一处没有栈道栏杆，只有水泥河堤的地方，直接跳下去。那几天，水小了些，河滩比平常要开阔些，野草很茂盛，石头很多很小，一半在岸上，一半在浅水里。至于更深的水里有没有这样的石头，我不知道。即使有，它们也是河流秘密的一部分。河滩上石头上，阳光像微波荡漾的水面，浅水里的石头，那缓缓而流的水像草丛里的阳光。相比岸上的石头，我更喜欢水里的石头。我的目光可以让水静止，这样流动的就是石头。看着石头在水中嬉戏，在水中漫步，甚至在灵动地飞翔，那样的感觉真好。这里在小镇一隅，很少有人来，此岸树高草密，彼岸有座山。每次来冶力关，但凡寻到机会，我都来这里待会儿。我觉得，我需要这样的与冶木河真正独处的时空，这也当是我与冶木河共同拥有的秘密。

二

我的家乡河道纵横，离海又不远。从小，我就喜欢水。尽管生命中的两次深刻记忆都与水有关系，一次是恐惧的，一次是悲伤的，但从没有影响我对水的亲近。小的时候，大人们会尽其所能渲染河的恐惧，说得最多的是水里有水鬼，最爱把小孩拖入水里，在耳朵嘴巴等处塞满烂泥。这会让我有短暂的害怕。只是短暂的，一转身，我又像鱼儿一样和水玩在一块儿了。“冬天爱烧水，夏天喜淘米”，这是我们家乡所有孩子的生活写照。那时候家家户户做饭烧水用的还是坑灶，冬天冷啊，坐在灶膛前，是一大美事。如果顺便能烤个山芋，那就美上加美了。夏天，争着下河洗菜淘米，勤快是假，玩水才是真。夏天的河，是乡下孩子尤其是男孩的游乐场。小的，不会走路的，不会水的，没关系，哥哥会把你放在木盆里漂，或者干脆就让你在浅水处自个儿戏耍。比谁猛子扎得深，比谁在水下潜得远，比谁从桥上跳下来姿势奇特，是乡村孩子在河里的主要娱乐形式。我们村都是沿河而居，出门十来米便是河，这为我们这些孩子逃避母亲手中的笤帚木棍提供了绝好的去处。我没有真正怕过水，即便是有小伙伴溺水而亡。但不得不说，这是我童年为数不多的最重的阴影。有关生命无常的告诫，现实在那时就给我狠狠地上了一课。18岁那年，我曾在海边独坐过24小时，无边无际的海水，都是我的忧伤。高中三年，我每天凌晨4点起床跑步，一天也没断过。从最初的纯粹为了强壮身体到后来的想考体育学院，我一直在努力。十拿九稳的事，却因体育预考时意外受伤而泡汤。年轻的我，扛不住这样的打击，冒着被父亲打骂的风险，在一个午后来到海边，一直待到第二天的午后，我多半时间是坐着的。眼前是茫茫的黄海，身后是一眼望不到头的茅草地。头天下午，我一直望着远方海天交接处，脑子里不停地浮现我受伤的过程。那晚乌云一片，没有风，没有月光。那天只是涨小潮，几乎听不到海水的声音。天地间一片安静，唯独我内心的绝望和悲凉如潮起云涌。后半夜，我一直处于半梦半醒间。阳光重新照在海面的早上，那纷至沓来的海浪，像一本书在我面前不断翻页。从遥远的地方来到我的脚边，海水没有疲倦之态，轻轻拍打岸边的泥土。而水中的泥沙，有一些随水而退，有一些就留在岸上。这些泥土，原本最初来自长江黄河，但已在海中多年，后被海水送上了岸。从大地上入江河进大海，终究又回到大地上。我似乎是悟到了某种玄机，但现在我已经想不起来了，只知道从此我不再惧怕失败和艰难。

这片黄海的滩涂，无法建港口，意味着无法从这儿远行。每当谈及我家乡的这片黄海，我总认为面对这片大海，既感一览无余，又觉得走投无路。不一定非要一路向前，转身，也会有抵达目标的可能。“伤心欲绝时，我们就返归某处河岸。”多年后，我读到波兰诗人琴斯洛·沃什的诗时，已经很久没有伤心欲绝了。

遇见一条河，我的心情会大好。如果有时间有机会，我总会走到水边，蹲下来用手拨弄拨弄水，即便不能也要尽可能地接近水边。如果时间足够充裕，我会沿着河岸走走。不为什么，这么多年一直如此。小时候，喜欢用石子打水漂，喜欢跳进水里扑腾，喜欢摸鱼抓虾。长大后，常常安静地盯着水面看，心情特别糟或特别好的时候，都要到水边坐一坐，但不会久坐。近些年，我从没在水边坐过，也没有长久伫立于水边。特别是面对深潭，我更是如此。同样是水，潭与河是不一样的。我不是害怕潭那深不可及或根本无从想象的深度，而是觉得潭像一个人的沉默。无从进入的沉默，除了远离，还能怎么样。

我觉得从儿时对水的戏耍到成年后与水的交流，再到现在对水怀有的敬畏，这样的变化，不只是因为年龄大了。这当是我们对水认识的一个过程，我们与水的关系，终究该是这三者合一。

现在，我喜欢顺着河流走一走，看水流过，看浪花溅起，看水中的倒影。我不会感叹逝者如斯夫，不会产生人不能两次踏进同一条河流的想法，也不会去想象河底的秘密。或者，什么都会想。眼前的这条河就是一个人，我目光聚焦的地方就是其脸庞。流过的水，或急或缓，或明亮或灰暗，或肥或瘦，或清或浊，是岁月，是心情，也是这条河的命运。

只要夜宿冶力关，我就会出来走走。住处紧挨冶木河，院子里有口不小的池塘，有莲花，没有青蛙。莲花是睡莲，已经入睡。水与水紧紧相拥，安安静静。我先围着池塘走一圈，轻手轻脚，不想打扰池塘的梦，因为那里可能也有我的梦。冶木河的声音，此时不大不小，恰到好处，像一位孤独的夜行人，也像是旷野上的一支横笛被和风轻吹。

来到冶木河边，又是另一种状态，似有一位热情的朋友滔滔不绝。白天，小镇上人潮涌动，人声鼎沸，水声显得并不太闹腾，但仍有喧嚣之感。而在夜深人静时，整个小镇只有冶木河哗哗作响，我反而觉得这水声很亲切，会让我安静下来。在这嘹亮的水声中，我居然可以听到自己细微的脚步声和温存的心跳。小镇的灯光多数已经隐去，就像被人们带回家一样。四周漆黑一片，冶木河显得更加地黑，是黑夜中流动的另一个黑夜。我喜欢清水，但我又喜欢河水深不见底，水面如镜。因为水急，冶木河的浪花还是依稀可见，如同梦呓，我觉得这是天空落在河面上的轻言细语。声音越响，夜晚越是安静，我内心的浮躁越是被淹没。再回住处时，我感觉自己像一滴水，安卧在树叶上的一滴水。

当我进了房间关上灯后，我又变成了一滴墨，慢慢洇开，把黑夜洇得更黑。有了这样的心境，做不做梦，我都可以睡得很好。

三

风吹草低见牛羊，在这里失真了。

草很矮，不需要风吹，牛羊都是那样醒目。这与我想象中的草原，差距太大。幸好，平坦中稍有起伏，曲线温柔，鲜花遍地。这又是我心中最美草原的样子。

只有靠得很近，才能看到有条河在草原里。这条河很窄，不需要助跑，便可轻松跃过去，更窄的地方，跨过时宛如平常的踱步。这般的宽度，在我老家只会称之为沟，多半还会加上个“小”字，小沟。我不会拿正眼瞧它，顶多是对其中的小蝌蚪感兴趣。沟渠以及许多的河，都被人工修过，即使不是纵横竖直，弯子也很少，只有在半空中，才能看出河流弯弯。到了草原，宽度无所谓，只要具备一定的长度，人们就称之为河。我没有异议，还觉得这才是河的真身。这是水随性走过的路，不执着于远方的目标，只在乎心情的漫步。

这是一条闪亮的缆绳，草原是大海，但我没有找到船。这是一条处于放松状态的缰绳，可那驰骋的马儿在哪儿？一群羊正在饮水，不断晃动的头，就像一朵朵野花。此时，野花也在水边，倒是没有羊那样排得齐整。野花与这条河一样，稍远些，就会被绿草淹没。如同我们进入草原，虽然人比草高，但依然能感觉被淹没了。这很奇怪。而我站在漫无边际的水里，从不会有被淹没之感。

草原的天，特别蓝，没有形容词和比喻，就是蓝。自由自在的野花，总会让我想起儿时我与小伙伴在田野撒欢的情形。这里没有蝴蝶，天空下鸟儿也很少，偶尔有鹰飞过。远处有只鹰，既像在天空，又好像贴着草地。黑黑的身影，总让我以为是一叶扁舟。有一处近乎圆形的水洼，很像河流的驿站。水中映着蓝天和白云，十分巧合，竟然一半是蓝天，一半是白云。站在水边的人，和蓝天白云一同倒映在水里。旁边有位坐着的中年藏族男人，头戴皮质的毡礼帽，脚穿短筒藏靴，衣服却是夹克和牛仔裤。不远处，有匹马，全身黑，黑得发亮。

马在低头吃草，人在低头看手机。见我到来，他抬起头，古铜色的脸上挂着质朴的笑意。这一片是他家的草场，养着112只羊，还有31头牦牛。说这话时，他向远处张望了一下，那里的牦牛，让我想起了扁舟，也想起了鹰。我问，这条河也是你家的？他说，河是草原的，只是从我家草场路过。我和他聊时，目光时不时扫一扫旁边的马儿。马儿不理会我，依然低头吃草，那马背上的阳光，让我着迷。如果奔跑起来，会让我醉的。每每在草原上遇见马，我总希望是在奔跑。有一次，我在草原上见过一匹白马在跑，就像草原上的一条河。我与藏族男人告别后，又沿着河走了一会儿。有一处小高地，像是从地里拱出来的小包，也就近半米高。有了这不起眼的高度，我竟可以俯瞰这高原之河。弯曲的样子，如同我的人生之路。我当年每处于拐点时，是迷茫的，痛苦的，而今想起来，倒有如这条河小弯大弯的柔和之味。这样的一条河，如果真如木匠手中笔直的墨线，就没了韵味和意味。人生似乎也是如此。没有曲折，没有泪水和痛，那些欢笑和幸福，我们可能也无法感觉到。

我还没离开草原，已看不见那条河。这不是河，这是在草原别样重生的肋骨。可是，谁会有这样的肋骨？

冶力关国家森林公园总面积达79400公顷，属湿润的高原气候，全景具有“峨眉之秀、华山之险，九寨之奇、青城之幽、香山之艳”的风光。连珠峡壁立千仞、奇峰林立、古树盘岩、虬枝倒挂，千姿百态，别有情趣。有一些地方，常年积水，最深处也能淹没我的膝盖。细细观察一番才知，这并非天空之水的聚合，而是从岩缝中流出，在这片平地上漫开，又在前方经岩缝流入地下。水里没有草，但有树和石头。如果不细看，感觉不到水在流动。入水的树干上长满青苔，而水中的石头，异常光滑。这里没有鱼，树根和石头像鱼儿一样游在水底，游在天空。大夏天，我曾光脚下水，这里的水依然很凉。似乎有鸟叫，不是清脆之声，倒像林中恍惚的阳光。这鸟叫，又好像在水里，从我的脚面流过。

这是某天的正午，水中几乎没有影子，树木的影子、我的影子，都没有。

在来高原之前，我从不认为水与意外有关。下雨，发洪水，都是有迹象的。天气预报虽然不准，如我们的心情一样不可捉摸，但也能猜个大概。在高原，特别是在山里，水常有意外之举。某个坡上，某个树根旁，某个石头缝里，就有水孩子探头探脑。它们从山里的深处而来，获知了大山不见天日的隐秘，可撞到你眼前时，却是那样天真，那样清纯。水量不多，落差也不大，不是惊心动魄的瀑布，也很少有人说这是山泉。多数这样的水，也只是露会儿脸，又重新回到山的内部。

你来做什么？我在心里这样问水。水，你有没有这样问过我？

四

冶力关的冶海在庙花山的那端有一片河滩，与我家乡海边的条子泥有诸多相似之处。平常它们都是在水底，水位下降后，才显露出来。终于可见水底的秘密，那些花纹是水写的密语，可惜我读不懂。我也不需要读懂，水的秘密，河流的秘密，只在水里，没有水的土地，或许有水留下的信息或印记，但之于水，一定是无用的，不会暴露有用的痕迹。确实也没有人在乎这些。水退去，这里成了绝好的跑马场。当地百姓牵来自家的马，供游人骑着玩，稍稍体会一下马背上的感觉。人的脚印，马的蹄印，像一枚枚图章乱糟糟地东盖一下西戳一下。上涨的水，会抹去这一切，把暂且离开的河底的秘密再度带回来。

因为无水时来过，冬天这里结冰后，参照一下岸边的树木和巨石，便可知冰面离河底两米左右。冰面上的雪，有厚有薄，有些似乎夹于冰层中，有的似一根根银针立于冰面上，这都是因为风的漫不经心。这冰面之下，许多地方与水隔开了一些距离，靠岸的一些地方，因为水的运动，冰裂开了，或如利刃，或似明镜，有些地方，更像纵横交错的微缩冰山。走至中间部分，真能感受到冰下的水在涌动。发颤的冰层下，声音隐隐。我伏下身子，耳朵紧贴冰面，声音清晰了许多。那声音不像风声，也不像水声，就像一头兽在吼叫。低沉的声音，时而如掠过荒原，时而如在山中回响，还有的时候就像从深渊中慢慢爬上来的。我听不出这是什么兽，但仿佛有远古之兽的感觉，悠远，沧桑，不怒自威。冬天，这里没有游客，没有牧民，只有我一人。那天，我是一人前往的。那一刻，我浑身的汗毛竖得直直的，就如同冰面上戳着的那些冰针一样。不是恐惧所致，我确定，我没有一丝半缕的恐惧。我只是被这样的声音震撼。四周一片宁静，这当是冶海之水本真的声音。不管我信不信神，那一刻，我体味到了神性。

冶海的另一头，也就是从池沟村上来的那一端，到了冬天有古洮州八景之一的冶海冰图。冰层厚得足可以走汽车，因为风的缘故，冰面上从不会积雪。立于冰面上，仿佛身临水晶迷宫或珍宝展馆，有撒满苍穹的繁星，有射向宇宙的光束，有玉盘托宝、华灯点缀、菱花镜、珍珠塔、夜光杯……据专家考察，这是冶海特殊的水质和气候所致，是湖面在冬日结冰过程中，不断上冒的气泡留存冰下，随着冰层加厚，积存的气泡便被层层叠叠封冻于冰中，故而形成千形万状的冰图。清末临潭诗人陈钟秀写诗赞颂："茫茫冶海水平堤，万状冰图入眼迷。知是龙宫多妙手，故教呈出待人题。"另一位清代诗人苏履吉则写道："冶海呈奇异，寒流结素冰。虚心生万象，皓质起千层。壁射灵光耀，人惊爽气澄。瑶池常献彩，此景最宜称。"专家的考察，运用的是我们现有的科学知识，诗人则以神话为想象的基础，将冶海冰图从仙界送到了人间。冰是睡着的水，那么这些冰图该是水的纷繁之梦。那天，我在冰面上小心翼翼地走着，并不是担心冰会裂，而是不愿意打扰水的梦。逆光而行时，冰图更加梦幻。随着我的移动，阳光下的冰图似乎活了，一如灵动的水。而当我折身往回走时，我的影子从冰面上拖过，冰图又好像在白天与夜晚间穿梭。我在很多地方的冰面上走过，但脚下的冰只是冰。在冶海冰面上走的那几次，我都觉得我是走在水面，走在水的梦境里。

我会在冬天里走进峡谷，再次拜访那些溪流。不，应该是走进睡梦中的水。这里说的冬天，是按中原的季节标准。在高原深山里，树木还处于深秋的状态。或者，它们还顽强地幻想着在秋风里。漫山遍野都是五彩之色，色之鲜艳，夸张至极。尤其是那红桦，树皮薄如纸，不断开裂，迎着阳光，好像一片片火焰。无论有没有风，这火焰都在燃烧，在跳跃，在舞动。我选的这个位置很好，红桦在前头，脚下是石头以及与石头相似的冰。石头还是石头，水，已经结冰了，模仿石头的坚固。石上有冰，冰中有石，从形状和颜色，很难分辨哪些是石头哪些是冰。有关溪流的秘密，已经被封存，只留下了水的脚步。那些不断缠绕的线条，是水流的凝固，又似乎是重现了这条溪流的筋骨。

有的地方，温泉涌出，水未结冰。顺流而下的水，无须太久，走着走着就睡着了，睡成了冰。有一处地方名为喜泉。水从谷底之上五六米处流出，不紧不慢。就是这样的不紧不慢，到了冬天，喜泉依然结冰了，水还在半空就被止住了脚步。不断地结冰，泉水又不断，只觉得这冰瀑布时时刻刻都在生长。我喜欢凑在跟前，看泉水的脚步由快渐慢，直至完全停下。每当看到水成为冰，我的内心都很矛盾。我想把这新结的冰掰开丢进那一直流动的水里，帮它完成自己的梦想。可我又担心自己做错了，成为冰，来年再远行，也许才是这些水真正的梦想。

五

因为处于不同的地方，水给我的感受完全不一样。

家乡的水，是村庄的一部分。因为形状、大小不同，仿佛就是村子里的孩子、老人。而乡亲们，又是站起来的河。这些年，我老家门前的那条河，水少了，浑了。两岸的芦苇和杂草像稀疏的头发，又如残缺的牙齿。我说，这条河老了。村庄也老了，虽然各家各户都盖起了楼房。新房子，新修的路，面貌焕然一新，可我还是感觉这村子已经老了。

在异乡，水是风景。我可以把所有的修辞都送给这些水。它们成为风景，又讲述风景。风景中都会有水，只不过戈壁大漠上，游荡的是对水的渴望。

冶力关的水，如故乡的水。这里的人们，也是我的父老乡亲。冶力关是4A级风景区，水或朴实，或奇幻，或不可描述，水是风景的灵魂，也有作为风景的所有美好。

可更多的时候，我觉得冶力关的水，就是水本身。

有意思的是，我在冶力关的水里从未见过鱼，甚至其他任何生物都未曾见过。这能说明什么？我不知道，我只是说出了我遇到的真实。

消失与耸现

一

我站在一棵树前。这是深秋的一个下午。

西部的临潭，高原之上的临潭，冬天其实已经来临。大大小小的雪，已经下过几场。树以坚韧和执着，努力不迈入冬的门槛。阳光从深邃的绿色中倾泻而下，仿佛要珍惜与树叶话别的分分秒秒。枝头的叶子，显得有些沉重。这里有生命的记忆，也有时光的重量。一片叶子，经受过雨水的浸润，阳光的温暖，风的拥抱，还有时光的洗礼。它从时光深处而来，感受时光的力量，最终将回到时光的深处。叶子，是时光河流中的一条船，载着我们的生活，驶向我们无法预知的码头。叶子是一片羽毛，离开枝头，做最后的飞翔，在大地上腐烂、消失，走向另一种存在。只是，不知道来年的新叶，有没有带着旧叶的记忆。

时间是连续的、完整的，只是被我们碾碎了。钟表的指针，在向我们展示时光脚步的同时，也在切割时光。那秒针、分针与时针，在嘀嗒声中，一次又一次用剪刀剪断时间。我们无法留住时光，而逝去的时光，又好像从没有消失。更何况，消失，本就是另一种存在。时光的无形之手推着万物向前走，然后它隐藏在风中、河流里，在我们额上刻下皱纹。记忆中沾满时光的碎片，一片落叶，一株芦苇，一声叹息里，都有时光的印迹。即使在黑暗中，时光依然闪烁着光芒。我们把时光之镜打翻在地，无数的碎片，含着太阳的光泽，潜入大地。某一天，时光又将我们打回原形。

时光无处不在。无形的时光，总是借助有形的物体现身。事实上，我们在想念虚幻的同时，也总是以具象的事物留住时光的痕迹。虚幻与具象，在不经意间合为一体。一封信，熟悉的文字早已与时光融在一起。那些文字以外的想象，站在文字之上，鲜活而清晰。其实这些文字只是时光的守门人，在文字的背后，在那些空白处，我们的记忆像庄稼一样茂盛。

时光的步伐是恒定的，一如它的永恒。川流不息的人潮中，时光似乎也是急匆匆的。一条坚硬的水泥路，仿佛凝固了时光；当人潮流动在水泥路上时，时光一下子提速了。如果我们的心情是悲伤的、失意的，完全可以让眼前的景象静止。那一刻，时光已经不在。快或慢，是我们心境一厢情愿的扭曲。我们的感觉，很难与时光精确同步。

我喜欢与一堵墙对视。墙，静默的墙，在无尽的沉默里，似乎又包含了所有。在墙面前，我们可以率性地拿捏时光，铺陈有关时光的一切追忆和想象。控制欲，历来是人类的重要力量之一。立与破，都有控制欲的参与。沉默，有时是最好的交流。我与墙就是这样的。尤其是土墙，我总觉得是有生命的。墙，当是站立起来的大地，或者是大地向上伸展的臂膀。在临潭境内，有许多这样的土墙，没有砖石等墙基，就像是从大地里直接长出来的。我站着，大地站着，但我终究拼不过它。当然，它终将拼不过岁月。它可以成年累月地站着，而我需要行走，需要追逐。它的一切，都在静止中。这样的静止，只是我的感觉。其实，土墙是将所有的动态都聚焦在这静止里，动的世界都在它静的胸膛里。或许，世界的真相就隐藏在静止的状态里。

处于边塞的临潭，有众多的古城、堡子和寨子，均筑土墙防卫。其他的建筑，都随岁月而逝，只有土墙依然屹立。民房的土墙，只是土墙；为城而修的土墙，就会被称作土城墙。这样的命名，让土墙的使命有所不同。这些土城墙，大都以站立的方式守护家园。尤其是在古战、长川、流顺、羊永和新城等地，随处可见土城墙。有许多土城墙保存得还相当好，历经千百年的沧桑，容颜已老，但挺立的姿势，依旧令人敬畏。虽然还挺立着，但我总觉得这些或长或短，或高或低，或壮或瘦的土城墙，虽在人们的视线里，却又在人们的生活之外。

土城墙，是极简的建筑，又是所有建筑中最坚挺的。其他建筑都化为乌有，只有墙还在，虽然已是残垣断壁。它高傲，苍凉，把辽阔站成了向上的沉默，把力量压进了沉默之中。作为防卫的土城墙，无论战斗如何惨烈，它都不急不躁，无所畏惧。鲜血、呐喊、仇恨，都将成为它悠远的记忆。

土城墙，经历了一切，听到尘世的所有话语，看到了快乐与悲伤，历史从它身边走过。它沉默着，挺立着。它是时光的具象，是以静止的方式涌动的河流。

二

我倚着一堵矮墙，平复一路爬上来的急喘。

在海拔近3000米的高原上，沿着杂草丛生的小路登上这不足百米高的地方，多少有些吃力。以往走在曲折的小路上，只要时间宽裕，我总会缓慢而行，让双脚踩出诗意。这一次不同，再有情调的小路，我也不在意，我的目标在最高处的平台上。过程是迷人的，如果对目的地怀有强烈的渴望，路上的时光，就会被压缩再压缩，沿路的风景都将视而不见。我像战士抢占山头一样，急切地行走。

这个叫牛头城的地方，位于临潭县古战乡的龙首山上。此前，我数次经过。远远望去，这里的景色配得上“壮观”二字。秋季时，群山苍茫，几个形态各异的土堆格外醒目。我总把它们看成巨大的草垛，浑身金黄，堆起庄稼人一年的期盼。这样的草垛，总是给人以踏实、充盈之感，丝毫没有咄咄逼人之势。而在春夏之时，它们就换上一身绿衣，仿佛巨型庄稼。无论什么时候，它们都像海中的小岛，也像大河边的码头。

我曾多次与牛头城在书籍中相遇。西晋永嘉七年（313），吐谷浑（北方少数民族之一的鲜卑族慕容氏族吐谷浑部落）占据洮州今旧城、古战等地。北魏孝文帝元宏太和十五年（491），吐谷浑在洮州修筑了牛头城和洮阳城等。

听闻从高处看，因城郭为倒梯形，前低后高、上宽下窄、形如牛头，故称为牛头城。只是我难寻一高处俯瞰。当然，我也不愿意居高临下看待它，这多少有些藐视之嫌。我喜欢走近它。

总算得一闲空，天气也不错。我从远处走近它，也是从当下走近遥远的过去。近与远，总是这样令人难以捉摸。历史看似离我们很远，但其实一直在我们身体里。当下，离我们很近，可我们总觉得一片虚空。我脚下的这片土地，离我如此之近，可它从远古走来，沧桑的面容里，有着青铜般的呼吸。土地已经被无数次翻动过，收割机的履带书写出这个秋季收获的痕迹。我身后的这堵墙，被时光一寸寸地侵蚀。而这侵蚀，又让它现出最初的模样。都说时光催人老，世间万物以及人，总会在苍老中逝去，或随风而尽，或被大地埋葬。可时光没有让这墙老去，而是帮它回到了当年。时光洗去一层层新土，露出旧的容颜。这些重见天日的土，从我们无法想象的往昔走来，依然带着那时的日月星辰之光，依然带着那时大地的呼吸。与临潭境内众多的城堡不一样，牛头城不属于军事防御工事，只是衙署驻所和军营。百姓们在城外放牧、生活。牛头城，既有农耕文化的喻义，又是一种权力的象征。城墙，自然也显示出一种威严。在构建时，以夹棍起到钢筋一样的作用。这样的方式，省事，但夹棍腐烂后，城墙的坚固性会大打折扣。临潭境内数百座大小不一的城堡，似乎只有牛头城采用这样的夯土建筑方式。现在，城墙上的这些洞，就像一只只眼睛，深邃而神秘。我凑近一个洞口，什么也看不见，但隐约听到声音。这声音细若游丝，模糊听不清。我无法用词语来表述，但我感觉到幽深的奇妙与隐隐的恐惧。这简直就是可以真切触摸的岁月黑洞。

我坚信土墙是有生命的，一种超越我们想象的生命形式。残存的土城墙，是的，牛头城的土城墙，只能用“残存”二字。一路风雨，衣衫褴褛，把千年的时光披在身上。一只巨大的牛头，现在只剩下一具枯骨。残缺，是一种美。然而，这些破败的土城墙，与其说是残缺，还不如说是衰老，像一位老人，头发全秃，眉毛稀落，牙齿尽脱。衰老，并非残缺，而是肉身沦陷在岁月里。

土墙参与权力显贵的建构，并成为权力的一部分。它在守护和张扬权力的同时，又享受着权力最为威严的外在。而今，土墙威严的权力已被岁月湮灭，回到了本真。孤独的土墙，真的成了枯骨肋条，倔强在历史的大路小道上。

我走过第一道残墙，用目光与它交流，想象它曾经的傲然，体味它当下的失落。这个下午，天如大海一般湛蓝，零星的白云，仿佛无家可归的孩子，又好似在茫然之中飘浮的土墙。

土墙在伤感。而曾经被它团团围住的土地上的那些砖瓦石块早和权力一同溃败。现在，这些土地重见阳光，自然地倾听庄稼生长的秘密。牛头城，已经不是一座城，而是青稞的家园。曾经的禁地，此时，普通的农民可以自由进出，就如同进出自家房前屋后的菜地。

一位老农正在捡拾青稞穗，找寻遗漏下的收获。他一身灰色的衣服，一顶用麦秸编成的金黄色的草帽，手里提着一个灰白色的袋子。他的目光在青稞茬间扫描，全然不顾不远处的土墙。我相信，土墙一直站在他的心里。那些远古的传说，总在伴随生命行走。再往前看，一截土墙边，有匹马，一身棕色，仿佛也是一道墙。显然，这匹马是老农的。这匹马的祖先，一定在此征战过，只是不知道，这匹马的记忆里有没有那战鼓般的马蹄声，以及冲锋的身影。是的，这匹马与土墙一样，站立的只是某种精神，或者虚幻的往事。现在的马回到了日常生活中，虽然无须再为人类追逐欲望而呼啸疾驰，但仍然没有获得原本属于它们的自由。土墙，成为多余者，这反而让它少了许多束缚。人们对它视而不见，听任其走向破碎。土墙因为失去人们期待的作用，才有它的自在。因为失去，现在，土墙更为珍贵。

来年，这片土地上，青稞又会泛绿，土墙会更加苍老。以前，土墙目睹一批批人站起来，倒下去；而今，它注视着青稞的生生不息。看来，土墙注定了如此的命运。我的到来，是我生命的一次意外。之于土墙，总是遇见这样的意外。它在这里，似乎就是为了见证无数的意外。只是，没人可以知道它内心的那些秘密。这些秘密来自大地，也终究会回归大地。

在漫长的时光面前，我们每个人也只是一截从土里站起来的土墙，有过一段与土墙类似的经历。最后，与土墙一样倒下，倒进那来处之所。唯一不同的是，我们一生在奔跑，而土墙经年静静地站立。

不，谁能说土墙静而不动？或许，真正一步未动的是我们，土墙一直在行走。只是，在我们的视线之外，在我们的理解之外。毕竟，我们对世界的认识少之又少。世界巨大的部分，在我们的目光和意识之外。

太阳西斜，土墙、老人落在地面上的影子，就像是长出来的一样。在夜晚的宁静来临之前，另一种宁静铺满天空大地。不需要用心感受，试图让目光穿透黑暗，感受这清晰可见的宁静。如果没有惆怅，这样的宁静，是再好不过的安详。万物的悄无声息，是彼此互相约定的肃穆。一切就在眼前，一切又在我们视力无从抵达的地方。这一刻，我读到了哲学的奥义，人生的所有情绪都在无声地诉说。

我上前与老农聊了起来。老人见我稍许有些拘谨，知晓我是外地人，顿时轻松了很多。老农对牛头城确实很熟悉，似乎每一个遗迹的前世今生都是他亲身经历过的。他说话的时候，习惯性地晃晃手里的袋子，时不时还从袋里摸出一束青稞穗，瞧一瞧，摆弄摆弄。我递上一支烟，他客气地回绝了。他说：以前烟抽得凶着呢，这两年不行了，抽一口都喘不过气。这人哪，年轻时什么都不放在眼里，现在连根烟也敌不过了。说这话时，他反而笑了起来。夕阳淡红的光在他脸上的皱纹间跳跃。我们正好站在一座高高的土丘下，站在一个巨大的阴影之中。这土堆，是以前牛头城的一座烽燧。老农说以前爬上去过，站在顶上，还真觉得有些霸气。

我感兴趣的是在老农的人生中，牛头城给他留下的最深印象是什么。他抬头看了看远处的土墙，又抬头看看烽燧，脸色忽然青春了许多，目光也纯净了不少。他说：最有意思的是小时候来这儿玩。这是我没有想到的。那些血雨腥风的往事，这座城的前世今生，他居然不怎么看重。他小的时候，这城比现在完整，也没有种庄稼。因为离村庄有些距离，所以在高处，能看到村庄里的情形。有土墙围着，既可以躲避父母的看管，又能随时观察到城外和村庄的情况，在里面挥洒童年的疯野，这的确是绝佳之地。

老人说：这人老了，就没意思了，这牛头城也是这样的。有意思的，都留在过去了。

三

墙造城，城又为墙壮气势。

洮州卫城在西部地区有着独特的地位，而在临潭，洮州卫城的土城墙，最为壮观，在人们心中的位置最重。

洮州卫城位于甘肃临潭县城东35公里的新城镇新城村，俗称新城，与旧城（旧洮堡址）相对。据史料记载，新城最早建于北魏太和五年（481），是吐谷浑十一世十四传王符连筹所建，最早命名为洪和城。到了唐代，新城是有名的“唐蕃古道”的古镇，文成公主入藏走的就是这条道。唐时，新城繁荣一时，经五代至北宋有所衰落，多为吐蕃控制。明朝初年，皇帝朱元璋出于巩固边防的考虑，命军队死守洮城。在明洪武十二年（1379），由西平侯沐英、曹国公李文忠在此基础上加固扩筑了该城，人们又称此城为洮州卫城。洮州卫城坐北面南，依山而建，平面呈不规则长方形，全城跨山连川，因形就势而筑，巍然屹立，气势雄伟。城周实测为5430米（原载九里），垣墙高9米以上，总占地面积2.98平方公里。东西南北设四座瓮城，并有敌楼。城内外墩台相望，形成军事信息传递报警系统。明中叶后，在海眼池南筑垣墙和水西门瓮城，成为甘南现存最大的一座古城。

高高的土城墙还在，而城内已多为现代建筑，属于日新月异的小城镇。散落其间的一些古迹，更像在历史中走失的身影，苍老且倔强。倒是土城墙依然葆有足够的尊严，高傲地面对当下的风花雪月。

当年，沐英率军平蕃后，本想重回江淮，但朱元璋亲下诏谕说："洮州，西番门户，筑城戍守，扼其咽喉。"根据这个诏谕，受李文忠委派的金朝兴在当地藏族头目南秀节的大力协助下，在原洪和城的基础上扩建、增高，修筑了洮州卫城。李文忠等留守，遂将江淮一带军士留在当地开荒种田，战时为兵，平时三分守城，七分屯田，后陆续将屯军家属迁来定居，成为当地的永久居民。

看城墙的规模，可以想见，从江淮而来的军士参与了筑墙修城的浩大工程。从有关史料中能判断出，在这个时段，军士的家眷尚未迁来。也就是说，军士们还对返回故乡抱着一丝希望。如果真是这样，洮州卫城的土城墙与众多的城墙相比，就有了更多的故事，有更为复杂的情感夯进了泥土中。

结束了朝廷征战的使命，将士们自然想着凯旋故里。即使在修城时，他们也怀有思乡的心情。众多的筑墙修城的民工或军士的心态大不同。军士修好长城，本是为自己的防守使命助一臂之力。而从江淮而来的这些军士抬运一筐筐土，眼看着城墙一天天增高，心情却很复杂。这城早日修好，自己可能早日回家，又担心修好了，反而让自己留下，从此远在他乡。真不知道这些土墙里夯进了多少乡愁与忧思，那些勇猛军士的目光在风中是何等的迷茫。

我当过20多年的兵，天南海北待过好几个地方，临潭，是我平生到达的心理距离最遥远的地方。我想，我可以体味当年军士们的心情。那些从大地上刚挖出的土，松软异常，依然带着大地特有的体温。军士们的心恍惚中有些绵软，神情如新土一样茫然。就这样柔软的心愣是把同样柔软的新土夯得密实坚硬，那些无法言说的心念都砸进了墙里。

而今，军士们躯体早已不在，可夹杂着乡愁的土城墙一直走到今天。远远望去，沿山脊蜿蜒的土城墙，仿佛一条忧伤的小道。那最高处的烽燧，现出孤独的模样。我总是不由自主地把它看成一位军士，一位立于山顶眺望家乡的军士。事实上，当我登上某个高处，任由思绪飞扬时，我也会想念家乡。这烽燧便不再是单纯的烽燧，军士们掌心的温度、目光里的期盼，以及那夹杂着惆怅的呼吸，都在其中。军士们倒在岁月里，可乡愁永远长留在这高高的烽燧里。如今，土城墙只剩下了文物价值和观赏价值，成为回望历史的通道。面对这墙，屏住呼吸，便能听到远古的声音，某种情感在心中泛起。天空阴沉时，这片土地会很悲壮；晚霞满天时，这片土地会很沉重。

在高原上，但凡阳光不错时，就特别温暖。当然到了盛夏，阳光真如刀。明亮的阳光照在土墙上，墙面像一条优雅流动的河，那些原来深黄色的土，此时变得浅黄。

天气很好。在离街口最近的城墙下，两位中年妇女坐在那儿，享受着阳光，彼此间有一句没一句地说着话。她们头顶双折对角花头巾，戴银饰镂花压鬓，发髻插满银泡，耳戴叮当作响的银饰坠子；着浅蓝色齐膝长衫，下穿洒花裤子并绑裤脚缠腿带，脚蹬花色艳丽的绣花鞋。我从江淮来，可看到这样的装扮，依旧好奇，依旧惊奇。在我的家乡，就是戏台上，现在也很难看到这样的古风。后来我才知道，这样的服饰在临潭很常见，在街头、在村庄，在百姓的日常生活中。

她们身披江淮风，思乡之情流在血液里，一代又一代，从未被岁月稀释。

四

远看洮州卫城的土城墙，壮阔雄伟，豪迈之感油然而生。而要走到墙根下，却不是一件容易的事。土城墙多半建在山脊之上，虽不是很高的山，坡度还是不小的。如此一来，借助山势，土城墙的抵御能力大大增强。我站在坡上，俯着身子从低处向上仰望，顿感极度压抑。

但凡是墙，就会切割空间。土墙也不例外。一堵墙，就能把世界划分。一墙之隔，虽拥有同一个天空，而生活却大不一样。我们说一个人像一堵墙，如果不是说他胖，那么就是指他的冷漠与强硬。人们无法用规则管理世界时，墙成为最好的手段。在任何地方竖起一堵墙，就是在宣告“不可逾越”。不管如何来装饰、美化，墙的铁面无私，不会受到任何的损伤。门，只是作为墙的通融功能存在。不要说与墙对抗，就是在墙上来回摇摆，也是令人唾弃的。

洮州卫城高高的土城墙，在军事上是极好的防御工事。对普通百姓而言，这是一座皇城。四座主城门与远在江南的南京皇城门名称完全相同。东门为武定门，南门为迎薰门，西门为怀远门，北门为仁和门。城门上的砖块接近于土墙的颜色，远处看，浑然一体的土色，与大地一样令人敬畏。更大的敬畏来自内心。当地百姓，尤其是城里的百姓自豪地认为，这是皇上御赐的城，这是缩小版的皇城。当年在此落地生活的军士和家眷，被这土城墙划出了等级，区别了尊卑。军士亲手垒起的墙，在抵挡来犯之敌时，是亲密战友。进入日常生活，墙是城内军士的护身符，是城外军士的敌人。真不知道，那些住在城外低人一等的军士，走上城墙巡逻、杀敌时，是什么样的心情？

军士们筑墙时，没料到自己会从此远离故土成为异乡客，更想不到渗透着自己汗水和体温的土城墙，竟然如此冷漠无情。我们常说，人最大的敌人是自己。这只是在说，自己是最容易被忽视的敌人，也是最难战胜的。然而，自己倾心尽力培养敌人，才是人生最大的悲哀。如果细细历数，或者检视走过的路，恩将仇报的人和事，不会少的，自然是一把一把的辛酸泪。这其中，墙其实只是一个不起眼的小角色。

几百年下来，人们已经完全接受了土墙毫不留情的分隔。时间，可以改变一切，同样也能固化人的思维与情感。土墙沉默地横在人们的生活中，没有任何的攻击性。非主动的攻击，有时恰恰具有最强的攻击力。这时候的土墙，是规则的象征，已经牢牢立于心中。以惯性、禁忌或制度构建的墙，再矮小，也是巨人。想要推倒这样的墙，绝非易事。人们绕着墙，在墙根下徘徊，身后留下一串串习以为常的足迹。人与墙都沉默着。墙在沉默中坚守，人在沉默中顺从。时光，在默默注视这一切。

如今的城，不再需要城墙，取而代之的是路，一环又一环的路显示城的不断扩张。看似没有了防守之墙，其实许多时候隐形的拒绝远比城墙更坚固，更冷酷。再牢固的墙，都可以被推倒，而心念筑起的墙，匿强悍于无形之中。

那天，我沿着土城墙走了一遍。我从东门出发，走出城，到了南门时，进了城；过西门，再出城；最后由北门进城，沿着城墙回到东门。一路上，我试图观察城外和城内的土墙面有什么不同。

这天下午的天气，是高原上最常见的天气。天很蓝很蓝，云很低很低。到底是土筑的墙，野草在墙根和墙顶等处时不时就安了家。现在，枯黄的野草与土城墙几乎一色，都在默默怀想逝去的岁月。天空如梦境，大地呈现最真实的生活。一个人，头颅最接近天空，双脚与大地长相厮守，便将奇幻与世俗集于一身。而当我沿着墙根走了许久后，发现天地间只有城墙在行走，其他的一切，包括我，都莫名地消失。试图寻找秘密的我，竟然成为秘密的一部分。一个孩子迎面走来，我与他之间隔着很多只羊。我没工夫打量这放羊归来的孩子到底赶了多少只羊，因为这孩子和羊映在土城墙上的影子，吸引了我。影子可有自己的生命？这影子如同流动的河水，似乎隐藏了太多的秘密。土城墙成为人间的幕布，以最为简洁的方式上演和记录生命的悲欢离合。一切都在墙的这一边。此时的墙，看似把一个世界隔成两个世界，其实它拥有着世界的全部。墙，在我们的世界里蛮横，而我们终究无法走进墙的世界。

我见到两位已有八旬的老人。他们从小学到高中，都是同学，是真正的发小。城里的比城外的小一岁，但城里的气场明显强些。

言语间，城里的处处高高在上，城外的也心甘情愿，没有丝毫的不服。

这是三四月间的一天，在临潭，还是冬季。昨夜刚下过雪，窗外不远处的土城墙顶部盖着厚厚的雪，墙根处也堆着厚厚的雪，这墙好像在两朵云之间。更远的地方，碧蓝如洗的天空容纳了世界的所有沉默。住在城里的人，看不到城外的乡村。整个世界，除了他们，就是群山与天空。城本建在高处，无论是现实或想象中，城里人都有居高临下之势。这让我想起两位老人刚进门时的情形。当时，我坐在面对着门的三人沙发的右端。先进门的老人，个儿挺高，依然很壮实，他径直走到我右边的单人沙发坐下，没有任何犹豫，似乎这沙发就是专为他准备的。或许在进门的一瞬间，他已锁定了入座的位置。坐下后，他掏出烟递给我一支，就如同遇见老熟人一般。紧随其后的老人，个子小，清瘦，在门口就左顾右盼，进门后，低垂的眼睛仔细把屋内打量了一遍，然后才在我左边较远的地方站着。我还没来得及打招呼，先进门的那老人就亮开嗓门：坐，你坐下嘛！而后，基本上都是先进门的老人侃侃而谈。许多时候，我主动向后进门的老人提问，他也是支支吾吾，说不出几句。

当我问及两位老人家住哪里时，先进门的那位迫不及待地说住在城里老牌坊附近，并替另一个老人答道，他住在城背后，就是城外北面的那个村子。中国的地名，都是有特定的含义的。“城背后村”这名字，是以城为中心的方位指称，表明村子在城外。背后，还有随从之意。瞧，在这名称上就指定了内外之别。

城背后村有一口水塘，不大，也就和一个篮球场的面积差不多。水塘一年四季不断水，边上的一口井同样取之不尽。当地人称此塘为“海眼”，说是这水一直通到大海。对他们而言，大海就是神奇的远方。而在海边长大的我，以前一直把高原当作神奇的远方。站在“海眼”边，我是带着他们的“神奇的远方”来到我的“神奇的远方”。平静的水面上有同样平静的土墙的倒影，此时把无限的喧嚣归于沉默。这让我想起我的爷爷。爷爷生命中的最后几年，总是喜欢坐在墙根，尤其是春、秋、冬三个季节。坐在那儿，在阳光下，倚着墙，沉默如墙。而村里人都说，老村长以前欢实着、闹腾着呢。我爷爷当了很多年村长，据说以大嗓门吆喝闻名，开会动不动就说上两三个钟头，令人头痛。

我想与他们好好聊聊洮州卫城的土城墙，没承想，他们都没多少话，只是说，以前也没觉着这土城墙有什么，只是近几年政府要保护，才发觉土城墙是个念想，不能再破败了。我恰好正对着窗户，抬头远望，一截土城墙若隐若现，仿佛在人间之外。那一刻，我理解了这两位老人。越是熟悉的东西，我们越是常常说不出什么来。土城墙已经是他们生命中的一部分，是一根肋骨，或者是血液。

五

在临潭，只有两处是我专门去的，一处是牛头城，一处是洮州卫城的土城墙。牛头城只能称之为遗址了，它的土城墙也像已倒下的兵士。倒是洮州卫城的土城墙依然是墙的模样。去牛头城，只能是看那些已瞧不出城墙面目的城墙，需要强大的想象力，才能还原它们的本来面目。尽管如此，牛头城的威名还在，历史的记忆与当下的时光重叠在这称呼里。到洮州卫城就不同。洮州卫城现在叫新城，这新城的名字是与当下临潭县城所在地相比而来的。临潭县城古称“洮阳”，在西周时就是有名的城池。洮州卫城的土城墙依然相当傲慢，但“洮州卫”之名躲进人们记忆的某个角落，需要“药引子”般的引领，才会跳上唇齿间。这是件很有意思的事。牛头城破败了，一无是处了，人们懒得理它，也懒得重新命名。如此一来，不管牛头城在或不在，其名会永流传。洮州卫城，依旧发挥着城的作用，人们大兴土木，改建重建，并赋予其新的名字。城是越来越现代了，但“洮州卫”这名字已日渐远离。

无论有没有名字，洮州卫城总是存在的，就像人一样，名字只是一个代号，以示区别。倘若没有了土城墙，洮州卫城恐怕就会失去筋骨，要么湮灭于历史之中，要么只是新城无限遥远的日渐淡去的背影。墙，大多数是没有名字的，或者说，墙根本不需要依靠名字而存在。

我记事，从不依靠名字。事实上，我在名字和数字方面的记忆力极差，偏爱存储画面、声音和感觉。其实不是偏爱，是天生使然。举凡天生而来的，都是无从改变的。能改变的，也是那些潜于生命底部的资质。激发潜能固然重要，但前提得有潜能才行。我没有别人对名字和数字过目不忘的能力，因而我从不勉强自己。人常说，要名留青史。在我看来，光留下名字，一点意义也没有。就像那些家谱，如果只是众多的名字，没有背后的故事，名字就只是汉字的排列。小时候，我爱听我爷爷讲从前的故事。在我家乡，讲从前的故事，称为“说古”。爷爷在说古时，我总是要他讲祖上的事。我们家，没有家谱，爷爷顶多也就记得他爷爷的名字，故事有些会上溯好多代，但记不清具体是哪一代人。这些遥远的故事，恐怕只是有些许真相的影子，在口口相传中经过无数次演绎。有时我非要爷爷说得仔细些，爷爷就说：哪能记得清呢，这人啊，就跟墙一样，总会倒下的，总会回到地里。这地里的事，谁能说得明白。我父亲去世后，我才真切地理解了爷爷的话。父亲走了，一堵墙倒下了。现在，父亲的名字，对我不重要了，有关父亲的画面、话语，以及那份想念，永远铺在我的心里。父亲这堵墙，从此压在我的心头。我相信，祖祖辈辈的人生化于无形，以一种极其隐秘的方式融在我们的血液里。空，即是有。这世上，真正的虚无，并不存在。

临潭人不关心土墙有没有名字，实用才是最重要的。在这高原之上，默默无闻的土墙已经伴随乡村走过了漫长的岁月。

土墙和土地一样，敦厚、坚实，人们对土墙有着异乎寻常的亲切感。临潭大地上，随处可见土墙。寒风狂雪，浸入心骨的冰冷，一切因高原而来。人们便竖起一道土墙，让大地站起来抵挡大自然的恶劣。民房、院落，处处都有土墙的身影。土墙建的房子，冬暖夏凉，只不过没有现代墙体材料那样好的面相，显得老旧、土气。人们正在走向新的审美，但一时还没有完全适应，血液里依然流动着过去。到如今，随便走进临潭的一座村庄，土墙仍是平常物。无论是弃之不用的，还是依然发挥功能的，仍旧是村庄的一部分，仍旧是村民们的家庭成员。许多村民盖起了漂亮的大瓦房或洋气的二层小楼，但羊圈牛棚还是土墙当家。一些蔬菜大棚，也是靠着土墙。除去品相，土墙比砖墙之类的，还有很大的优势。比如冬暖夏凉，比如低调里的强横，比如像厚道之人一般的坚实可靠。

土墙是那些有年头的老屋鲜明的标志。尤其是大大小小的堡子，基本上保持了历史的风貌，土墙骄傲地挺立着。堡子里的老屋，至多也就近百年的光景，而四周的土墙，大多是明清时建的，称得上古老。散落在群山旷野之中的烽火墩和瞭望台倒下了，而土墙成为唯一幸运者。如同战争一样，人们已经淡忘了那些倒下的身躯，但某种精神和情怀还在参与我们的生命。

土墙已经成为人们朴素情感的一部分，不需要名分，更与显贵无关。与乡风村俗一样，在人们的血液里流动，悄然参与人们的生活。许多百姓家重建房子时，前面和左右墙是新建的砖墙，而后墙还用原来的土墙。那些老堡子里的人家，大凡靠近土墙的，总会有一面墙是借用堡子的土墙。我打听这其中的原因，他们很惊讶，似乎我是一个奇怪的人，问了一个奇怪的问题。每每这时，他们总是说，没什么啊，这土墙还坚实着呢，不用白不用啊。

这是一个很大的院子，门楼相当气派，全是实木的，雕的花鸟，手艺不错，院墙高大厚实，一色的青砖。房子外面全贴着洁白的瓷砖，着实有些晃眼，用铝合金和玻璃建成的阳光房，现代感十足。我进院子时，一个汉子正在垒土墙。其实临潭本地人多说成“打墙”，似乎这打墙和打铁是极相似的活计。虽已深秋，汉子却光着背，脸上、双臂和上身，处处可见汗水。在一旁闲着的是一老一少，后来才知道这是汉子的爹和儿子，祖孙三代同在场。我给大人各递上一支烟，汉子爽快地接过去了，老人指指自己的水烟，说：还是抽这个习惯，不是对你不敬啊。我说：不打紧，你当作水烟抽。我说着话，手里没停，把香烟烟丝剥出来，转眼就把烟丝塞进他的烟锅里。我一个外乡人只身进人家的院子，得要套套近乎。大人一支烟就是通行证，孩子呢？我掏出口袋里的润喉糖铁盒，有些不好意思。孩子眼里一亮，觉得新奇。哦，我明白了，这润喉糖他是没见过的。本打算给上一两颗的，看孩子喜欢，我索性连盒子都给了他。

看着别人家都在想着法子挣钱脱贫，这家人开动脑筋，商量的结果比较统一，养牛。意见有分歧的反倒是盖牛棚，老人说用土墙省钱省料，敦实且冬暖夏凉。儿子觉得土墙太土，与现在的院子风格也不相配。老人说：土墙怎么土了？谁不指望土地养着？我来的这天，只是汉子一个劲儿在说，老人抽着烟眯着眼，像是在听别人家的故事。孩子沉浸在自己的世界里，一会儿玩糖盒子，一会儿摸摸新垒起的土墙，一会儿又倚着老人，院子里就数他最忙。

听着汉子一边垒墙一边平淡地讲述，我也听出了名堂。土墙的好处固然很多，但老人最在意的，其实是觉得院子里没有土墙，心里总像是缺了点什么。有个土墙在，也是给后代一个念想。

走出院门，我的脚步有些沉重。我想起了我的故乡，那个叫朱湾的村子。现在，我与故乡已经互为陌生。老屋不在了，一截墙都没有了。每当我写乡村题材的小说时，都以朱湾村为背景，而且村里一定是有许多土墙的。

临潭人比我幸运，他们还与墙共同生活着。有时是若即若离，有时是默默相守。有历史的记忆，更有某种人生哲学的生长，朴素的，无须言表的。他们也与土墙一样，不求名不图轰轰烈烈，只是把日子过得有滋有味，自得其乐。或许他们从土墙看到了自己，或许他们从土墙学到了在世上的活法。他们常说的一句话是：没想过为什么，日子就是这么过的啊。与此相比，我好像想得太多。

比如自到临潭不久，我就一直想弄清，有那么多的土墙，明明没有用了，为什么不铲平？就像长川乡的千家寨堡子，就是临潭众多现存堡子的代表，其实也是许多村庄的代表。这个明代建起的堡子，虽说破损严重，但基本风貌还在，四周的土城墙依然威严，令人生畏，城门的模样没有太大的变化。如今，堡子里住着十来户人家，多数人家的房子至少还有一面墙是土墙。空地上、菜地上，或长或短，或高或低的土墙，比比皆是。那些废弃的土墙，真像挨了训的孩子，满脸的委屈；又像在与时光对峙，表现出不需要掩饰的倔强。与高高的土城墙比，这些土墙显得渺小。登上土城墙，整个堡子尽收眼底。墙外是新农村式的村庄和广阔的田野，墙内如同微缩的村庄，微缩到像某个家庭。一个村庄的最初，或许就是这样的一个家庭。人多了，房子多了，就成了村庄。在高处看堡子里的土墙，纵横交错，既无序，又似乎隐藏着某种诉说。

当我把聚焦的目光撤回时，这些土墙好像成了堡子里的血管，虽然苍白，但仍然有生命。是的，它们是历史的血脉，也是堡子的血脉。

没有了土墙，堡子里会清爽许多，现代感也会强些。这些看似无用的土墙，一旦被推倒，被湮灭，这个堡子会不会少些筋骨？如若临潭大地的所有土墙都被推倒，我们的记忆会不会有所缺失？我们会不会迷失在原本熟悉的路上？

我知道，这些土墙终究会消失，就像一代代人终究会走进岁月深处。想到这些，我竟莫名有些悲伤。天色已晚，这些土墙即将成为黑夜的一部分。而我，还要穿过黑暗，回到住处。推开门，打开灯，无所事事一会儿，然后把自己扔进黑暗之中。

六

我已经很久没有触碰过土墙，想来至少也有20年了。在村里上小学时，夏天，我没事就或踢或踹土墙，没有什么特别的原因，只是好动、闲不住的表现。有时也是显摆自己的力量，或挨了别的同学揍后，找土墙出出气。反正，土墙不吭声不还手，踹上去时，一点也不疼。冬天时，我们挨着土墙你挤我挤，我们老家把这叫作“挤暖”。那时，已经有不少砖墙。砖墙结实，不会担心被挤塌了。但我们爱在土墙上挤，不磨衣服啊，沾点土拍拍就得了。初中毕业那年，我开始练武，土墙是我拳头最佳的击打目标。当兵入伍的最初几年，我喜欢找一米五左右高的土墙训练单手支撑越墙。后来，我的身体离土墙越来越远了，遇上了，常常只是木木地看上一会儿，仅此而已。

在临潭的日子里，我几乎每天都会和一截土墙相遇。这截土墙在高高的水泥墙面前，显得更瘦更呆。挨着大理石贴面的门楼，就连边上的红砖墙也有些趾高气扬，而土墙是标准的灰头土脸。这让我想起了我初进城时，也是土墙这副模样。墙根处的青草长得有些肆无忌惮，这是它们独有的权利。砖墙下是水泥地，即使是土地，长草也会被视为不整洁。但没人和土墙边的野草过不去，似乎野草在这里安家生活是天经地义的。事实上，野草与土墙在 起，画面相当和谐。大自然万物之间总是可以亲密相处的，有着属于自己的法则。我最喜欢稍稍低下身子，由下往上看墙头的草及草上的云朵。我喜欢看这画面，没有原因。土、草和云，我看着就是舒服。某个午后，夏天的一个午后，阳光充足，我的情绪也相当饱满。我很想坐在草地里，或者挨着土墙坐下，再或爬上墙头，像小时候那样晃着腿，看着远方。冲动有了，但同样不知为什么，我始终没有这样做。我渴望与土墙近些再近些，但就是做不到。土墙有土墙的故事，我也有我的故事，只是我与土墙再也没有共同的故事了。

土墙，注定是怀旧的标志物。临潭每一处的土墙，都是一段文字，一本书。这些土墙集中起来，一定超过全世界最大图书馆的馆藏。以前是人与墙共同书写，渐渐，人们失去了兴致，让原本孤独的土墙更加孤独。谈及土墙，大家说的都是过去时。

过去，孩子们爱和土墙玩，躲在土墙后，两军开战，手指一伸就是枪。牛头城，便是个疯玩的好去处。白天，这里是孩子们的天堂，到了夜晚，便成了情侣的圣地。洮州卫城的土墙同样如此。城里城外的孩子，一上了土城墙，便没有了生分。当然，要是分队干仗，还是城里一队，城外一队。不谙世事的孩子们，有些事还是学着大人一样要分得清清楚楚。那些离城离村庄较远的土城墙，也会有人常常光顾。在临潭，但凡和成年人聊起土城墙，那故事都是成串成筐的。平常不爱说话的，一聊起土城墙，也能眉飞色舞，滔滔不绝。我这样一个外乡人，与临潭本地人初次见面时，彼此间还有冷场的尴尬。引入土城墙的话题，是屡试不爽的拆解好招。

以前，小的时候，这是惯用的时间状态。现在，没人去土城墙那儿玩了，大人不去，孩子也不去。大家说到此，都显出失望和怀念之表情，但也只是瞬间。我们常说，不要生活在回忆里，要将更多的热情投射到明天。问题是，如若失去了回忆，成为失忆人，我们就无法知道自己是谁。我总认为，记忆是生命最真实的支撑，当下是生命最直观的证明，未来是生命前行的动力。当然，我们总可以怀旧的，没有了土墙，一定还有别的怀旧对象。只是，寂寞的，一定不只有土城墙。现在，保护性开发牛头城和洮州卫城，固然是受旅游经济的牵动，但其中少不了我们对土城墙的珍视和不舍。

傍晚时分，洮州卫城的土城墙在夕阳余晖的笼罩下，更像刚劲的血管，大地的血脉，人世的血脉。城墙上的砖早就没了，墙体还算完整且坚实。我走在城墙之上，墙身陡峭，我想象了一下，就是当年作为攀登高手的我，不借助工具，也是爬不上来的。光看城墙的顶部，已经看不出墙的模样，更像一条乡村路，两旁是草，中间的路显然经受了无数路人的踩踏。我走在土城墙上，总感觉是土城墙在托着我，又好似走在一座桥上。稍稍用劲，我的脚尖可以掀起一些土。我的脚是当下，掀开的是历史。右手边，近处是开阔地，几头牛和几只羊仿佛定住了。不知道放牧人在何处。左手边，近处同样是开阔地，远处就是现在的新城。因为比较远，那些房屋只现出线条，街道和人都看不见。

一位老者从远处走来，一身运动装，哦，锻炼呢。我当了回劫道的，拦下老者聊了会儿。老者银发飘飘，但身子骨看起来很硬朗。他只是在快走，所以并没有急喘，也没有出汗。他说，这土墙好啊，在城外，清静，空气好，脚下不硬，跑起来舒坦。就是不跑步，早晚上来走走，也比公园强多了，这可是大得无边的自然公园。

老者继续他的锻炼，走得很有节奏，蓝色的运动服和白色的头发上下起伏，像山的走向，又像一条缓缓流动的河。那些草也在微风中轻轻摇来晃去。静止的，只有土城墙。不，是我们认为静止的只有土城墙。或许，我们的运动，其实是一种静止，土城墙的静止，才是永恒的运动。

土城墙上有座高高大大的烽火墩，现在几乎成了洮州土城墙的象征。我绕了一周，看到有一低矮处，可以由此不费力地从这里爬到顶端。四下无人，天地间只有我。我穿着休闲服和运动鞋，爬一爬，再适合不过了。可是，我终究没有上去，只是用手推了推它，摸了摸它。我不想因为自己的欲望，让它多掉些土，少了在人间站立的时间，哪怕只是少了一分一秒。

离开土城墙，我走向城里。土城墙越来越细，烽火墩越来越矮。就像我离开故乡时一样，前面的路很长很长，身后的村庄渐渐消失在大地上，转而盘踞在我的心头。我正在品味这样的感觉，一个转弯，进了街道。再回头，土城墙和烽火墩全都不见了。

这条街，我很熟，路边的指路牌醒目而明确，可我迷路了。

坚硬里的柔软

一

坚硬与柔软，常常相生相依。钻石，硬度极高，但发出的迷人光芒能柔化人心。众多女性柔软的内心都渴望安放一颗钻石。一滴泪，缓缓流下，比一把尖刀还锐利，把人砸得生疼。滴水穿石，许多时候，泪水这样的武器，所向披靡，无人能敌。长得虎相、生猛的男人，也许性情绕指柔，宅心仁厚，像邻家大哥。那种满面堆笑、看似善良的人，说不定笑里藏着刀。父亲的手掌，说不清是坚硬还是柔软。发怒时，像钢条、像板砖；慈爱时，就是大大的暖手宝。而当父亲一朝离去，所有的怨恨都随风而去；所有的打骂，都像往日的苦难一样，成为财富，成为美好的回忆。失去，是一种莫大的痛苦，但也正因为失去，我们才体会到拥有时那种可贵的滋味。

当我们平静且带着感恩的心看待这个世界时，总能发现诸多的美好。世界是一面镜子，会照出我们的心境和情感纤细的纹路。我来临潭，既来之，则安之，这远远不够，还得心甘情愿地投入进去，学会接受它，热爱它，与它亲密相处。唯有这样，我才能不和自己较劲，才不愧对我的生活，不负我的高原之行。日后离开临潭，我不愿意看到我的后悔。

甘南藏族自治州，被美国最具权威的旅游杂志《视野》《探险》评为“‘让生命感受自由’的世界50个户外天堂”之一。在甘南，临潭县的自然条件总体上是最差的，但上天又给临潭一些补偿，以示慰藉。地处青藏高原东北边缘，是农区与牧区、藏区与汉区的接合部。甘南其他地方的自然景观、人文风情，在这里都有。某种程度上，临潭几乎是甘南风物的集大成者，是九色甘南的微缩版。

临潭在高原，处于高寒地带，风是粗犷的，山是冷峻的，人是硬朗豪迈的。临潭，里里外外都有高原和大西北的气质及品性。临潭，古称洮州。明初，朱元璋为休养生息和巩固边疆，“移福京（南京）无地农民三万五千于诸卫所”，大量应天府（南京）和安徽凤阳、江苏定远一带的居民迁入临潭，加上随明将沐英西征留守洮州的兵士，大量汉族人流入临潭，成为临潭人口的主体。汉族人与藏族土著人、元明时期流入的回族人一起，成为临潭县主要人员构成。著名历史学家、民俗学家顾颉刚先生曾于1937年至1938年间来临潭等地考察，他在《西北考察日记》中写道：“此间汉回人士，问其由来，不出南京、徐州、凤阳等三地，盖明初以战乱来此，遂占田为土著。”从此，江淮风就在这里浩荡不息，临潭便有了“草原深处的江淮人家”之说。

临潭如同一位硬汉站立在西部大地，但举手投足间，又不失细致、温热的情怀，温婉、柔润的气息。

二

我的住处离临潭县城的干沟儿河很近很近，但我不愿意走近它，就像不愿意揭开我的那些伤疤一样。我们向往遥远的地方，列计划下决心去某个远方，但常漠视身边的风景。记得20年前，我从江苏徐州到北京旅游时，去天安门、前门、长城、颐和园，边看边羡慕，生活在北京的人多幸福啊，可以经常来这些地方转转。心里也盘算，我要在北京，一定把主要的文化古迹、旅游景点都好好走一遍。那次旅游的最后一站是颐和园，我斜靠在长廊座椅上，发了好一阵子呆。蜿蜒的长廊，似乎与颐和园的绿一样，没有尽头。古树的沉稳、古建筑的隐秘，游人的现代感，似乎是河的两岸，而我则站在桥上，看流水逝去，观两岸的律动。喧嚣与静寂，如同白天与夜晚，我站在黎明的窗口，任凭明亮与黑暗轻抚我的肉身，簇拥我的灵魂。我祈愿坐在如此空灵的时光之上，做梦般期盼某一年之后，可以常来这儿。如今，我已在北京生活10多年，竟再没有去当年旅游走过的几个地方，没有故地重游一番。其他的景点，也竟然一个没去。有一阵子我的住处离圆明园很近。可我终究没有走进圆明园，甚至走在不高的围墙下时，也没有跳起来瞧瞧的冲动。我们总在渴望接近，无限缩短与远方的距离。然而，近，有时比遥远还遥远。近，总是充当刽子手，屠杀激情。无限的近，等于无限的远。

鸡犬相闻，老死不相往来。一段时间里，这是我与干沟儿河的真实写照。

时日一长，我内心再也耐不住对干沟儿河的视而不见。某天午后，我走在干沟儿河边。我不是散步，也不是观光，而是试图从它的表情中读到些什么。中午的阳光在头顶，异常透亮，河面上的杂草、碎石，同样透亮，只是几乎没有影子。万物藏掖影子，仿佛凝神屏气地打坐，静听阳光的声音，体味内在的自我。一个七八岁的孩子穿着校服，从我身边蹦蹦跳跳地走过，他的活泼让干沟儿河更加静默。

沿着干沟儿河行走，坚硬与柔软闪转腾挪地变换，俨然一位有顶尖功夫的八卦拳高手。穿过临潭县城的这条河，两边的水泥护墙，好似壮汉的两条蛮力臂膀。河流早已老去，流水像大喘气一样时续时断，艰难爬行，浑浊且细小。有些地方的河水如被丢弃的绷带，以虚弱的存在证明自己还是条河。真是名副其实的干沟儿。所有的激情和故事，已经沉默地埋进大地，只留苍老的表情在人间。岁月把一条铁鞭摁在大地上，现出僵硬中的悲怆。

后来，我经常从这河上的大坡桥、西门桥走过，但再也没有沿河而行。这条躺着的鞭子，看似毫无生机，但总能抽打我的心。走进它的沧桑，也就走进了我的忧伤。

干沟儿河，这个名字其实已经一半潜入时光的记忆，一半游荡在人们的唇齿间。在官方的文件中，这条河叫干戈河。人们在谈论这一名字时，总会提及“化干戈为玉帛”。我查阅过一些资料，临潭县城早在新石器时代就有人类生存繁衍，夏商周时期为古雍州辖地，西晋惠帝于公元295年置洮阳县，隋文帝于公元591年改置临潭县，中间几经变化，1913年再改称临潭县。从春秋战国时期开始，这里的名称与城头的大王旗一样，变换频繁。边塞重镇，总是由刀光剑影和血雨腥风的悲壮集聚而成的。曾经的厮杀和涂炭生灵，以文字的方式站立在历史中，沉睡在大地河流的深处。鲜活在人们记忆里的，只有星星点点的碎片，或某些高度抽象的画面，甚至如潜伏的幽灵。

我尝试过向当地人了解干沟儿河的变迁以及相关的故事，大家说的只是以前这河水很大，别的不知道。当然，也可能是不愿意提起。一天，在离河不远的一处老旧住宅里，我遇见一位老人。显然，这里不久会拆迁，唯一不能确定的是这老屋和老人谁先离开，从现实走进我们的回忆。老人没有像我期待的那样有声有色地讲述这条河的众多故事，只给我描述了一个画面。他说，民国时期，有一年，这条河上漂着无数的尸体，无数的刀枪沉入水里，好多天后，河水才没了血色。老人说得很平静，其间给我上茶，几次招呼我喝茶。一只小狗一直坐我们边上，眼睛盯着门口。那些打仗的前因后果、各种细节、众多数据，书上应有尽有，但讲述的画面，以一种浓缩的方式困在人的记忆里，一代代传递。

我们总习惯向老人们询问历史，多半情况下，并不是他们就在历史现场，他们得到的也只是言语的转述。或许，人只有进入老年时，才会在意那些尘封的岁月。年轻人的目光常常都是聚焦当下，投向未来。但不管如何，有些记忆，总会存在我们的记忆里，根深蒂固，没有什么力量可以摧残。

三

我对干沟儿河产生别样的感觉，是那天晚上。

晚饭后，我一如往常在房间里看书，在字里行间延伸我的现实生活。意外的是，心里竟然有些不安，似有风吹过我的脑海，又像心头顿生出一片荒芜。我不爱溜达，尤其在夜间，但这个晚上，我仿佛游魂般出了门。信步到了大坡桥，我的心一下活润起来。

深夜的干沟儿河，被两道人造的光线引领，温顺地走在黑暗中，拐一个弯，直至与夜色融为一体，回到它来时的地方。右岸上的房子，白墙青瓦，仿佛江南女子的素衣长裙。一时间，我有些不知所措。我一直关注河本身，从没在意这一排具有鲜明江淮建筑风格的房子。在这样一个夜晚，它们闯入我的视线，把我撞蒙了。后来，我遇上一位从天津来的朋友。他说这条河太漂亮了，太像南京的秦淮河。我知道，他说的像，更多的是指感觉和心情，还有高原上这超乎想象的遇见。毕竟，在具象和神韵上，干沟儿河与秦淮河相差太远。

黑暗，常常是最好的美容大师。那些苍老、破旧、杂乱，在黑暗的帮助下，成为真正的隐士。五彩的灯光，既活泛眼神，又不戳破黑暗的美容术。好的美化，其实就是明与暗的精心合谋。这与人穿衣打扮的原理一模一样，张扬优点，掩盖缺陷和瑕疵。之于人的灵魂和心情，黑暗也有神来之笔。只要你能挣脱对黑暗的恐惧，你的灵魂在黑暗中就可以自在飞翔，心情大好。也只有在黑暗中，灵魂才能获得无限的自由，人生的种种压力，都可以被黑暗消解。从这一点而言，黑暗远比酒能解愁，只是你不要在黑暗中迷路就好。迷路，可比醉酒糟糕得多。换句话说，只要你愿意，黑暗可能是人生最好的酒。

大坡桥，在临潭县城的中心地带，二三十米外就是县城的中心广场，那里灯火通明。时下流行的广场舞，每晚也会准时在这里登场。我站在大坡桥上，其实是站在明亮与黑暗的分界线上。背倚人工的城市之光，如同走近清晨阳光下的花园。眼前的干沟儿河，多了些妩媚，多了些神秘，多了些梦中乡村的亲近。干沟儿河在夜色的呵护下，以诱人的光泽引领我走向历史的深处，而右岸上的那惊鸿一瞥则从我的心灵深处走来，温柔我的眼神，纠缠我的乡愁。

建筑有自己的语言、色彩和线条的律动，无声地与天地人对话。此刻，我以目光触摸它潮汐般的心声。大坡桥，似乎变成一条船，我的思绪站在船头。这排房子，如同月光下睡眼蒙眬的大海，微微起伏的波浪，白里透着银色，温存某种暧昧的猜想。而当我第二天一早再来大坡桥时，记忆中，昨夜看到的是一位裸体女性俯卧的身躯，细雨蒙蒙，柔柔的曲线，如丝绸般滑润的皮肤。她应该是一位江淮女子，一位温柔多情，安静素朴的女子，有古典诗词的美，有古琴清雅的律动。再混乱的梦，总有一个主角。昨晚记忆的错位，正是我的心魂替我修正。我们常以为自己迷茫，一切都不在乎，那些“希望”和“期待”像鱼一样滑入水中。其实，那个“真我”一直在，只不过有时隐身在某个角落而已。

清晨，阳光还在薄雾里缠绵，一只不知名的鸟儿一边鸣叫，一边摇晃树叶上的露珠。天空已是湛蓝。高原的天空总这样，只要晴天，就蓝得不可想象，低调中透出大地万物的臣服。这样的蓝，醉人心的同时，也让你倍感渺小。蓝色，放飞我们的想象，又把没有任何杂质的阴郁渗进我们的呼吸。纯净的蓝色，似乎一直潜在我们内心的某个地方，也许就是人类灵魂挥之不去的底色。来到临潭后，我偏爱仰头45度，把蓝天作为拍照的背景。树木花草、建筑群山，经蓝色衬托，似乎都显现了各自的灵魂。

这天清晨，我站在大坡桥上，青砖黛瓦白墙站在一片纯得通透的蓝色前面，比在江淮烟雨中多了几分清雅。黑是黑，白是白，黑与白酿造出我五彩缤纷的心情。高原时节的脚步，总是比内地走得快些。离立冬还有三四天，这里已经下过好几场雪。树下黄灿灿的秋叶，在白雪上画出了别样的苍凉之美。干沟儿河更加枯瘦，好像一位束紧单薄衣服的老者踯躅寒风中。这一排江淮风格的建筑，依干沟儿河而建，同样的弧线，干沟儿河如弯曲的钢筋，而侧旁的青瓦白墙走出了温婉、纤柔。那高高的马头墙，如同一位少女仰头看天，阳光在脸庞荡漾。桥头不远处，一座牌楼，雕花墙，镂空格，比马头墙高。马头墙，呈现简洁之美，牌楼多了纷繁之韵。有一辆酒红的轿车从牌楼下驶过，过去和当下的时光，一下子重叠在一起。

站在桥头，即使是夜间，我也清楚看得到这牌楼。我怀着一丝歉意走到牌楼下，细细打量，以仰望的姿势表达我的敬意。

四

因我是江苏人，大家经常向我提起临潭的江淮遗风。这“遗”字，用得特别贴切，让我多少有些羞愧。在江淮大地的许多地方，浩荡千年的江淮之风，或无迹可寻，或苟延残喘，唯有万般叹息砸在我们的脚后跟上。临潭的江淮之风，多是从明朝风尘仆仆而来，历经数百年，依然以柔韧之力坚守。从服饰、习俗、方言，到人们的某些气质，江淮风呼吸在临潭大地的每一个角落。而这之中，最先引人注意的，当然是建筑风格。当下的城市建筑，多种风格一拥而上，在混搭中寻找审美。城市的建筑风格，好似一个处于成长期的少年，对世界充满好奇，什么都想尝试一下。那些与我们血脉相连的东方美学、本土流派日渐萎缩，多数是作点缀之用。把华夏建筑元素搞得像四处流浪的孩子，让人有些心酸。因为刚起步，一切都没有定型。当然，总会有成熟的那一天。现在，一些城市已经开始在宏观上对建筑进行文化形象定位，在不削弱现代性的同时，凸显传统文化和本土特征的形象审美。我们有时因为走得太快，所以暂时丢下了许多东西，但终究会停下来甚至回头去把那些重要的东西捡回来的。建筑也是如此。

临潭县城三四万人，有多个民族，按人口占比高低排列依次是汉族、回族、藏族及其他少数民族。建筑自然也呈现出多民族的特点，其中的江淮风格呈现两极化，历史留存下的，岁月印迹明显；新建的，诉说着人们对江淮风情的依恋与追寻。临潭建筑中的江淮风，是临潭生命中的一部分。没有江淮风的吹拂与滋养，临潭不会是临潭。

西大街是县城的主街，也是最繁华的商业街，高楼大厦间有不少一两层的店铺。多数的店铺是仿江淮建筑，或者有相当多的江淮风格元素参与其中。与挑向天空的飞檐、在高处肃立的马头墙不同，西大街一些店铺的招牌匾，如同小小的码头，安静，不张扬。不走到跟前，发现不了，但它们早已看到了你。

现在的招牌，尺寸追求大，设计讲究炫酷，名称更是往吓人的方向穷追猛打。招牌与欲望结为最佳拍档，疯狂追名逐利。许多招牌，成了名副其实的幌子。西大街的这些牌匾，没有加入亡命天涯式的奔跑，而是宁静地守护自己的内心。这些传统造型的牌匾，极为简洁：紫红的底色，金黄色的字，镶以金黄的边框，简单几笔勾勒出云朵图案。字，不是书法家写的，而是最规范的隶书体。有的牌匾，显然有年头了，岁月使其深沉，露沧桑之容颜。一位十八九岁的姑娘就着方凳擦拭牌匾，神情专注而虔诚。白色的运动鞋、蓝色的牛仔裤、粉色的风衣，过肩的黑发与阳光嬉闹着。牌匾有些陈旧，一些地方的漆已起皱，加之有些时日没有清洁，就像一个从岁月中走过来的老人。姑娘的青春与牌匾的老成，在街头出现，构成某种隐喻。

牌匾有一处掉了一小块漆，露出内里深黄的木色。一块不规则的深黄色，打破了它的精致。精致的完美，会失去一些本真。比如，花朵长得过于完美，我们常常会说这花漂亮得像假的一样；一个人如果是没有脾气的，那给我们的感觉，只能是此人过于虚伪。我们都在追求完美，岂不知道，真正的完美，我们无法接受。早些年，我们在宣传英雄人物、模范典型时，一味进行拔高、美化，没有儿女私情，没有毛病缺点，人物形象扁平化。没有立体感，就不是活生生的人。没有血肉的人，只能是一具没有生命的骨架。恰恰因为这种打破，带给牌匾一种独特的美感。

篆书，无论是大篆还是小篆，都有金石之气，但难以看懂。就像一位修为高深的道人，只能膜拜，无从交流。楷书太正，过于严肃。草书，行云流水，缥缈之味过甚。隶书，满足了我对艺术与人生的双重想象。古朴又灵动，秀气又方劲，雄放又端庄。我固执地认为，书法中，隶书是最生活的艺术。隶书，有“汉隶”之称。在我看来，隶书不仅是中国书法史上的一个重大转折点，也是书法艺术最为坚实和成熟的基础。更为重要的是，隶书可能象征着最纯正的华夏文化，属于本土文化的自我发展和完善。我偏爱隶书。练习书法，成为书法家，天赋是不可或缺的。敬畏书法，敬畏我们的文化，只需要我们的真诚和执着。

牌匾从大小到色彩的选择，再到这隶书，都有低调奢华之感。西大街虽比不上大城市街道的繁华，但更丰富多彩些。仅仅是路人的着装，就令人欣喜。大城市的装束，流行的服饰，这儿全有。这儿还有回族人的白帽、黑头巾，藏族人的藏袍、高靴，喇嘛的僧衣，明代风格鲜明的尕娘娘服饰。边塞的西大街，成了令人眼花缭乱的T型台。这些牌匾，不怯懦，相当自信。它们像店铺的眼睛，一双双柔情满满的眼睛，似平静又幽深的水潭。西大街，因有了这样的牌匾，寒风凛冽时，也就有一束束温暖的目光。

黄昏时分，晚霞满天，这些牌匾似乎多了几分羞涩，又像在点燃某种情绪。暮色之后，它们先是躲在五光十色、有些妖娆的霓虹灯身后，而后回到自己的黑暗中，咀嚼一路走来的滋味。它们来到高原，远比我早，我尚没有达到它们这样澄静、如禅的境界。与它们相比，我在漂泊中丢失了太多的东西。只有在夜深人静时，才会偶尔想起自己曾经的模样。

孤独时，我会想起这些牌匾。想起这牌匾，我总会想起家乡：抓一把桑叶喂蚕，看一群小鸡在老母鸡后面排成队；村口的老槐树浸在晨曦里，从树叶间洒下的阳光，如同半梦半醒的我；河边的芦苇中，鸟儿在鸣叫，燕子从水面掠过；炊烟离开黑色的屋顶，飞向辽阔的天空。

有时，我会走近这些牌匾，默默注视片刻，目光沿着那些笔画游走，转折，舒展。它们是静止的，我也静静站着，而一切又像是涌动不息的。有时，我还会向右看牌匾，向左看车流、人潮。有时，车流、人潮凝固了，牌匾在漫步。

与这些牌匾相处，我在为自己的灵魂按摩，又在倾听临潭的心跳脉搏。

五

大坡桥桥头的牌楼正对着一条小马路。是的，我的第一印象，这就是一条铺着沥青的、窄窄的马路。路面渐渐高起，没多远，就进入山里。然而，我没走上几步，就仿佛进入了一条古街。

这给予我巨大的错觉。我又在这样的错觉中渐而愉悦起来。

路两旁的房子，不是店铺，是普通人家的住宅。木门、铁门，都是仿古的，虎头门环尤其引人注目。小小的门楼，青砖砌出向外挑的檐角，顶上覆瓦，刻有花鸟鱼虫。院墙顶也覆有青瓦。远处的山顶，如同一个孩童趴在墙头，顽皮中还有些深沉。有些门前，还有一对石狮子，间或夹在瓷砖贴面、铝合金门窗的房子间，反倒像受气包。那些树，也有江淮的风范，不高，较粗，树冠展得很开，许多树叶抱在墙头依偎在墙面。阳光下，树叶好似河面上的水波，波光粼粼。时不时有鸟儿从树顶飞过，枝叶间的鸣叫，是那样动听。在一棵树上，我还发现有一个硕大的鸟窝。在临潭县城里，如此高大的树，实属少见。它们没有受到景区里的树那样的优待，只和平常人家生活在一起。虽在马路边，但如同村口的老槐树一样淡泊。村口的老槐树，挂满乡愁，反反复复地走进游子的梦里。我相信这里的人们外出闯世界，在异乡是会想念这些树的。

这里的房子，有的年头不短了，个别的还是斑驳的土墙，称得上“爷爷辈”的。以时间为序，这些房子就像四世同堂的一个大家庭。背靠大山，紧邻县城，它们默默地守护和传承，维系着一种与血脉相连的依恋。我能想象，这里的居民既享受了现代文明的福利，又没有迷失自己，终是活出了自己的惬意。

低调，并非故作的姿态，而是内在饱满的自然举动。面对中高档的现代住宅小区，这些房子不倚老卖老，不自卑，与世无争，把江淮文化过在日子里。它们留住江淮之风的繁复之韵，让我一解乡愁。说是繁复，其实与时下的建筑相比，它们反倒简洁。那些精致的线条，那些看似层层叠叠的图案，因为如生命般流畅，反而无审美疲劳，很是提神醒脑。倒是现在的一些设计，总给人以错乱之感。我以为，现代人的焦虑症，与自我营建的环境大有关系。这也许就是一种作茧自缚。

原生态，是向生命本原回归的情境。建筑文化的原生态，还是要重新建立人与自然的生命性关系。房子，是用来遮风挡雨的，也该是人的一部分。房子，是身体的扩展。因为欲望的狂热，我们总是忘记了出发的原因，扭曲了生活的种种。我们猎取得越多，就越发不知道我们到底要什么。现在的房子越来越高级，但总是缺少了一些人情味。

住在这里的人们，走出家门，加入世界的喧哗，为稻粱谋，难免与浮躁、焦虑为伍。归来时，身心回到宁静之境。我相信这一点。漂泊在外的人，故乡在远方，回家的路漫长而艰辛，只能终日怀抱乡愁的忧伤。而他们只需拐个弯，就能轻易切换生活的节奏、人生的境况、心灵的空间。对他们而言，天地之间，只有地平线那一条线宽度的距离。更何况，满天的星星还能照耀他们的睡眠。

他们是幸福的。

在县城西门桥附近有一条小街，当地人称为“背街”，以批发小商品为主。街面很窄，容不得两辆轿车会车，只有摩托车、电动车和小三轮在人群中穿行，像水中的鱼一样灵活。这里的许多铺面还是木质结构。早上，店主卸下一块块门板开张迎客，晚上关铺子时再装上一块块门板。白天，这一块块门板像铺子的伙计一样站在门边，脸上现出岁月的光泽。现在许多所谓的古镇正在新建、打造这样的古味，而这里是时光酿造的古味，有真正的岁月味道。

慢时光，来到我身边。我这样一个陌生人，走在熟悉的小街上，就像置身于旷野一样无拘无束。放下一切沉重，远离生活中的阻碍，像河水一样轻抚松软的河岸。我没有喝茶，但喝茶时的心境萦绕着我。我坐在一家没开门的店铺前，背靠木板，盘起双腿，微闭双眼，后脑勺挨着木板，收回听觉。有那么一会儿，我的灵魂似乎飞出我的肉身。这让我想起小时候与草垛相处的情形。村里的晒场，是我常去的地方，因为那里有草垛。我爱爬上草垛，尤其是在傍晚时分。白天，阳光太烈；夜间，太黑，我有些怕；傍晚，天空最为奇妙。我躺在草垛上，什么也不想，只把目光投向天空，有时也眯起眼，告诉自己睡着了。长大后，当我心烦气躁时，常常找棵树坐下，回想儿时躺在草垛上的画面。这对我是极好的心理治疗。

街上行人、车辆不算少，可我还是觉得很安静，很清爽。有位老人坐在格子窗下，那小小的板凳似乎比他的年纪还大。一杆烟锅，长度快赶上他的手臂。烟锅头黝黑，里头装着金黄的烟丝，烟锅杆油润润的。老人一手端着烟锅，一手轻抚胡须。他的胡须很长很白，就像电影里那些常见的特写，有仙风道骨之气。一个三四岁的孩子，大概是他的孙子，在他身边独自玩耍。格子窗，一半在阴影里，一半在阳光下。

这一切与整条街，既浑然一体，又完全独立。

我当然在他们的世界之外。

六

我喜欢图书馆的氛围，更甚于读书本身。

曾经看过世界十大最美图书馆的图片，那是读书人的圣地。如果真有天堂，这些绝美的图书馆，就是我想象中的天堂。

读书，是一件可以也应该让人忘记一切的事。因而，那些在特殊境地中阅读的人，总能发出迷人的光芒。列车上，窗外的景色如时光飞逝，一个人靠窗而坐，翻开一本书，逆光的效果，仿佛折射出看书人清纯的灵魂；嘈杂的街头，一切都是骚动的，一个人捧着书坐在台阶上，风吹书页微微颤动，如醉在阳光中的荷花。他坐在人群中，又似乎坐在世界的尽头。这是经典的阅读场景，也是人书合一的天地大美境界。静心阅读的人，是最美的。

阅读，有一个好去处，自然更妙。一座城市的图书馆，理应是最具仪式感、最具信仰的文化场所。图书馆，安放的是一座城市的文化精魂。我对图书馆有着异乎寻常的期待。即便如此，临潭县图书馆仍让我大感意外。这个图书馆没有单独的楼，而是与文化馆、档案馆和博物馆挤在一幢四层的楼里。这倒像一家人住在四合院里，一份深入骨髓的亲情，或明或隐地流动。这四个馆——文化长路上的四个重要驿站，在相互取暖中，坐而论道。

令我惊喜的，是馆里的古籍阅览室，一个极具明代风格的大书房。木质书架，完全仿制明代款式。榫卯结构，守住的是精巧智慧的文化。原生的木纹，清透的水漆，依然带着森林的呼吸。线装书和珍贵的老版本，与这样的书架依偎在一起，高古而凝重，洋溢着某种神秘感。我在书香中迷失了，傻站了许久，没敢动一本书。我没有准备阅读，我认为随意取一本，轻佻地翻翻，那是对它们的亵读。我不能容忍自己在书面前放肆。

高原强烈的阳光，经过窗玻璃的过滤，铺在桌子上时，温柔了许多。轻便而不失骨感的太师椅，容不得我懒散。我坐得笔直，仿佛腰椎比平日抻长了一些。我的目光总离不开书架和那些书。一个个文化巨匠，一个个学术大家，向我走来。

书，是用来读的。可我总觉得，有些书可以不读，让其静静地坐在书架上，卧在案头。我的心与它们无声交谈。有些书，只能敬畏，不可轻易走进，一旦打开它，就不能怠慢。因为有如此经不住推敲的怪念头，有数十本书，我很早就请回来了，但一直没敢读。在写作的时候，我可以不看书，但如果身边没有书，我就有些失魂落魄。我无法解释这样的现象，但如果很多书在我身旁，我总能感觉得到它们的神力，写作竟然顺畅很多。我曾经在图书馆工作几年，一个只有十来万册书的小图书馆。那时候，我利用身为馆长的便利，午间常钻进书库，搬一把椅子坐在高高的书架间。不是看书，是以打盹的方式进行午睡。我自以为是地觉得，在书的丛林中入梦，相当于我在阅读它们。这当然毫无道理。但我在醒来时，往往感觉充实许多。

梦里读书，或许只是一种滑稽的想象，可能还是我为少读书所作的辩词。但，环境的确可以感染人。我坐在这样的阅览室里，只是静静地坐着，就有与阅读同样的愉悦。墙上的砖雕，工艺有些粗糙，恰恰因为这种粗糙，才有了古拙的质感。有一块砖雕，图案是莲花。莲是高洁的象征，也是华夏文化极其重要的一种象征。这间阅览室的陈设，本身就如高原上的一朵莲花，不是雪莲，而是江淮池塘里的青莲。

此刻，砖雕上的莲花与书架和书，都在诉说优雅的文化时光，似甘甜的泉水，滋润我风尘中干渴的心。明暗的光线，让莲花格外立体。亮处，柔光润泽；暗处的线条，硬实而不失灵气。窗户正对着一所中学的操场。身穿校服的学生，有的说笑打闹；有的独自一人走在跑道上；有的捧着书，或走，或坐。侧耳细听，一个女学生的读书声传进我的耳中。浓重的临潭口音里，那些零星的江淮音节，有细雨落在水泥地上的清脆与酥软。我听到的不是乡音的闪烁，而是这位女学生呼吸里的江淮气息。

馆里的工作人员端来一杯茶，说是今年陇南的新茶。青花瓷的茶杯上，也是一朵莲花。这莲花比砖雕上的更加秀丽、灵动。我的视线漫游在这鲜艳的色彩里，居然生出绵软的光影。我知道这是想象。我喜欢这样的想象，喜欢这样助我思绪飞翔的氛围。

恍惚间，我看到，有一种情怀，走过青稞地，坐在高原的山顶。迎面而来的风，吟哦田园诗意。

有一天，我去羊永镇卫生院。那里的中医馆，同样让我眼前一亮。我拍了几张照片发在微信朋友圈，让朋友猜是什么地方。当然，我故意回避了那些明显的标识。有人说是饭店，有人说是图书馆，竟然还有人说是候客厅。其实，这小小的中医馆，也就是乡卫生院的一个小专科室，并没有做多少花头的装修。他们只是以漏窗、木格稍稍做了点缀。只不过心意用得正、用得细，把中式风格表现得恰到好处。

这里的人们啊，外形的粗犷与内心的细腻形成强烈的反差。在建筑风格上，他们做得如此内外兼修。如此一来，风格一词用在这儿并不精确，用“气质”，更为贴切。江淮风，也不再只是一阵风，而是真正意义上的生命与灵魂的呼吸。

七

就个体而言，沉潜于内心深处的文化，是最为本真的。在整个社会层面，文化的精髓部分常常隐含于民间。底层，是当下用得比较多的一个词语。可惜，我们常常立于高位，在俯视的姿态中，无法接近“底层”这一立场相当明确的概念。有了这样的高位，我们的视角和心态都会不真实，无法进入“底层”的内部。底层，是世界最为坚实和可靠的根基。生物链如此，文化链也是如此。就像社会生活中的民间，尤其是乡村以及生活在乡村的百姓，是我们物质和精神生活的源泉。我们再怎么轻视，再怎么不以为然，也无从否认这一源泉之于我们的重要。如果我们不能消除层级带来的隔膜，那么最好还是少进行底层叙事，尤其不要想当然地做代言人。有位作家时常满怀深情地大讲我们应该如何如何关爱底层，如何如何做底层民众的知心人、贴心人。然而有一次我们一起去百姓家，这位从农村走出的作家处处嫌脏，最后连饭都不愿意吃。连同呼吸都做不到，何来共命运？

要在心灵上与底层亲密无间，最好的办法就是回到曾经的出发地，找回我们的当初。

临潭的江淮风，或是遗迹，或是出于文化的传承与彰显，带有明确的指向性。尤其是集中规划设计的小康村，更集中体现了江淮风情。这些小康村，虽然细节上各有特色，但整体感觉与我想象中的江淮风格的村庄最为贴合。尤其是一些村庄，充分发挥了高原地形高低变化的特点，建起立体的江淮风格建筑群，把高原的雄壮与江淮的柔情有机结合为一个生命体。古战乡的普藏什村，前后都是连绵不断的山。村前一条河，是唯一的动感景象。走过村口的桥，村庄地势越来越高，天蓝色的栏杆、栅栏，像五线谱的横线，安静地穿行在村庄的路边和巷子里。白墙黛瓦的房屋，仿佛错落有致的音符。一个村庄，好像一首多声部乐曲，时而悠扬，时而明快，时而婉转，时而激昂。如若寻一高处俯瞰，一定更美妙。眼前会有声色醉人的画面，就好像群山之中，一女子抚古筝，一曲高山流水或江南小调，温柔山的威武，诉说世外桃源的空灵与宁静。

我曾经问过临潭县的一些干部，为什么要如此看重江淮风情？他们有些惊讶：不为什么啊，我们就是这样的啊，以前是，现在是，以后也是啊。与其说这是一种回归，还不如说这样的文化观一直在场。对他们而言，江淮风情不仅是一种乡愁的寄托，更是回到生活本身的呼唤。外在的江淮风，源于内心的涌动，又会反哺灵魂。

乡村百姓相当实诚，别人眼里的那些文化，在他们看来就是实实在在的生活。旧房子拆了，新房子盖起来，建筑材料现代化了，但有许多江淮印迹被他们习以为常地坚守下来。许多百姓家，新房高高大大的，但老屋就是舍不得拆。在新房的构造上，也会将斗拱飞檐和砖石木雕作为必备。有些房子，外装饰全是瓷砖到顶，铝合金门窗闪闪发亮，但主屋前的木雕，大气而精美。他们把全局的时尚与细节的江淮风情处理得很智慧。走进他们的家，总会让人忘记自己在高原，在边塞。这与他们的笑容一样。西北风吹皱皮肤，高原阳光灼红皮肤，脸上沟壑纵横，笑容却如溪流一般善良亲切。

深山里的一户人家正在建房。主体已经完工，两屋的小楼挑顶很高，水路、电路、网络线路布置得十分考究。主人向我描述新家的装修、摆设，语气中充满不可抑制的快乐。我说，你这家比城里的别墅可强多了，看看院子还这么大，就是小庄园啊。我们说话的时候，一位师傅一直在木头上雕刻，用纯手工技法。看情形，刚开工不久。师傅手中的锤子有节奏地上上下下，只见凿子周围木花飞舞。我问：这是雕什么呢？师傅说：龙。我说：龙啊，过去只有皇帝才能用龙的。这家主人递给我一支烟，什么也没说，脸上堆满憨厚而幸福的笑容。我对师傅说：像你这么好手艺的，不多了。师傅不以为然：哪能呢，多着呢。我说：我老家那儿，就很少了。师傅直起腰，说：我们这儿，多着呢，特别是木工，每个村都有几个行家。有活儿，就有学手艺的。

紧挨着新房是一片旧屋，木柱间是砖墙，木窗上是梅花转角，房顶覆鱼鳞般的瓦。这是地道的老屋。我说：有了新房，这老屋要拆了吧。这家主人说：不能的，舍不得啊，我寻思着，等再挣些钱，好好收拾一下，留着以后喝茶、打牌用。兴许，遇上有到山里旅游的，还是不错的农家客栈。我顿感惭愧，山里的农民都能想到开发老屋，我竟然没想到。过去，我们总说不能小瞧农民，现在的农民啊，哪怕是这深山中的，很多方面比我们强着呢。农民，一直是富有大智慧的群体。我抛出一个疑问：那怎么不好好弄弄这老屋，为什么还要盖楼呢？他说：得住楼房，要不然咋体现过上好日子呢？长住，还是楼房好，老屋这样的，适合休闲、度假。我禁不住笑起来：你们家真是好啊，进新楼过城里人的生活，到老屋休闲度假。

我知道在他心里，老屋的实际用处是次要的。老屋，是记忆的故土，装满纯真的时光。乡愁，总与老屋、炊烟、村头的老槐树、门前的那条河分不开，是它们书写出乡愁的模样。人们想念老屋，但无力保护老屋，就像无从掌握命运之手，无法挽留时光一样。老屋逝去，化作伤感的记忆。也有些人家完全有条件保住老屋，但在喜新厌旧的诱惑下，铲平老屋，与过去完全决裂，小洋楼盖得富丽堂皇。毕竟，两全其美，总是件很困难的事。

这户人家留住了老屋，着实令我敬仰和羡慕。那天，我坐在老屋前很久。我突然产生一个奇怪的想法，在这个院子里，新楼是雄性的，老屋是雌性的。在这大山里，高原和山是阳性的，这江淮风情的院落是阴性的。在我的家乡，房子是阳性的，门前的河是阴性的。而这里缺水，所谓的河，就像低于地面的马路。在冷峻的高原群山间，这些房子仿佛一条河。阳刚与阴柔，竟然如此美妙地融合。

喝喝茶，看看老屋，看看新楼，看看师傅干活，看看主人忙东忙西。我曾试图看看老屋里的情形，但门窗都关着，屋里很暗。我的目光到达窗格后，便不能继续前行。这也许是一个暗示，老屋之于我，只能注视，而无法走进。因为，这不是我的老屋。

我的老屋，在我的梦里和文字中才能现身，现实中，就连一张照片也没有留下。

八

戏台，是这个世界最真实的虚幻。

坐落在一米多高台基上的戏台，三面围墙，正面大开。这真像平常百姓家的堂屋。堂屋是中国民居中的礼仪空间，在我家乡习惯称“明间”。这是举行家庭祭祀等重大仪式的场所，又是迎来送往的地方，是家的隐秘与外面世界的过渡空间，家族的历史多半在这里演绎，外面的风雨最终也将汇集到这里。换而言之，堂屋集纳了家庭和人生的最精华部分。堂屋的气派程度，是家庭荣辱、贫富等最有力也是最直观的呈现。因而，堂屋又有“荣誉室”的功用。演戏的道具可以无限精简和抽象化，但戏台必须修得气派。柱头、斜撑、雀替、梁托、平盘斗、柱础浮雕，均极尽雕刻之能事，张扬华丽、高贵和雄伟。这与堂屋的设计理念同出一辙。无墙的那一面，其实就是大门敞开。人生如戏。台上的故事，是别人家的事，是我们生活之外的另一个世界。从这一点来说，戏台，就是一个可供众人把窥视变成自由观看的堂屋。千百年来，看戏的人们如醉如痴。在街头看杂耍，那是瞧热闹；看戏文，是走进古人的人生。他们相信，台上的爱恨情仇，唱念做打，不是虚构，而是过去人们生活的再现。岁月湮灭了过往，但悠长的岁月，也能让人对神话、传说和编造的故事信以为真。

小的时候，我喜欢看戏，也常常问大人们，过去的人就穿成这样？过去说话就像这样唱来着？得到的回答都是肯定的。戏班子在吃饭，我去看；化装时，我也看。明知道他们是和我一样的人，但我总看不够。这些人一上台，我就忘记了他们是普通人。他们来自我完全不知道的一个世界，过着与我完全不一样的生活。我最不喜欢那些拖得很长的唱腔，要么急得我浑身不自在，要么我兴许就能在这扯线团般没完没了的唱腔中打个瞌睡。但老人们喜欢，每到这样的唱腔，那脑袋晃得就和河里的小船一样。他们的泪，我看到；他们的笑声，我听到；要是敢凑上前去，我还能摸到和我一样的胳膊一样的脸蛋。一切都是那样真实，就如同我在晒场看大人们说笑打闹一样，和我在明间里看到的一样。这远比爷爷讲的那些故事更真实。

虽然我家乡在江淮的腹地，但我从没见过戏台。现在回故乡，也没有遇见过。演出就在晒场上。有许多时候，我总把唱戏的人和晒场上的乡亲搞混了。头天看了戏，第二天到晒场时，我还以为乡亲们在戏里活着呢。

到高原，临潭为我好好补了一课，让我第一次看到这么多的戏台。每个行政村都有戏台。它们在村里的开阔地带霸气地挺立着，远远望去，就像村里最显贵的人家。村庄里的民宅，最高的也就两层，戏台比它们高出不少。把整个村庄的建筑看作一个整体，乡亲的房子就是厢房，戏台一如堂屋。高大、精美、华贵的戏台，威风凛凛，是江淮人家的老爷，其他房子像仆人丫鬟一样。人们把戏台置于至高无上的位置，说明看戏已然是他们生活中的重要组成部分。有了戏，他们的人生就多了一种活法。他们经历着自己的生活，又最大限度地观摩别人的生活。因为戏台，他们可以在自己和他人的生活中来回穿梭，自由转换。

戏台独占一片空旷之地，在这个空无一人的下午，显得特别孤傲。它在村庄里，但又与其他民宅保持一定的距离，参与世俗生活，又藏掖自己的某些秘密。戏台，以这样的方式彰显着自己的清高。

戏台与河流，一静一动，参与并见证了村庄的历史。

河流以流动的方式储存时光，深藏众生的生死悲欢，从不会主动向世人讲述岁月的故事。河水越深，之于我们的神秘感越多。河底以及淤泥里，是一部动静合一的历史。我们只有打开自己的灵魂，从浪花中读懂河流的密语，才有可能进入它记忆的内部。河流，是生命莫测、人世无常的象征。面对河流，从诗人到不识字的农夫，都能顿生许多感慨和体悟。涌动的河流，如此；一旦水面平静如镜，更会增加神秘感。尤其是我们面对一条陌生的河流，它越安静，我们的恐惧感会越强烈。

以静制动，以不变应万变。许多时候，静远比动更具力量。戏台是静止的，如河流里的巨石，矗立于历史的波浪和时光的激流之中，从不倦怠，从不退却。人们看台上的戏，戏台在看台下的人们；人们不来看戏时，它还在看着他们。戏里十分钟可跨越千年，一个人漫长的人生，在它眼里也只是瞬间。它就这样看着，最终把台下一代代人带上台，融进戏里。戏开演时，戏台依然端正静默。它是一位优秀的历史揭示者和记录者，公正，不掺杂个人的情感和立场。戏散场了，戏班子离开了，观众们离开了，里里外外都被掏空了。可谁知道，这时候的戏台才真正做回了自己。这就像我们离开骚动的人群，回到只属于自己一个人的房间，那个真实的“自己”才会慢慢浮现。戏台有大把的时间独处，终将不被世人打扰，独步在自己的世界里。人们把戏台建造成神一样的气质，而最具神性的神，恰恰又是最人性的。

新城镇城隍庙的戏台，是临潭现存较早，最完好的戏台。我先后多次到过城隍庙，多数情况下，这里人头攒动。只有一次，我终于有机会一个人站在大殿与戏台中间。那天，小雪纷飞，树木凋零，原本艳丽的戏台，也显得有些憔悴。一片沉默之中，雪花格外惹眼。轻盈里透着沉重，晶莹里闪烁禅意。这天，我穿得很厚，在温暖的前提下看雪花，是一件美好的事。雪花在戏台前飞舞，仿佛无数生命在徘徊。雪花后面的戏台，回到时光深处，身影模糊，而它所收藏的记忆，潮水般向我涌来。渐渐地，雪花的脚步停在空中，戏台动起来，像正在表演的说书人。只是，我看不清它穿的是长袍马褂、西装，还是我从没见过的一种服装。

我静静地注视戏台，雪花代替了我所有的语言。

这个经典的双层木式戏台，现已成为文物。物品在实用价值退化之后，如果还有艺术价值或历史价值，那就是艺术品或文物了。这个戏台退休了，只能在接受人们膜拜时默默观察众生，再没有表达的机会。取而代之的是庙前大广场上新建的戏台，这是老戏台的后生，它接过了先辈的使命。

临潭各地的戏台，绝大多数都是新建的。过去，也是有的，只是同人们的命运一样，曾经遭受戕害。值得尊敬的是，人们或在旧址，或另选地，让戏台重生，数量上似乎比以前还多些。我把这看成伟大的文化事业，而当地百姓不以为然。在他们看来，戏台是村里的一员，重修是本分之事，也是在修补自己的良心，还戏台一个公道。

正是秋收时节，古战乡古战村戏台前的广场上，一位老农民正在用耙翻晒青稞和大麦。身后的戏台上，有两三个孩子在玩耍。这让我想起小时候，爷爷在家门口晒玉米，我坐在门槛上玩一颗新得来的玻璃球。我身后的明间里，弟弟正抱着大板凳睡得直打呼噜。

孩子们跑到广场一边的树下玩去了。老农民停下手里的活计，坐到戏台的台基下，嘴里叼着烟，怀里抱着耙。

一切回到静止。

现在，我的眼前依次是我的影子、粮食、乡亲、戏台和无尽的苍穹。

我想，此刻，我看到了人间的一切。

我提醒自己，这里是高原，这里是高原之上的临潭。

花儿令

一

从县城到这个村子，似乎走过了四季，走过了千山万水。5月的高原，从万物生长的角度看，确实搞不清是春夏还是秋冬。海拔低的地方，油菜花已盛开，从半山腰看，满目秋色，而山顶的积雪还是那样耀眼。海拔在2200米至3200米间不断变化，高高低低，上上下下，地形地貌也在平原与高原间不停地转换，江南般的小桥流水，高山深峡，山与川百转千回，那黄土高坡般的景象，远观也有大漠戈壁之感。和临潭县的不少村子一样，这个村子也是依山而建。从山脚到半山腰，房屋虽然排得并不整齐，但错落有致的排列显得很有层次感。目光越过白墙黑瓦，青绿浓郁，再往上，紫红、金黄相间，最高处的雪像一顶洁白的帽子。我这个从平原来的人，对这样的村子总是充满好奇。这里每幢房子都能看得见，不像我老家的村子，站在村头，只能看见几处房子，其他的都隐于其后，而村子在雾里，只有那炊烟带着烟火味儿带着某种神秘，慢慢爬向天空，与云一起远游。在这里，越是能看到各家各户，就越像一个人竭力向你敞开胸怀，而他潜藏的秘密会更多。

把目光收回来，村口有条河，河上有座桥，这和我老家的那村子很相似。一位中年男子倚着桥栏杆，远看以为在打盹，走近了，才听到他叽叽咕咕地念叨着什么。他是位护林员，负责村前这座山的巡查看护。近些年，临潭县加大了保护山林的力度，在乡村选聘了许多生态护林员。一方面，帮扶那些无技能增收的贫困群体通过劳动脱贫；另一方面，扩充了基层急需的生态保护队伍，织密织牢了生态脆弱区林草资源保护网。他一大早就上山了，中午吃的自带干粮。这会儿刚从山上下来，在桥上歇歇脚。他不是在自言自语，而是哼“花儿”。没有惯常的曲调，含在嘴里打转转的词语，如同迷路的羊儿。一会儿他咬着一个字不放，时紧时松，像是成心逗这个字玩。拉长音时，也没见他怎么发力，一个字被他抻得很长，和他落在河里的影子差不多。

我有意离他两三步远，举起手机假装拍风景。估计他原以为我只是一过路的，没想到我走到他身边会停下来。他动了动腿，稍微调整了站的姿势，但还是靠在栏杆上。他不哼了，侧过脸悄悄看我，脸上似乎有些不好意思。目光相接，只是一个瞬间，他低下了头，我也有意移开了目光。在临潭，尽管我的穿着并不异类，但哪怕不开口说话，许多乡亲都能看出我是外地人。有一次我去问在路边摆摊的大爷，他说：你不像县上乡上的干部，也不像乡下人，那指定是外地人啊。我说：我跟你们没什么不同啊。大爷笑了：就你的脸色，就不像。我听明白了，长期在高原生活的人，皮肤确实和我不一样。这是一种感觉，而感觉上的事，有时只可意会，不可言传。显然，现在这位中年汉子感觉到我不是本地人。我想打破这尴尬，掏出一支烟，向他借火。他看都没看我，说道：我刚从山上下来，没火。这声音，这吐字，这腔调，这情绪，跟刚才哼花儿时完全不一样了。

二

不放开嗓门唱，不按曲调唱，只是随意地哼哼。这样的人，在临潭不少。这样的哼唱，不是真正意义上的唱花儿，更多的是以自己的方式感受花儿的氛围，自己把自己带入花儿的境地。多半时候，他们不在乎旋律唱腔，只关心歌词。有时还依着曲调，有时干脆就在说歌词。这样的说词，还真有些自言自语的感觉。不需要做准备，有时与自己的状态和心情有关，有时没有缘由，就是想到了几句歌词，随意地哼唱。我问他会唱吗。他头一下抬得很高，大声说：当然了，当然会唱。接着头又垂了下来，语气也软了：唱得不好，会的词也不多，只是偶尔扯上几句。

他说的这种情形，我也时常遇到。我有次走在山谷中，听到不远处传来一声唱的拖腔，声音不是很响，但弯弯绕绕间又十分悠长。这歌声，像一只鸟儿在空中时而盘旋，时而俯冲，时而从山坡滑过，向山顶的方向飞去。这声“哟”渐渐地逝去，就像一个人从你眼前走过，慢慢地消失在丛林里。下一声“啊”响起来不久，我恰好拐过一个弯。还在山谷里，但眼前的开阔地让人顿生宽广之感。在山路上走得太久，整个人都像被挤成窄窄的路一般。现在，身心总算可以都舒展舒展了。刚抽穗灌浆的青稞呈现出与山不一样的翠绿，一位中年妇女就站在这翠绿之中，看打扮，应该是藏族人。不知道她在做什么，也不需要问，我在等她唱花儿。这里的海拔在3100米以上，但她的声音里丝毫没有缺氧的感觉。如果我猜得不错的话，她唱的是“花儿哟，两叶儿啊”，这是许多花儿都共用的尾声。据说这样的尾声，还是“洮州花儿”所特有的。有时就是真正的结尾，有时则是两段之间的过渡。别小看了这几个字，就这几个字，花儿把式可以用不同的曲调注入不同的情感，唱出喜怒哀乐，唱出人间的幸福与痛苦。我有意放慢了速度，在等她继续唱。她往地里走了一段，又唱起来了，这回我听得完整了，就是“花儿哟，两叶儿啊”。这一次唱得明显比刚才激昂，像一匹野马在草原上狂奔，又像那高低起伏的吆喝。好嘛，她不唱别的，只唱这尾声啊。我不知道她这是在练声，还是只唱这句尾声自娱自乐。因为她的歌声，这山中显得更加寂静。

三

不管会不会唱，临潭人喜欢听花儿是出了名的。他们的说法也很朴素，三天不听花儿，比吃不上肉喝不上酒还不得劲。他们不一定特意和你聊花儿，但手机铃声可能就是花儿。和你说着话，指不定就会冒出一两句花儿的歌词。对他们来说，这很正常。因为在他们想来，有些话不太好表达时，用花儿的歌词，既快捷又准确。这近乎本能的反应，不仅是花儿的魅力，一定也与潜于生命里的方言有关。县里有位干部普通话说得相当标准，几乎没有临潭味儿的痕迹。他从小就爱说普通话，后来又喜欢朗诵和演讲，还在外地工作了一些年。回到家乡后，他一口的地道普通话不是个事儿，只不过走村入户时，他觉得还是说家乡话好，至少也是临潭普通话。对他来说，这需要语境的切换。只要是说家乡话倒不过口时，他就默念几句花儿，话里立马就能活泛出乡音。

我也有类似的体验。自从有了手机后，我不像从前那样能默记许多电话号码；就像用上导航后，现在手机导航如此方便，我不记路的毛病愈加严重，估计已无药可治。我本来就对数字很迟钝，加上手机通讯录存储调用又如此方便，我到后来只能记得两个号码，一个是我的手机号，一个是父母的座机号。常年在外，人到中年后，我给父母打电话的次数越来越多，尤其是他们病重后，我一周至少要打一次电话。有一天，我晚上加班和几位同事统计一份报表，核对一组组数据。工作结束，我一看时间快到晚上8点了，母亲晚上8点是要睡觉的，而我好几天没和她通话了。我急忙拿起电话要拨号，可怎么也想不起号码。折腾了至少有五分钟，我才想起来那一组我之前已烂熟于心的数字。后来，我细细琢磨了一下才发现，我只有在家乡话的语境里才能记起父母的电话。为此，我测试了好多回，即使不念出来，只是默想，只要是在普通话的语境里，我根本无法从脑中提取父母的电话号码。

四

一位乡干部给我讲过他爷爷对花儿的“痴”，说他爷爷去世的那天下午，非要听花儿，可他不会唱，只得从手机里翻出在庙会录的花儿放给爷爷听。花儿声响起，爷爷脸色似乎亮了些，因疼痛而致的呻吟渐渐没了，原本半睁着的眼睛闭上了，表情渐渐归于平和。他说，他看到爷爷嘴角挂着淡淡的笑意。那天下午，他一直在为爷爷放花儿的录音。小小的屋子里，一首又一首的花儿，穷尽人间的情绪情感，歌词里的那些事，许多是他爷爷经历过的。情感、故事、场景，似乎是在回放他爷爷的一生。他爷爷是在傍晚时走的，走得很安详。他讲得很诚恳，着实让我感动。我还在宁文焕先生所著的《洮州花儿散论》一书中，读到过类似的故事。

五

花儿，西部民歌的一种。据相关资料所述，花儿其实是学术界的一种叫法，当地人称作“漫花儿”，更准确地说叫“漫花”，由于当地发音多带“儿”音，所以“漫花”外人听起来就是“漫花儿”了。从叫法上就道出了“花儿”的关键在于“漫”，与我们常说的“漫谈”有异曲同工之妙。到了“花儿会”这天，青年男女就会背上干粮，到附近的山中去“漫花儿”，类似其他地方的赶庙会或踏青。他们以歌会友，或单人独唱，或一问一答对唱，不拘泥于形式，非常自由而“散漫”，所以叫作“漫花儿”。临潭的花儿，一般被归于洮州花儿。

花儿是临潭美学的重要组成部分，又是日常生活所不可或缺的。在花儿会、庙会，以及婚丧嫁娶等节会和生活仪式里，花儿是戏；回到周而复始的日常生活，花儿是亲朋好友，是左邻右舍，还可能是另一个自己。戏台在临潭的乡村比比皆是，但花儿不属于戏台，而在戏台下的任何地方。在大树下小桥上，像聚在一块儿聊天的乡亲们，也像地里的庄稼或野草，在天地间逍遥。民歌多以情歌为主，洮州花儿中的男欢女爱也占很大的比例。略有不同的是，洮州花儿也青睐乡村生活的叙事。一首首精短的歌词，浓缩了乡村千百年的历史，让那些消失的人和事，重现于唇齿间。这样特殊的声音，参与了乡村众多情感的抒发或宣泄。这些花儿像一滴滴水，一朵朵浪花，汇入乡村记忆之河。

每首花儿的歌词都不长，但密度相当大，以写实为基调，调动想象、夸张、跳跃等手法，说人说事说天地万物。花儿，是乡村讲故事说书的变调，讲究某个瞬间某个细节的放大，将宏大的时空浓缩进特定的情境。山间的一块石头，草地上的一朵花，庄稼地里的一束青稞，屋檐下的一滴雨，都是实实在在的原生形象，又是亲切的生活修辞。而那些日常生活的喜怒哀乐，劳作的场景和农活的操作方法，以及风俗人情都可以入歌，为你还原一个个朴素而又灵动的画面。小小的花儿，比村庄还宏大，不但装下了村庄岁月的所有，还让村庄与整个世界产生互动。听花儿，便是在听乡村的过往，别人的故事，大地的心声。这是娱乐，是纵情，又可看到自己的身影，触摸到自己灵魂的纹理。

六

唱得好的，被十里八乡认可的，在庙会上受到追捧的，在比赛中得过名次拿过奖的，人们一般都称之为花儿把式。嗓子好，唱得多，固然重要，还能自己编词，编得好编得多，即兴编唱的功夫高人一等，那才是花儿把式中的高手。

老一辈的花儿口口相传到如今，对花儿把式而言，记得多，是攒底。要出彩，得见到什么就能现编词唱出什么，能够信手拈来，把身边人身边事身边的景物变成动听的花儿。花儿把式就这样成为与生活同步的记录者、表达者和传播者。从远古神话到祖辈传奇，直至当下的脱贫攻坚、乡村振兴，花儿的乡村叙事是实时的，连续的。那些岁月里的花儿，经花儿把式的传唱，被擦得透亮。时下的生活，经花儿把式一编一唱，人们便欣喜地发现戏就在生活里。

花儿，活跃在各大庙会上，以各种各样的形式展开比拼，洮州花儿自然也不例外。大型的花儿会，有着固定的程式。由善于编词的“串班长”牵头，组成三人以上的演唱班子，用领唱、独唱、齐唱等形式相互赛唱。前两天，当地群众用马莲绳拦路求歌，歌手们则以歌声通行。第三第四天，游山对歌，昼夜不息地展开较量。第五天，围篝火夜歌，亦有联欢的味道。最后一天新朋老友以歌互颂，敬酒道别，这才落下花儿会的帷幕。

七

以花儿作为日常交流沟通的方式，在其他民歌中，还是不多见的。两个花儿把式相遇，彼此一笑，这就算是开场了。从形式上看，他们好像是在对唱，不，其实他们是在聊天拉呱。你一言我一语，变成了你唱罢我来唱。聊家长里短，聊所见所闻，打听个事说个新消息。这是花儿把式最过瘾的时候，初拉开架势时，还有一决高下的冲动，你来我往地唱着唱着，真就成了两个好朋友间的交流。当地人都知道这其中的道道，但还是津津有味地当观众。不懂行的外地人，纯粹就认为人家是在表演，而且是非得分个你高我低的比赛。

花儿牵线，结拜为兄弟的有，成了两口子的有。两个花儿把式成了夫妻，那还真有意思。用他们的话说，这一天到晚，唱花儿比说话的时候多。尤其是两人闹别扭冷战后，一方为了化解对立，但不知道话怎么出口，那就不说话，唱花儿，内容里有服软的，更多的是些俏皮话，几句唱下来，对方扑哧一笑，算是有所接受，接下来，会用花儿数落对方一番。再后来，两人的花儿越唱越和美。警报解除，和好如初。邻里、朋友之间，遇上不好意思张嘴说的话，也会用花儿唱出来。有大家耳熟能详的，也有现编的，目的只有一个：把想说的话，用最贴切的花儿唱出来。

八

我见过一些临潭人唱洮州花儿时的照片，也在田间地头、比赛现场亲眼看过他们的表演。男人持扇，女人打伞。扇是画有花鸟山水的彩扇，伞是浸润江淮风情的油纸伞。这样的行头确实很养眼。在西部高原，因为巨大的反差，还有奇异之美。临潭人说，这扇这伞不是为了好看，而是遮掩面目。他们说，花儿的情啊爱啊之类，就跟乡村里那些故事一样，有不少粗俗的成分，有些人是不让自家孩子唱的。自己爱听，却不让孩子碰，这样的事，好像不只是针对唱花儿，也不只是发生在临潭。深爱花儿的把式，就用扇和伞作掩护。在临潭新城镇，我也听过类似的说法。新城镇的洮州卫城，过去那是有皇家气息的城池，城里人自高人一等，在他们眼里城墙外的那些人，都是乡野俗夫。一位老者曾对我说，过去啊，也不算远，就是在他小的时候，花儿是乡下人的把戏，唱花儿的人比戏子还戏子。所以他们虽然喜欢听，但不屑于唱。

不过，他们都说，那是先前。现在没人对花儿说三道四了，自家孩子能爱上花儿，能唱花儿，那是本事。如今的伞，更是地道的油纸伞和布伞。一身江淮风韵的穿着，在绾起的平鬓上插上簪、钗、钿等银器饰物，鬓饰金玉梅花一对（俗称“鬓花子”），耳戴银耳坠，腕饰银手镯，发髻上苫以略带装饰性的雪白布巾，身穿宝蓝色过臀大襟上衣，内着白衬衣，外衣袖口饰以白色花边。一把伞在手，犹抱琵琶半遮面。如此这般的高原女子，有江淮的柔美婉约，又有西部的炽烈和几缕狂野。

近些年，临潭着力打造旅游经济，洮州花儿有了新的生机。除了在各种活动中让花儿把式多登场外，还在旅游景点进行实景式的表演。虽是表演，但从花儿把式的穿着到歌词的选唱和即兴编唱，都在回归花儿最为原生态的情境。常常是，有花儿把式在的地方，围观的当地人比游客还要多。花儿把式也高兴，既过足了瘾，还挣到了钱。

九

我在临潭三年，在许多地方许多场合听过花儿，印象最深的还是那年深秋的一天。这也是大山里的一个村子，只是四周的山都不高。村子里近百户人家，一半是汉族，另一半是藏族和回族。村子的南头有块空地，站在这里，身后是庄子，左右和前面都是舒缓的山地，远处的山稍高些，但依然像中年男人那样敦厚。不少人聚在这儿，男女老少都有，闲聊的，做针线活的，还有几个人在打牌，一些孩子则三五成群，跑的跑，追的追。如果忽略海拔高度，这很像我童年时老家的晒场。三男三女在唱花儿，围个半圆坐着。一会儿唱，一会儿聊天，有时还相互评点一番。我这个外行人也听得出，有两个人很业余，不是花儿把式。其他人像在听，又像在顾着自己的事。他们在花儿里，又在花儿外。倒是有几个孩子动不动就窜到花儿把式中间，做鬼脸，或者扯上一句花儿。跟唱的不多，故意弄一句三五不着调的，头昂着像只小公鸡似的，以搞破坏的方式彰显自己的存在，典型的捣蛋分子。那边花儿刚唱了几句，打牌的一位青年朗声说道：嗨，唱错了，你刚唱的反着呢。这话引得众人大笑，花儿把式倒是很淡定，走到那青年身边聊了几句，就在青年身旁又开唱了，边唱边往刚才坐的那地方走。

我当时是从村子里走过来的，为了多感受这样自然的气氛，我站在一堵墙后。墙是石头垒起来的，石头不知是从哪里弄来的。这些石头，形状各异，堆砌时没有打磨，只是以组合的方式巧妙地叠排在一起。石头缝里的草枯了，但我知道明年春天它们又会泛绿。传来的花儿声，如此之近，又是那样远。后来我才知道，这些花儿把式中有一位在许多比赛中斩获过大奖。回到村里，和乡亲们在一起，花儿把式也就成了张家的叔李家的娃。我想，花儿在临潭千百年，依然生机勃勃，应该与这有关系。

傍晚我离开时，村庄离我越来越远，可心中的画面越来越清晰。眼前的山路，就像一首花儿。翻过一座山，另一首花儿又迎面而来。

十

临潭的汉族人多半是明朝初期从江淮而来，其风俗习惯、穿着打扮和言语间，仍然有江淮风，而且是古老的江淮风。几百年来，仅本地方言，又融合了藏回等民族的一些发音和特定的用语。或者反过来说，远古的羌族方言，依然沉默于当下临潭的话语里。平常的交流，他们竭力向普通话靠拢，而一旦和花儿缠上，地道的方言就顺口而出了。远古的气息，质朴而纯真，洮州花儿成为文化的奇妙生命体，不因时光而流逝，坚守着某些执着。来自江苏的我，听着花儿里那丝丝缕缕的乡音，会想起我远方的故乡，想起我回到故乡时，用家乡话与亲朋好友拉家常的情形。乡愁是有记忆的，不仅在内心深处，也在耳根和舌尖上。我们的躯体，处处浸满乡愁，不管愿意不愿意。

戏中的人物，是从现实中沉浸于戏里。花儿把式则一直是把自己与花儿、与生活同构于一个时空里，不需要在多重身份间切换。花儿把式从不认为自己在唱戏，也很少动用肢体语言，常常以一种表情唱一首又一首花儿。歌词是面上的内容，其里是方言的原汁原味和曲调的随情而变。方言的韵味，曲调的本土美，是包括花儿在内的民歌的迷人之处。

人的口音，总关乎大地山水之性情，内蕴天人合一之道。南方人的舌头比北方人的软，从南到北，我们的舌头随地理环境由柔到坚。南方人的舌头柔软擅长打卷，北方人的舌头似一把刚中有柔的钢尺。嗓音也似乎与地域的含水量有关，潮湿之地的嗓子很润，缺水、干燥之地的嗓子，总有嘶哑之息。江南小调与陕西秦腔，极致地体现了这样的特征。听听那些歌谣，就能感受到大地的个性、山水的脾气。同是南方，同是山水秀美之地，飞出来的歌声是不一样的。山高林密之地，柔韧、悠长的歌声绕着山可以飞很远。江南山不高，丘陵与平地相间，歌声便如小桥流水般。草原上，一马平川，歌声只有如野马狂奔，才能传得更远。在黄土地、大漠之上，这样的歌声又多了些刚烈。一方水土养一方人，民歌，甚至是戏曲的风格，大抵上都接近所在地域人的性格。

口音与天地间的此种关系，大有讨论的空间，但以此细察洮州花儿的音质腔调，倒不失韵味。临潭多山，虽海拔很高，但山的相对高度并不高。多数的山，坡度较小，山形平缓，有温文尔雅之态。历史上，这里水草丰美，是游牧民族的追逐之地。现今也是山清水秀，耕牧相宜。临潭的行政区域内，海拔从2209米到3926米。然，临潭与卓尼县多有交错，从县城去一些乡镇，总得穿过卓尼的地界，其中的许多地方，海拔超过4000米。通常的说法是，临潭是平原与高原的交会地，实际上，临潭的地理风貌更为多样，是典型的丘陵、平原、高原等地质地貌的复合体。山下种玉米，山上育青稞；这村养黄牛，邻村牦牛满坡跑。

临潭又是藏、回、汉三个民族的集居地，不少的村子还是藏族村或回族村，从风格到生活习惯，从性格到语言，既保留了本民族的特色，又我中有你，你中有我，彼此交融。比如语言，三个民族都有三套独立的系统，一是普通话，二是自己民族的语言，三就是花儿了。花儿把式中，藏族人、回族人和汉族人几乎三分天下。至于拜师收徒，无民族之界，一个汉族花儿把式的师傅是藏族人，收的徒弟里有回族人汉族人，在临潭，这是极平常之事。洮州花儿也像当地人一样，豪放中有细腻，温婉中有刚烈。当地人喜欢喝茶，也极能喝酒，可以把船划出诗情画意，也能骑马如雄兵压境；说话与唱花儿一样，有小桥流水的气韵，也有翻山爬坡的耐心，还有在草原上漫步的逍遥。

十一

那天，不是花儿会，也不是庙会，只是一次巧遇。各路花儿把式聚在一起，颇有以武会友的架势。他们几乎唱尽了花儿的各种曲令和一致公认的传统曲目。当然也少不了现编现唱。说实话，歌词我是听不懂的，尽管我熟记过一些花儿歌词，但仍与花儿把式唱的对不上号。好在，我的兴趣也不在歌词，我偏爱放弃歌词的束缚，只将自己置身于由声音调和而成的情境中。花儿把式的歌声，在我的心里构筑了一个又一个具象的场景。

我坐在土城墙上，这是一道明代修建的边墙。有些土随风而逝，近的入了村庄，远的飞向远方。不远处有个村庄，我看不清是江淮风格的庭院，还是古朴的藏寨，或门窗全是拱形的回族式农家屋。我和村庄之间，是一条弯弯的河，最窄处有个古式油坊。身后是庄稼地，一群人在割麦。远些的山脚下是牧场，有人在策马飞驰，几顶帐篷散落其中。羊与牦牛在山坡上，一白一黑，像白天与夜晚手挽手肩并肩。

梦在江南，在高原，在深山大漠，而我的肉身在临潭。

我爱和乡亲们聊天，特别是与几个民族的乡亲一起聊天。谈及风俗习惯、饮食美味，他们都会强调自己的民族。而一提及洮州花儿，他们说的都是“我们的花儿”。

我五音不全，不会唱歌，也记不住节奏曲调。对洮州花儿，也是如此。三年的临潭生活，我听了无数的洮州花儿，也和许多人探讨过花儿的起源、历程和特点，但没能记住一首花儿，包括歌词。但洮州花儿给我留下的那种感觉一直印在我心里。想起洮州花儿，我就想起了临潭的父老乡亲。

在乡村，在山中，在河边，他们就是一首首行走的洮州花儿。

弦外音

一

西部高原之上的临潭小县城，元宵节前一天的下午，两根粗长的绳子摆在大街上。路过的人们相视一笑，今年好戏照常。

天色渐晚，潮水般从四面八方涌来的人淹没了巨龙，大街成为一条流动的河。

一声炮响，数万之众一拥而上。一年一度的万人拔河比赛开始了。

两队人都有指挥者，嘴上叼着哨子，腮帮一收一鼓，脸涨得通红，哨音时而悠长，时而急促。手中的红旗随节奏挥动，哨音与红旗同时发出指挥信号。队伍太长了，后面的人根本听不到指挥者的哨音，看不见指挥者的红旗。每间隔约20米，就有一个身材瘦小的小伙子站在绳子上，他们也是指挥者，负责将前面指挥者的号令向后传递，形成接力式的指挥纵队。这些小伙子经过严格筛选，个头小体重轻只是基本标准，还要反应快、中气足、协调性强。站在绳子上，虽说一边有一个人专事扶腿，但还需要有高超的平衡能力。倘若摔下，虽不至于受伤，但会中断号令的连贯性，影响整个队伍的节奏，那可是大事。远处的人看不到参赛者，但可以看到这些指挥者。放眼望去，这些立于绳子上的指挥者好似风中摇晃的帆，在海上乘风破浪。

前头的上百人，都是清一色的壮硕男子。他们是各村各社挑选出来的精英干将，是主力也是门面。开赛前，他们如一根根木桩立着，表情凝重而紧张。与周围人散漫、轻松，谈天说地，欢声笑语，打打闹闹的情景一比，他们似乎并不属于这里。比赛一开始，他们瞬时进入战斗状态，十指如钢爪抓住绳子。臂膊紧贴绳子，既可稳固绳子方向，又可变摩擦力为抓力。这时候，他们的手臂与绳子合为一体，绳子是手臂的延伸。脚下呈马步状，上半身保持后仰态势。如此这般，可以将身体的重量转化为后拉力，并可以让身体在拉拽之中富有弹性。每一次后拉，身体如弹簧。百十人整齐的行动，就像海浪，看似悠然，实则内潜无限的力量。他们是猛虎，又颇具专业运动员的范儿。

后面队伍的成员里不分男女老少，不分民族，不分信仰，大家心往一处想，劲往一处使。绳子太粗，有的人双手掌控不住，就把绳子夹在腋下，反正衣服穿得厚，不会硌得疼。有些孩子干脆像秤砣一样吊在绳子上，嘴里哇啦哇啦的，既是给自己鼓劲，也是为别人加油。大人也有这样的，尤其是那些矮胖者，采取吊杠的技法，将手臂之力与傲人的体重合二为一。参赛者全身使劲，动作五花八门，千奇百怪，都扯着嗓子嗷嗷地呐喊。

过年盛宴积攒的力量，有了用武之地。新的一年，需要在这样的呐喊中开场。为了保持统一发力的节奏，也少不了这样的呐喊。从胸膛迸发出的声音，是身心的颤动，是应战未来的豪迈之气，也是参赛者彼此聚心聚力的方式。

绳子与人一起上下起伏，好像水中蛟龙。一般的拔河，最忌绳子摆动摇晃，幅度稍大，便会阵脚大乱，对方抓住战机猛地发力，就可锁定胜局。但是在这里，不会出现这种状况，绳子一旦摇摆，两边的人便贴上去，形成两道移动的长城护卫。众人齐心，既似铜墙铁壁，又似两道铁轨，队伍渐渐稳住阵脚。

二

拔河，原为水上作战的技法。由《墨子•鲁问》可知，此战法最早出现于春秋战国时期的楚越之战，名为“牵钩”或“钩强”。鲁国的工匠鲁班设计了一种称为“钩强”的兵器，用于抵住和钩住敌船。处于有利时机时，钩住敌船，奋力痛击；无利可图时，就把敌船推开，以便自己快速撤退。作战之余，兵士在陆地上进行实战性的训练。后从兵营传入民间，渐成为“牵钩之戏”或“施钩之戏”。此后，这项源于作战训练的拔河，为民众广泛接受且喜欢。《新唐书》记载：“壮者为角抵、拔河、翘木、扛铁之戏。”“拔河”一词首次出现在史籍中。一般认为，因将决胜标志线称为界，便有“拔河”一名。军事训练演变为民间活动，是军事文化对大众文化的一次深情反哺。从形式、内容，以及影响面，来到民间的拔河实现了令人沉醉的超越。

千年之后，临潭人又一次复制了这样的超越。

明代初期，数万江淮兵士来到高原腹地的临潭。据《明太祖实录》记载：“洪武十二年（1379）春正月，洮州十八族番叛，命沐英移兵讨之，英军至洮州旧城……英部将士之中多为江淮人。”而《洮州厅志》则记载他们的去向：“从征者，诸将所部兵，即重其地。因此，留戍。”十几字，毫无情感可言，只是客观而精准地记录事情。冰冷的文字，掩埋了多少背井离乡的血肉之躯。我们无法亲近，甚至难以想象。文字是温暖的，但有时也会如此冷酷。

兵士们远离故土留在他乡，也将老家的风俗人情和兵营文化注入异域。他们带来了中原的传统文化、先进的生产技术和新奇的日常生活方式。对当地牧民而言，外来的文化如此迷人，生活从此进入两个世界的融合。而兵士们，则是以这样的方式存储乡愁。最先进入牧民视野的当然是一些军事行为和用语。在当年的洮州卫城所在地临潭新城，至今还把赶集称为赶营。营，是兵营的营。茶马互市最初属军中交易，群众称之为“营”。渐渐地，百姓们在特定的日子来到新城，以马易茶，并借助这样的便利进行民间商品交易，久而久之，这里的集市繁华起来。因是跟着兵营做的事，所以赶集也称为“跟营”。

是兵，就要训练强体，时刻备战。纯军事性的操练，离自己的身份和生活很远，百姓们只是看看。拔河可不一样。只要有绳子，随便什么地方，不用烦琐的规则，就可以那样激烈，那样心潮澎湃。如此，曾经的历史又在这里重现，只是比当年更从容，更完美。在当地百姓模仿拔河时，兵士以及其后随迁而来的家眷给予了专业性的指导。他们将在江淮民间已经成熟的拔河活动带到当地百姓中，而非单纯地移植军中的拔河训练。

三

对临潭而言，拔河从历史深处而来，从遥远的陌生之地而来。而在他乡的江淮儿女，则以拔河为载体，珍藏故乡的记忆。故乡是具象的，包括门前的一条河和村头的一棵树。那些多民族聚居的形态，也将各民族的文化和诉求缠在了同一根绳子上。来到临潭的拔河，既保留了民间最为朴素的拔河之风俗，又极具西部特色风情。

临潭的拔河，是比赛，也是民俗。“以占年岁丰歉”，以众人之力行占测之事，这是在心之虔诚上，又加入力量的奉献。把对方当作假想的困难，众人将其打垮。并且是在向上苍展示大众的齐心和雄力，祈福纳祥。输赢定乾坤。胜的一方，预示新的一年风调雨顺，地丰收，人康健，万事皆顺心。这是大事。许多在外的临潭人赶不回来过年，也一定想方设法归乡参加拔河比赛。过年之后，不是天大的事，也等拔河之后才外出。

临潭拔河不是一根绳子，而是两根绳子，这与最初的牵钩之戏基本相似，只是以扣环代替了钩。麻绳内包钢缆，粗如成年男子的大腿，总长近两公里，重达八吨。绳头处均有扣，高高昂起。绳身上每隔一段距离，以稍细的绳子分岔，称为“连”。绳头为头连，中为二连、三连，末端为连尾。当地人称头连为龙首，二连、三连为龙爪，连尾为龙尾。两条巨龙来到人间，似卧似飞。

视绳为龙，二龙相争。出征前，自然要行祭拜之礼，名为“出绳头”。出绳头要举行隆重的祭祀仪式，含有祈求平安的愿望。比赛结束后，正月十七要“回绳”，保管起来等下一年再用。

祭祀仪式在大庙举行。大庙，坐落于旧城城内中心位置，全称为“镇守西海感应五国都大龙王庙”，也称临潭旧城“五国爷大庙”。此处最初为明朝洮州旧城的都司衙门。后明太祖念安公忠心报国，镇洮守边有功，敕封其为分管石门洮河以西、统辖西海、总摄洮境之“镇守西海感应五国都大龙王”，执掌风雨雷电，消灾御难，建庙享祀，列洮州十八位龙神之一。都司衙门从此改为龙王庙，重塑金身，受西海洮境数万藏汉群众六百余年的香火祭祀，经久不衰。

在大庙院内香炉前设香桌，桌上供三牲及相关供品，旁立龙虎旗。赞引和礼生穿朝服盥洗后就位。在礼生主持下，承祭人员三上香三献爵（三敬酒），行两拜六叩礼。在引班的引导下，杠子手举龙头、楔子于前，由赞引“点睛”。礼生展读祭文，祈求国泰民安，风调雨顺，活动圆满。承祭人员再献爵，化黄表册，行两拜六叩礼，陪祭人员及参与人员随行礼。在礼生主持下，鸣炮、奏鼓乐。围观之众这时竞相上前以触摸龙头、楔子为荣。如此，可沾瑞气。

四

拔河到了唐朝时，是在大绳的两头分系小索数百条，拔河的人将小索挂于胸前，两边的人相背而牵，其动作与纤夫拉纤相近。临潭的拔河，对此有所改进，两支队伍相对，保留了大绳上拴小绳的做法，但更多的是用于拉拽。由套胸背到手拽，在人数上得到了扩充。绳前的钩改为恰如龙头的大扣，即头连，在赛前用一根长60厘米左右、两头细中间粗的木杠子巧妙地连接和捆绑起来。这杠子是用白桦木经菜籽油浸透后晾干制成的，可以承载巨大的力量。专门连接两根绳子的人叫“连手”，双方各有4位连手，一般由群众推举的“少壮”担任。对接龙口，看似简单，实则不易。连手的活儿不好干，尤其是负责打杠子的连手，一般人也干不了，因而许多连手都是家传。从小就跟着父亲学，什么时候可以胜任而上场，得由父亲说了算。与许多古老的民间技艺一样，连手的技术，一直是在家族里口口相传，传男不传女。

不到临近开赛，不能连龙头。天麻麻黑，人也不少了，主事的先生就会通知连手对接龙头。这时候，已经有很多人抓起了绳子拽扯，有的是要抢得先机，有的则是图个好玩。插杠、移动龙头对接、指挥众人松拉绳子，双方8位连手各有分工。前面的壮硕汉子属于专业性的参赛者，会听从连手的指挥，后面的群众可借机闹着玩了，故意把绳子往自己这一片拉。再往后的群众，不知道前面发生了什么情况，以为比赛开始了……如此这般，没有个把小时，根本对接不上龙头。无论人们怎么闹，连手都不能发火，只能和颜悦色地劝。似乎也没什么人因龙头对接得慢而着急，反而把这场景当作喜剧在看。其实，这是比赛的序幕，是不可或缺的乐趣。

裁定一局比赛中，当头连最后被扯过划定的界线后，连手就要持3公斤多的大锤将头连的杠子打掉，表示一局结束了，再重新连接，重绑杠子。所以当地人又把连手称作“把杠子的”或“杠子手”。这与其他地方的拔河区别也很大。在一方赢时，没有裁判发信号停止比赛，连手需要在运动中打掉杠子。杠子掉了，双扣脱离，比赛才自动结束。

打杠子的人，不站队，谁赢了，都是他操锤打杠子。两边的人还在比赛中，尤其是输了的一方，此时不但不罢休，反而会充分利用杠子未掉的这段时间，做最后的力拼。围着的人自然分成两派，吵吵嚷嚷，推推搡搡，胜的那一头，要连手快点打杠；输的那头，当然是制造各种混乱，干扰连手下锤，为自家队伍拖延时间。如此，拔河形成了两个战场，两边的队伍在战斗，两方围拢在龙头的人群，也在战斗。其他连手，在这时候要竭力阻止各种“扰杠”行为，帮助打杠的连手速战速决。打杠的连手不能迟疑，眼要尖，劲要猛，落点要准。打砸的过程中，不能伤及他人，也不能让自己有危险，但还是每每险象环生。有一年，一位连手正打杠子时，两边围观的人干上了，结果杠子脱落掉在地上，又弹起来砸到他身上，导致他脾脏严重受伤，最后不得不做了脾脏摘除术。幸好，如此受重伤的，很多年来，仅此一例。

五

这样的拔河，没有人数的限制，只简单地区分为上片和下片——以县城西街为界线，以北属上片，以南属下片。

参加拔河的人，严格按上下片来分，一点也不含糊。这个上下片，说是以城中心为点方圆5公里，其实已经延展到很远。涉及两州（甘南藏族自治州、临夏回族自治州）一市（定西市），以及卓尼县、夏河县、碌曲县、岷县、渭源县、康乐县等。历史上主要是汉、回、藏三个民族参加，随着历史的变迁，临潭县周边的东乡族、土族、撒拉族、黎族、苗族、满族等都来参加扯绳。正所谓入乡随俗，既然来了，就得按临潭的规矩参加拔河。

即使是分住在上下片的一家人，也只能各归其位，分开参赛。这是规矩。这样的规矩，一年一年传下来，不再需要专门声明，也没有人专事监督，凭的是自觉。这样的自觉，已经融入血液之中。在此范围之外的，属外地人，可以随自己的意愿加入上片或下片。输赢以及挣得的彩头，是按方位来说的。因此，只要来参加的人，基本上还是按自己家所处的位置加入相应的队伍。在哪头都是拔，在自己家这头，真要赢了，自己出力，图得吉利，也挺好的。

从远处来的人，常常就在临潭县城里的亲戚朋友家过这三天。白天一起过节一起吃喝，是亲朋好友。晚上拔河时，分道扬镳，各为其主，又是各不相让的对手。拔河结束后，又一起喝酒打牌，全然一家人的感觉。

有没有人破坏这规矩呢？还真的有。恋爱中的小伙子，常有“背叛”之举。女朋友一要求，有的还是主动请战，便离开了自家所在的队伍，去了女方家那头。人常说，恋爱中的男人智商为零，没有自己的立场，以女朋友的立场为准。在别处在别的事上，会不会这样不得而知，但在临潭拔河时，时常会这样。对此，有些人解释说，唉，人家把养了那么多年的女娃送来了，而且以后只能在咱们这片了，现在帮上几回，该的。看来，这也成了默认的规矩之外的规矩。

这是两片区域的全员对决。胜负，不仅关乎参赛者，还关乎参赛者身后的所有亲朋好友。他们在为自己战斗，也在为家人朋友战斗。观战的人，只要愿意，随时都可以加入。这就有意思了。刚才还在那儿袖手旁观，下一秒就撸起袖子上阵；刚才是啦啦队中的一员，现在在别人的助威声中上阵拼杀。有些人刚赶到现场，直接拨开人群加入。胜负还在你来我往之时，参赛的队伍越来越壮大，从一开始的看的人多，发展到后来的参加比赛的人多。只要输赢未定，支援者便源源不断。

随着人数的不断增加，赛场上的形势常常风云突变。人们通常都喜欢帮助弱者，在这里也是这样。看着自己这一片的形势占优，大家按兵不动，把力气花在喊叫上，加油声一浪高过一浪。每当这时候，整条街真的沸腾了。兴奋、纵情、狂野，不同的声音都进入声嘶力竭的高潮，震耳欲聋，可破天，能撼地。看着自己这片弱了，快，上，上，一帮人拥上去，瞬间便能逆转败势。人多绳子短了，那就轮番上阵。一个小伙子冲着中年男子喊：你行不行了？不行我来换你。中年男子不回应，连看都不看小伙子。小伙子急了，但实在是挤不进、抓不住绳，干脆抱住中年男子的腰，以间接的方式参战。许多孩子一看这方法不错，还好玩，便像老鹰抓小鸡的游戏那样，一个抱一个，连成长队。就这样，娃娃们加入成人行列，使出吃奶的力气。实在挤不进的大人们，有的拿出预先准备的绳子，像"一连二连"那样不断延伸抓手。有了多出的绳子，这些侧生的旁枝，如同龙舟上划动的桨，增加了比赛的可看性，也提升了比赛的激烈程度。

比赛连着三天，每晚三局。每晚胜的一方，第一时间并不是欢庆胜利，而是先把失败一方的绳子扔到附近的河岸边。这是对败者的再次打击，甚至含有嘲弄的成分，目的是试图灭掉其志气。然后，把自己的龙头扎上红绸布高高举起，在大街上，在人群中，不停地跑动，不停地炫耀。是庆贺，共享胜利之乐，也是憧憬新年的好运气。他们脸上写满了胜利者的豪情，昂首阔步，欢呼声极为夸张。失败者，情绪低落，但不灰心。次日把绳子捡回来，并四处奔走，动员更多的人扩充队伍，力振雄风，重装上阵，把好运夺回来。

六

胜负，大家很关注，可到了现场，那紧张的氛围中，还有纵情的狂欢。从农历正月十四到十六，临潭人过元宵节，足足过了三天。从比赛还在准备阶段，一直到比赛结束，在巷子里，城边的小街、河边，烟花爆竹放个不停。尤其是人们那撼天动地的呐喊声、欢呼声与爆竹声合在一起，不仅点燃了参赛者的激情，也点燃了节日的激情。

那些站在绳子上的指挥者，多数时候，他们全神贯注地看着前面的指挥信号，认真地传递下去。但他们不会放弃这绝好的表演机会，把绳子视为难得的舞台，应和着绳子晃动的节奏、幅度，以腰为轴，前俯后仰左倾右斜，表情夸张地制造要摔倒的假象。边上还真有人会上他们的当，伸手要扶，他们一下子又倒向另一边，惹得对面的人也吓得不轻。他们站直了身子，朝大家伙笑笑，有感激，更多的是恶作剧得逞的快意。他们既是称职的指挥者，又是独特的绳上表演者。许多孩子把绳子当作玩具，攀上跳下，钻来钻去，再者就挂在绳子上晃来晃去。更有甚者，也站到绳子上学指挥者的动作。不认真模仿，而是搞怪，做鬼脸，只学人家做错的动作，学人家一不小心出的洋相。这里是他们的游乐场，天生的表演欲在这里放飞。

以前，用于拔河的不是钢绳，而是麻绳，偶尔有被拉断的时候。现在里面包上钢缆，绳子不会断了，但龙口偶尔也会滑杠而脱。这下好了，连手们在手忙脚乱地接龙口接绳子，参赛的许多人抱着绳子在那儿说笑聊天。有的人干脆抱着绳子坐下来，吃点心嗑瓜子。那边开始拔了，这些人又嘻嘻哈哈归队。瞧那模样，不像是参加拔河的，倒和逛街的差不多。

参赛的人奋力相抗，观战的人最爱近距离看热闹。瞧，那人的动作太滑稽；看，那人的脸都变形了。个个凑上前看，毫无顾忌地评点一番。有的老人腿脚不得劲，自己上不了场，就在一旁做起现场教练。他不管别人听不听，按不按他教的现学现“卖”，只是不停地说啊说。女朋友就在男友边上喊加油，有的趁这机会还秀恩爱，把糖喂进男友嘴里，装模作样用手绢为他擦汗。周围的人，起哄一笑。这女孩也不害羞，反而做得更自然。其他地方的拔河，虽然观众不可干扰参赛者，但几乎贴着看比赛，也是正常的。拔河之所以受大家欢迎，观众可以如此近距离地观赏，可能是重要原因之一。想想也是，很少有其他像拔河这样的比赛，观众不花一分钱，还可以进入赛场的核心地带，几乎挨着参赛者感受比赛。

这时候的拔河场，也是众人相聚之地。遇到熟人，聊上几句。有的是见到熟人在拔河，便挤进去一起拔，边拔边拉家常。说是拔，其实也就是手扶绳子，身倚着绳子，心思基本上用在谈天说地上。有的正在拔河呢，瞧见了熟人，离开队伍说说话抽支烟，再回去参赛。那熟人干什么，就不好说了。可能和他一起拔，可能还是当观众，也可能跑过对面，刚刚还聊得很热乎的两个人，立马成了对手。那些姑娘家，三五成群，说是看比赛，其实净挑顺眼的小伙子瞅。彼此间咬耳朵悄悄地说些别人听不到的话，脸上的笑，在快乐中糅进了羞涩。更有些人，把拔河场当作了相亲地。有的男女，就是来相亲的，这地方的热闹，成了他们最好的掩护。有的姑娘经媒人指认，那小伙子在那儿拔河呢，事先媒人也告诉小伙子，今晚给他介绍的姑娘会悄悄地观察他。媒人让小伙子知道有姑娘会看着他，而且在现场会想办法让他知道是哪个姑娘。可她跟姑娘说时，便成了尽管大胆看，那小伙子不知道你会来，更不可能知道人群中哪个是你。这是媒人故意在帮小伙子。蒙在鼓里的姑娘，放心大胆地看小伙子，以为小伙子啥都不知道。而小伙子高兴着呢，明明自己在有意表现自己，姑娘还以为是他自然本色。还有，他看到的姑娘的状态，才是真正的自然本色。每年的拔河，都有男女在此相识，后来相知相爱，最后成了一家子。

七

在临潭，拔河已成重要的民俗活动，令人惊讶的是，其独有的形式，历经600多年的风雨，一直保持了原汁原味。这当是乡愁的力量，也是多民族心灵的契合之力。

《洮州厅志》对临潭拔河是这样记载的："长绳一条，连小绳数十，千百人挽两头，分朋牵扯之。其俗在西门外河滩，以大麻绳作二股，长数十丈，另将小绳连挂大绳之末，分上下两股，两钩齐挽，少壮咸牵首及力扯之。老幼旁观，鼓噪声可撼岳。以西城门为界，上下齐扯，凡家居上者，上扯；家居下者，则下扯。胜者踊跃欢呼，负者亦颇为失意。其说以为扯绳之胜负，即以占年岁之丰歉。"

近些年，出于旅游的考虑，也为了申请国家级非物质文化遗产，官方将"扯绳"改名为"万人拔河"。2001年2月7日，洮州元宵节"万人拔河"被列入吉尼斯世界纪录，堪称世界之最。2008年临潭被国家体育总局、中国拔河协会评为首个"中国拔河之乡"。2021年，在荣登第五批国家级非物质文化遗产代表性项目名录时，也是称"万人拔河"。日常生活中，人们还是习惯和喜欢"扯绳"这一称呼。听他们口中的"扯绳"，那么自然、亲切，似乎就是自个儿的家常事。

早在唐朝就已定名的拔河，相信明代从江淮而来的兵士一定知道，而且他们所带来的拔河，忠实地维护了远古的精华，以及民间赋予拔河的寓意。

我在临潭参与组织过一次拔河比赛。这与临潭传统的拔河不一样，而是我们现在常见的拔河。一根绳子，两边的人数均等。我是裁判。说拔河，是出自我口。这样的拔河，当地人也称扯绳。事实上，只要是拔河，临潭人都唤作扯绳。

那天是临潭宗教人士的一次户外活动，参加的有汉传佛教的方丈和僧人、藏传佛教的活佛和喇嘛、伊斯兰教的阿訇以及道教的道长等。从他们的穿着就可以看出他们的身份。当然，还有我这位裁判，算是比较正式的比赛。扯绳时，各个教派的人士混合组队，要分出名次，还有奖品。在此前的活动中，比如植树，比如座谈，大家都是以教派为别聚在一起来，极少与本教派之外的人交流，每个人都神情淡然，大有超俗之相。但这次拔河不同，组好队后，原本比较拘谨的他们，为了比赛，开始讨论人员的排位，并讨论战术。哨音一响，他们空前团结。我一看就知道，他们并没有在意胜负，因为他们并没有全力以赴。无论输赢，他们都很开心。输了的一方，看到绳子松掉后，对方有几个倒地，比赢的一方还快活。每个回合的间隙，再看他们，笑容绽放了，表情丰富了。如果忽视他们的着装，真的会以为这就是寻常人之间的相聚。

其间，来了一个十一二岁的小男孩，众人争相让他加入自己的队伍。估计小男孩平常见到的僧人都是不苟言笑的，现在看到他们个个和颜悦色，有点不知所措了，站在那儿发蒙。因为此前说过，队伍的人数要对等，小男孩要是加入哪个队，这个队就要减一人。一位领头的喇嘛热情地将小男孩拉到了自己这一队后，冲对面的队喊：他在我们这儿扯，你们在我们队挑一个去，随便挑，哪个都行。对面的阿訇耍起了玩笑，冲着这喇嘛高声喊道：不挑了，就你，就你！这喇嘛愣了愣，把小男孩拉到了他领头的这位置。他说：行，只要这娃和我们一起拔，我在哪都行。我吹了开始的哨音，小男孩闻声便很用劲地开拔，稚嫩的脸上，时而五官快挤到一块儿了，时而嘴咧得老大。那喇嘛哪是在拔河，纯粹一个看表演的主儿。他双手是抓着绳子，但根本没用劲，看着小男孩，冲着小男孩乐。其他人一看，也都不认真拔了。这一局，小男孩所在的队居然赢了。小男孩不紧张了，享受着胜利的喜悦，也享受着僧人们围住他说笑的感觉。

整个比赛时间不长，但结束后，我明显感觉到，他们相互间的交流多了，关系一下子近了许多。扯绳，扯出了他们隐伏的性情，扯出了他们回到生活本身的亲和，我看到了他们不为人知的一面。在这场拔河前，这是我不可能看到的。后来，我再去寺庙见到他们时，总是很恍惚，眼前的他们，真是拔河场上见过的他们吗？

八

拔河脱胎于军事训练，自然火药味极浓。一个“拔”字，足见其生猛。拔河的拔，力字当头，硬生生像拔葱一样把对方连人带绳拔过来，强调的是对抗。拔河比赛，是以分出胜负为主的娱乐活动。实际情况也是如此。今日之拔河，看重的是两队对垒的气壮山河。“扯”，力道明显弱了，多了许多你来我往的互动意味。扯绳，是以娱乐为主的比赛，以绳为引，牵动众生的真性情，活泛日常生活之下的欢乐。临潭拔河，多在万人以上，最多的时候超过10

万人。如此浩大的阵势，拔河人却是神清气爽、欣然自得。这正得益于大家丢了“拔”的决绝，以“扯”为贵。这也是临潭人的豪爽，不计得失，只求共乐。

在临潭，聊起扯绳，总有说不完的话。我初到临潭时，担心遇上人时搭不上话茬。在陌生的地方，遇上陌生的人，能把话头聊到人家心坎上，不仅可以化解尴尬，还可以快速与他熟悉起来。有朋友给我出主意，就说说扯绳的事。我说：我对扯绳不了解啊，会露馅的。朋友说：没事的，你只需像扯线头一样扯出扯绳的话，大家伙都能接上话。你不需要懂，大家都会兴致勃勃地给你说扯绳中的事。这些事多着呢，说不完的。后来，我一试，果然如此。只要提到扯绳，甭管谁，都是神采飞扬。我只要附和几句，对方就能滔滔不绝，绘声绘色，就像高超的说书人。

临潭，素有江淮遗风之说。600多年前来到高原的江淮风，绵延至今，葆有鲜活之气，融入人们过日子的一呼一吸里。扯绳，更是成为元宵节的必备程式之一。这些年，万人拔河，已然成为临潭人重要的传统民俗活动。说临潭，必会谈及万人拔河。用临潭人的话说，和外地人扯扯扯绳的事，心里美着呢。

各种文化相生相长，就像一根绳子一样，彼此缠绕，共为一体。万人拔河，在临潭得到最本真的传承。而一个最具方言特色的“扯”字，似乎在寓示多民族间的血浓于水，再扯也扯不开。

有一天，我专门到仓库看了看这让临潭人扯出自豪、幸福和狂欢的绳子。绳子就盘在屋里一角的窗户下。窗户上的古典镂空木窗精巧而含蓄，糊以宣纸，泻进的阳光洒落于绳子上，如梦似幻。虽内有钢缆，但因麻绳包得很严实，目之所及，就是粗大的麻绳。淡淡的灰尘，让麻绳上的磨损起毛处、汗渍浸染处更显得沧桑，并透出幽幽的神秘。

看得出，回绳的人，盘绳时很有心。我的眼前，一条龙盘坐着，龙头高昂。以静止的方式收藏无数的动感瞬间，以沉默的方式讲述人间的喧闹。这龙，让许多古老的传说和逝去的岁月，来到我身边。

日常生活修辞

茶语

乘坐越野车翻山越岭两个多小时，又步行半个多小时，我总算到了这户人家。其实路已经修得很好，只是在高原的山路上，我坐车久了，会有轻微的高原反应，下来走走会好些。此处是半山腰，海拔3200米左右，眼前深深的大峡谷中，大河已如小溪般婉转。屋前的空地，有一片晒着将要脱粒的青稞。女人搬来小板凳、小木桌，热情地招呼我们坐下。片刻，男人端来了茶，玻璃杯是原先俗称口杯酒的那种杯子，揭去了标签，洗得很干净，倒也通透。茶是绿茶，叶片有些肥大，略显粗犷，和这高原山间的气质倒蛮吻合。

时间是下午3点多，茶杯在西斜的阳光里，而我正处于逆光的位置，在水中在阳光里的叶子，渐渐舒展开。看看茶，看看天，看看山，真不错。我虽随身带了杯子，但我的习惯是，到农户家，无论人家用什么样的杯子泡什么茶，我都喝。这家的女人热情，能说会道，虽然口口声声称她男人为掌柜的，但看得出，实际上是她当家。我问她现在家里有什么难处，她说：难处？难处就是力气不够花了，还有就是想学些赚钱的技术，但学不来。她笑得很自然，只是双手绞着，透露了内心的些许紧张，目光悄悄落在茶杯上。她见我端起杯子喝茶，说话的口气比刚才随和了些：现在可好了，路通到家门口，能用上自来水了，家里的十来亩地，一年下来收成挺好的。农闲时，掌柜的出去打工，能挣不少钱。她爱笑，常常是话语与笑声掺和在一块儿。不需要我怎么说话，喝茶就好。就着她的话和笑声，两杯茶下去，我脑子不再嗡嗡的，胃也不难受了，又回到了神清气爽的状态。

在临潭，喝水就是喝茶。不需要什么茶境，水中放茶叶如同做菜要有盐那样平常。以茶迎客，成为临潭人日常生活的自然而然，不再是单纯的礼节。不管到谁家，人家不会问你喝不喝茶，总是直接端来。到饭馆，哪怕是到小吃部，你一坐下来，服务员把茶就送来了。动作极其随意，就像你进门，人家浅浅一笑或以带着暖意的眼神打招呼一般。可以说，在临潭，人们才是把以茶待客做到了既极致又家常化。

我原本不喜欢喝茶。更准确地说，许多年无法与茶攀上关系。在我的印象中，成年前就没见过茶。家中来客，是要吃茶的，但与茶无关，一般客人是泡脆饼，贵客上荷包蛋。当兵后，喜欢喝糖开水。那时觉得大运动量后，喝一大杯糖度极高的开水，就登上了幸福的山顶。我喜欢用玻璃杯，见到不同造型的就会买。到头来，弄了一大堆杯子，有许多至今没用过，放在书房几天后就进了小仓库，从此不见天日。现在想来，我那些年当然是见过茶的，只是全然不感兴趣。大概十多年前，朋友送了只紫砂石瓢壶。这让我开始喜欢各种茶具，从紫砂到汝窑，从哥窑到土陶，各种造型的壶、杯子又是一大堆。什么茶海、茶宠等一应俱全。这就开始爱上茶了。普洱、黑茶、红茶、乌龙茶、黄茶、白茶，以及各种绿茶，攒了不少。最喜欢的是在家喝茶，总是要温壶、投茶、洗茶、灌水、出茶汤，假模假样地玩起茶道。好处自然是有的，温壶后，泡的茶更出味；洗茶，多少可以除去些不洁。当然，如此茶道，之于我最大的作用是在过程中渐渐平复心绪，让自己安静下来。不用壶泡茶，没有点仪式感，就觉得没滋味，连出差也带上有壶有杯的旅行装茶具。那种保温的茶杯还是会用的，比如上班、开会，比如其他不便用茶具的场合，但感觉上与喝茶无关，只是喝下有点茶味的水，纯粹属于生理性补水。

不料，好不容易培养起来的品茶习惯，到临潭没多久，就分崩离析了。这是我到临潭之后诸多变化中的一项。高原的风，吹去了我心头的许多浮尘，拽着我的衣角往后退。是啊，确实是跑得太快了，让自己走进了太多的虚无。我们得到的越多，越是忘记了自己真正要的是什么。就像喝茶，其实我最终要的是心境，如茶的心境。优雅的仪式，如一把小刀在剔除心灵上的浮躁与尘埃，从而让自己的心境优雅起来。没办法，我们常常就是如此，在自我调节心绪或凝聚虔诚之力时，只能借助外在的某种仪式或规范。

临潭人喝茶似乎不需要，至少是不在意仪式，更从不行奉茶之礼行茶之道。高原的自然环境，茶是顶好的补水润身之物。喝茶，已然是一种与身心合体的生活习惯。没有雅致之趣，但闪烁着生命本真的光芒。

藏族人嗜茶如命，如藏族民谣所言，“茶是命，茶是血”“人人离不开茶，天天离不开茶”。这我是知道的。没想到的是，我在临潭第一次与酥油茶接触，竟然是亲手参与了制作全过程。临潭在藏区，藏族人也不少。到藏族人家中，最引人注目的就是众多的茶碗，金碗、银碗、玉碗、木碗、瓷碗。过去用木碗的居多，听说一人一个木碗，常常随手携带，现在常见的是瓷碗，一排排置于开放式的壁橱里，甚为壮观。土灶铁锅、茶桶和铜质的茶壶，就在壁橱前，格外醒目。

我第一次去藏族人家，刚好碰上制酥油。庭院里，女主人正在打酥油。木桶和我在老家见到的差不多，也用牛皮绳围箍着，只是要大很多。桶上有盖，盖上有洞，一根碗口粗的木棍直插桶里。在藏族人家，打酥油的桶叫雪董，中间有一块有5个圆形孔的木板，叫甲洛，圆孔上有一根木棍，叫甲洛柄。用甲洛柄在桶里上下搅拌，少说也得数百个来回，直到油水分离，上面浮起湖黄色的脂肪质，把它舀起来，灌进皮口袋，冷却后便成了酥油。这一过程确实是体力活儿。我站到垫脚的石头上，双手握着甲洛柄用力往下压。如此动作的技巧，我还是知道的，双肩、双臂先用力，而后腰部的力道要跟上。我确实是用足了力气，可没想到甲洛居然没有到桶底，搅到了一半就被顶得东摇西晃。看来是光顾向下用力，没考虑油水的浮力而兼顾稳住甲洛。来来回回十多次，才慢慢摸到了窍门。这活儿不能使蛮劲也不适合用爆发力，得不紧不慢地靠韧劲。就像用铁锹挖地一样，看似慢悠悠的，几个小时下来，很能出活儿。要是铆足力气火急火燎地干，看着是相当卖力，但不消半小时，这活儿就干不下去了。打酥油比挖地要复杂得多。男主人告诉我，要想多出油出好油，掌握好甲洛的快慢是关键，要根据奶的稠稀和温度，不停地调整搅拌的节奏。当我问及具体怎么调整时，他搓搓手，不好意思地笑了，在弄甲洛时，能感觉到一些，有时还得打开盖子用手感觉一下奶的热度和稠度。别的，他没再说。我懂了，不是他不想说，而是确实没法说，这是经验，知道怎么做，但无法说得清楚。民间，如此之事，实在太多。从奶本身的质量到打的经验，每户人家做出的酥油看似相同，其实差别很大。

我也只是体验而已，现吃我打的酥油，是指望不上了。不过，现做酥油茶，还是可以的。茶，用的是大茶，其实就是叶子比较厚实的茶叶，煮熬之后，加入适量的盐和酥油，搅拌均匀即可。这一过程，要比我们泡红茶、绿茶，哪怕极为讲究的茶道，都要复杂。好处是，你可以根据自己的口味喜好，加盐，加奶，这些年，还有人开始加咖啡。我什么都没加，喝就喝人家原味的。炉子上的铁板比较大，瓷碗放在上面，能加热保温且不至于被烫裂。奶香沁鼻，咸味驻舌，围着炉子，在高原的冬天喝酥油茶，浑身暖意通透。

我虽然多次亲历酥油茶制作的全过程，但依然觉得很有神秘感。这样的神秘感，源于我对藏地的陌生，也有悠长历史风尘之中的沉默。说实话，我不太喜欢喝酥油茶，我的意思是我的舌头无法细品那些隐含其中的滋味，但我偏爱在这样的茶香中与大家聊天的氛围。

临潭当下的茶市，确实超乎了我的想象。初到临潭没多久，在一个漫天大雪的下午，我走进一家茶叶店。迎面而来的是10多种茶叶堆在那儿，如同一座座微型版的草垛麦堆。从绿到青，从浅黄到深褐，四季的色彩，全在眼前。说实话，这让我很震撼。我头一次遇见以如此阵势卖茶叶的。一打听才知道，这样堆着，买茶的人一看，就知道成色，相中了，动不动就是买一堆，甚至更多。店主说，这些茶叶是大众茶，口粮型的，也有上等的好茶，都在冰柜里冷藏。大众茶出得很快，别看堆这么高，一天，最多两天，就全卖出去了。在我和店主聊天时，一位汉子走进店，转了没几分钟，就指点了3种茶，说各来10斤。

这该是粮店卖粮的架势，大米小米各色杂粮豆子，堆成锥形。

下面是口袋，这些粮食就像是坐在口袋上的小山。对了，临潭的茶叶就是这样堆放的。看来，他们是把茶叶当作粮食一样卖了。这倒与茶叶在他们生活中的地位很契合。

同样让我震惊的还有喝茶前选茶的阵势，到条件稍好的人家，或比较大一些的饭馆，人家都会上来10多种茶，让你自选。一般是一个茶盘，里面是一些小包装的茶叶，一个格子众多的木盒，从绿茶到红叶，从铁观音到白茶，几乎我常见的茶叶，这儿全有，质量也不差。这真称得上豪横。倒是茶具很简单，也比较统一，都是玻璃杯，比较多的还是高高的有把手的那一种，和啤酒杯外形类似。

有意思的是，尽管茶的种类如此之多，临潭人时刻离不开茶，可他们居然称茶为叶子。名字随意之中有亲切，似乎是有意消隐了茶的贵族性，让其像树叶那样平常。也许，日常中的平常，才是最珍贵的。

细分起来，临潭人喝茶花式也不少。罐罐茶，把茶叶放进小砂罐里熬煮，时不时用根小棍在里面搅动，以便煮得更透些，待到浓淡适合自己就好。据说喝这样的茶讲究“头盅土，二盅茶，三盅才是顶呱呱”。与罐罐茶差不多的是大茶，只不过是将松潘茶加冰糖、红枣在茶壶中煮。油面茶，在铁锅里将牛油用文火细熬，后加入适当面粉，再加入花生米、核桃仁、芝麻等，由熬变炒，直至金黄色。食用时，取适当油面，用开水冲喝。相传当年在茶马贸易繁盛期，茶商和马帮经过这里，饿了就用茶叶和当地的老百姓兑换面粉、盐巴，再把面粉、盐巴加进茶水一起煮，渐演变成油面茶。至于奶茶、都玛茶，其实和酥油茶基本差不多。

现在的临潭，茶似乎就三种，叶子（包含了种类繁多的绿茶、红茶、普洱等）、酥油茶，还有就是“三泡台”。三泡台，以菊花、桂圆、葡萄干、小枣、荔枝干、枸杞、山楂和优质冰糖为作料，茶，就是绿茶。茶具是上有盖、中有碗、下有托的盖碗。盖子可盖着保温，可用于刮开上浮的茶叶之类的，兴许是这原因，临潭人要喝三泡台，会说刮个碗子。三泡台有现成的小包装，可临潭人也常常把那些作料放在木格子里，任由大家自选。我爱吃糖，所以我总是比别人多放一两块冰糖。只是，我每次都不放其余作料。我觉得茶还是喝本味好，我不知道，这是习惯，是偏好，还是我对茶的执念。

临潭人如此包容、豁达，我总以为与这里汉藏回等多民族共同生活有关。不以自己的喜好来待客，也不揣摩他们的喜欢，而是给予尽可能多的选择。大家坐在一块儿，各人喝着不同的茶，但气氛特别融洽。这才是生活本来的模样，或者说，这才是该有的生活，是我们向往的生活。

村庄后面不远处有一面不高的土坡，这里植被很不好，土是干燥的黄土。天是好天，阳光刺眼，天空蓝得有些失真。在海拔3000米的地方，不高的土坡，爬起来也还是有些吃劲的。到了坡顶，眼前一片青绿，原来是块当归地。这几年，临潭在大力发展当归、柴胡、黄芪、党参、大黄、甘草等中药材种植，许多农民尝到了甜头，积极性越来越高。放眼望去，远处有顶黄色的大草帽，想必是有人在地里做活呢。走近了，才看清是位四五十岁的妇女。见她抬起头，我连忙主动打招呼：大姐，我从这附近经过，看这当归长得好，来看看。她笑了：还叫大姐，你是外面来的吧？说完，她看看四周，问说：咦，咋你一个人？她的口气里有不解，似乎还有淡淡的害怕。我说：我是到村上找人办点事，瞎转转的。放心吧，我不是坏人。我在离她不远处蹲下，随口自言自语：嗐，哪有坏人自己说自己是坏人的。一听我这话，她笑得更厉害：瞧你说的，现在没那么多坏人了。

她身边有个大茶瓶和一只碗，茶瓶还是老式铁壳印花的那种，碗是粗瓷碗，显得有些旧。我并不口渴，但我想要点茶喝，或许可以打破这沉闷的气氛，如果人家不愿意，那我也不能待着再聊下去了。这时候，茶成了人际关系最好的润滑剂。

我说讨口茶喝，她先是眼睛扫了一下那只碗，然后抬起头看了看我：乡下人的茶，不好呢！我说：没事的，口干得厉害。她要用茶水冲洗一下碗，我连忙拿过碗用手揩了揩。见我这样的动作，她的表情明显放松了许多。也就是在这时，我发现她左袖子的肘部以下是空的。

水不烫，正是可以大口喝的温度，我连着喝了好几大口。茶是陈年的绿茶，味道有些涩有些苦，但我还是抹了抹嘴说：真解渴。我知道，在我喝茶的时候，她停下了手里的活计，悄悄地观察我。见我喝得畅快，她又往我碗里续了茶水，说道：你人实在，没想到你也会用手揩碗。我说：我也是在村里长大的，小时候还没茶喝呢。要不是当着你的面，这碗我拿起来就用，根本不会揩的，我是做做样子给你看的。这时候，她的笑是脱去了礼节性的，特别自然。

细聊才知道，她的左臂是三四年前的一场车祸造成的。家里有一男一女两个孩子，一个上初二，一个上高一，在县城的中学住校。高原以及农活，让她显老了。丈夫到兰州打工去了，她在家种地。我说：你这手这样，干活不方便呢。她笑笑：庄稼人不做活儿，不成哪。我说：还是很辛苦啊。她又笑了：说苦也不苦，两个娃成绩还不错，不用怎么操心。掌柜的也能带回家一些钱，这地头里，一年下来，也有些收成。够了，比以前强多了。我说：这地是用机器翻的吧？现在临潭人种地，许多都机械化了，即使没有大型机械，那些小型的甚至手持的小机器，也很普遍。她说：我家没用，费钱呢。力气不要钱，多花也就多花了，好着呢。

后来，我了解到，她家前几年刚翻盖了房子，现在还有外债。她除了左臂残疾，还有肝病，日子过得还是有些困难。可那天，我们聊天时，她时不时地笑，而且笑得很灿烂，说得最多的是日子越过越好了，心里舒坦。从头到尾，我没有听到她说一句抱怨的话，反而是她总能从一件件不起眼的小事中找到快乐。她说村里去年通上自来水了，现在不需要自己打井或到山里担水了。她说养了十来只鸡，往年都要死几只，今年一只都没有死。她说刚开始左胳膊没了，不习惯，现在习惯了，干起活来，和以前差不多了。她说这地里的活儿明天就能弄好，比原先估摸的快了四五天。她说得很轻快，似乎还沉醉其中。我静静地听着，不想打断她的讲述。

她见我拔草挺麻利，便问：你是做什么的啊？我说：你猜。她说：猜不着，不过不像做生意的，倒是像干部，又不像。我说：怎么不像呢？她又笑了：说不好哪。停了会儿，她说：不管做什么的，早点回家呢，我们这地儿条件差，你别在这儿吃这苦。听她说这话时，我心头一颤，与暖意一同而来的，竟然是丝丝心酸。再喝茶时，我品出了清香，如从当归叶子上拂过的高原风。一时间，我好像回到了我故乡的庄稼地。

我一直低头拔草，就是和她说话时，也不抬头。我不敢看她那空荡荡的袖筒，不敢看她那粗糙的手和晒出高原红的脸庞。那是与她的话音完全不同的两种状态，我怕无法真切地感受她对生活的热爱。我也怕被她看到我满脸的羞愧，她那发自内心的乐观和幸福，让我汗颜。

那天，我是一边和她一起在当归地里拔草，一边和她话家常。茶，我喝了两大碗。快到中午了，我问她怎么不回家吃饭，她说她带了馍，就着茶水，挺好的。家里也没旁人，来来回回，费时费劲，不划算。

自始至终，我们都没有打听对方的名字，也没有主动说自己的名字。此前，我们是陌生的，此后，我们还将是陌生的。可那段时光，我们像亲人一般。这与我们在世上是多么相似，生命只是一段短暂的旅程，在无边的陌生里，留下几个碎片。终究，会被风吹散的。

这一瓶茶，人家是要喝一整天的。我提起茶瓶要回村里帮她把茶灌满，她不愿意，我只好说：你莫不是怕我找借口拿走你的茶瓶吧？她这才勉强应允了。后来我回来时专门去镇上给她买了2斤茶叶，不是好茶，但是当年的新茶，还给她买了5只塑料的小凳子，这样在地里干活不至于总蹲着。我说：多给你买几只，用吧，别省着呢。可她怎么也不肯收下，我只得丢下东西，转身跑开了。

到现在我都觉得，在临潭三年，那次喝茶，是我平生以来喝得最有滋味的一次。

千百年来，临潭一直是陇右汉藏聚合、农牧过渡，东进西出、南联北往的门户，被史家称为北蔽河湟，西控番戎，东济陇右的边塞要地，是唐番古道的要冲地段，史称“进藏门户”。始于宋、兴于明、止于清的有名的“茶马互市”，一直留在临潭人的记忆里。据史料记载，武德八年（625），唐王朝在洮州地区开始与吐谷浑互市。两宋时期，洮州地区与内地经济往来、商业贸易频繁，尤其是在王韶扶边期间，曾一度出现了商业贸易空前繁荣的局面，朝廷在熙州、河州、洮州、雅州（今四川雅安）设立马市，茶马交易十分兴盛。到了明代，朱元璋继承了宋以来茶马贸易的政策，把洮州的茶马贸易放在了一个极其重要的位置。洪武四年（1371）二月，“设茶马司于秦、洮、河、雅诸州，以川陕茶易番马”。明隆庆四年（1570）黄汴撰《一统路程图记》载：“洮州卫洮州驿，茶马司一。”是否可以这样推断，洮州驿是因洮州茶马司而置。事实上，洮州卫城建于1379年，确实在设洮州茶马司之后。

翻看这段历史，我总会想起运茶的队伍，想着其中的某个人，一定是位饱经沧桑的老者，走在荒原上，走在山谷里。有时，又是位年轻的后生，一身的朝气与满天的风沙互为伴。那马蹄印，在他们脚下，也是永恒的背影。

远道而来的茶叶，进入藏地后，便融入日常生活。这本身就是一个传奇。是的，当我们转身看历史，不，只要看看我们自己走过的路，都有传奇在其中。今天的日常生活，经岁月淘洗，多年之后再泛上心头时，或多或少都有传奇的味道。

在临潭，茶马古道是一个经久不衰的话题，是人们家常性的谈资。久远的历史，人们并不在意，在他们心中，一切从洮州卫城开始，从江淮人集中来的明朝开始。这是他们讲述中历史的起点。藏族人说，从洮州卫城开始，茶叶多了，不再那么金贵了。茶叶成了家常之物，他们也渐渐熟悉了外面的世界。记得有位藏族诗人曾说，在藏区，茶叶是一扇扇窗户。这其实不是想象，而是他们对茶叶最真切的感觉。汉族人说，茶叶上了一条条船，满载乡愁的滋味，尽管他们知道临潭的茶叶多是从川陕而来。临潭是他们的陌生之地，直到如今，他们还是这样认为。可见，乡愁在一代代人的血液里顽强地流淌，不但没有被稀释，反而随着时光流转更加浓郁。

到临潭不久，我晚上一个人时不再喝茶，尤其是不喝绿茶。而此前，我喝茶最多的就是在晚上一个人时。茶之于我，可提神又可安神，我从不会因茶而无法入睡。往往是临睡前，还会多喝些茶。安神与提神，似乎可由我的心念任意调节。

夜幕降临，高原进入沉睡，白天间或昏昏沉沉的我，此刻某种心绪开始苏醒。一杯绿茶，浅绿的水，就像家乡老屋门前那条河里的水。那缓缓下沉的叶子，如同旷野上的夜行人。多么富有诗意，多么美好，可我的心头忽地涌出忧伤。先是淡淡的，后来如同黑夜一样把我淹没。那看不见的茶香，在我心头聚成村庄上空的炊烟。

我爱喝茶，但我的家乡并不产茶，为什么我到了高原，这茶叶会勾出我因乡愁而生出的孤独？

酒事

临潭人爱喝酒，喝出了自己的风格。小小的酒杯，映出高原人的性情。

在高寒地带，酒可御寒，外面冰天雪地，屋里暖烘烘的，小酒一端，人生快事。传说，酒可以缓解高原反应的症状，有助于不适应高原的人的睡眠。这话自然不能全信，多是劝酒的招数罢了。多民族聚居地，各种饮酒风俗相互碰撞，一杯酒在手，真能各民族一家亲。临潭人喝酒，是有理由的。

喝酒可以让人从日常状态中抽出，抛开一些面具，轻松心情，联络感情，增进了解，放飞自我。以特定的角色工作、生活，总会累的，没有酒的饭局，大家再说段子，总还觉得像在开会。几杯酒下肚，一切的重负被这特殊的饮料化解。这或许才是酒绵延几千年的本质所在。

酒助兴，这里的兴，应该是自然流露本我的兴致。有酒帮忙，整个人都轻松了，自信心倍增，气氛活跃了，交流一下子顺畅了。话多些，出些格，没关系，过错全推给酒。都是酒惹的事，昨天酒喝多了，说话没把门的了。对方也能理解，喝酒嘛，图的就是见真性情。酒桌上，掏心掏肺，说的话可以不算，谈的事可以不算，但彼此间的感情随着一杯杯酒加深。一场酒，交一个好朋友，是常有的事。喝多了，喝翻了，大有生不如死之状。然而恰恰是这样的“壮烈”，才会留下深刻的、够义气的印象。日后，常常会共同回忆那次喝酒的壮举，感情在回望往事中进一步加深了。

临潭人冬天喜欢喝酒。天寒地冻，地里没活干，那就喝酒呗。临潭的冬天比较长，一般从10月到来年的五六月，在气温上都属于冬天。几个人在村子里碰上了，总有人会说：过个天阴吧。天阴，就是阴天的意思，在临潭的词语里，不管是阳光高照还是风雪漫天，只要没事干，这天就是阴天。过个天阴，其实就是喝酒的隐语。不区分喝酒的时间，只看这几个人什么时候遇见了。哪怕是刚起床，还没吃早饭，也没关系。一人揣瓶酒往约定的那一家走去，这酒场就算摆开了。一年里有半年多是冬天，临潭人这酒喝得充分。别急，每年的8月，还是传统的“浪山节”。所谓浪山，现在的内容说白了就是上山进草原野炊，支起帐篷吃肉喝酒。

酒，是临潭人与漫长冬天较量的好伙伴。日常生活离不开酒，遇上大事，自然更少不了酒。小伙子和姑娘谈上恋爱，到了一定的程度就得定亲。小伙子提上酒，在媒人的陪同下登门说亲事。顺便说一句，临潭的媒人基本都是男性。女方家会召集家族里的重要成员，一同参与，喝着酒，商量亲事的诸多事宜。但这不是定亲宴，只是双方的交谈。有人说，其实这也是未来丈人对未来女婿的一次考试。小伙子喝点酒，就把持不住，胡言乱语，谈不成事儿，这门亲事黄的可能性很大。

喝酒，其实不需要理由。

喜欢喝，想喝，就喝一点吧。有找理由的工夫，还不如多喝一杯酒。黄昏时分，在无边的旷野上，一匹马静静站立，毛像火焰一般。一个男人正举着一瓶酒，粗犷的神情与透亮的酒，实在是一幅好画面。身上有淡淡的酒香，总是让人觉得美好。微醉的状态，那表情，那言语，有如在梦境一般。只要不是酒鬼就好。就我个人而言，我崇尚“多喝不喝多，喝好不喝倒”。

骚动的酒客们，以烦琐的方式和五花八门的程序，喝下一杯又一杯。人们先是自我游戏，然后任由酒戏弄。喝酒总是要有些游戏的，喝闷酒，那喝的是忧伤不是酒。独自喝酒，我在临潭听说过一个真正的民间高手。此人前半个月几乎不起床，每天都要喝两三斤酒，困了睡，醒了喝。到了下半月，滴酒不沾，该干啥还干啥。这样喝酒的行为应该是生理需要，而非情感诉求。

搞些小游戏，在愉悦中喝酒，在竞争中喝酒，这是酒场规矩，有些地方说得高雅些，称为“酒文化”。高雅，源于对世俗的提炼。酒品如人品，酒杯里有乾坤，酒桌上的风俗自然映射出地域文化。

在西部，在青藏高原的边缘，临潭揽多种文化于一身，是典型的勾兑式文化。西部人的豪放，江淮人的细腻，山里人的厚朴，不同民族的性情，都汇在临潭文化这杯酒里，想把滋味全品出，需要一番真功夫。临潭在杂糅各方精华的基础上形成了自己的喝酒特色。这样的特色，就像一滴酒谁也无法准确厘清其成分。这与许多地方，尤其是主流的酒文化，有很大的差别。初来乍到的朋友，稍不留神，就会掉进这如潭的酒事里，未醉先晕乎乎。

半斤的酒量怎么样？当然，这里说的是白酒。对于真正的好酒之人，只有白酒才是酒。有半斤的量，足可以豪迈，嗓门大起来，所向披靡之气概浓情绽放。量越大气势越壮，完全可以摆出一副山大王的架势。搞个分酒器，或者干脆端起小茶杯，这叫小钢炮，高高举起，有时还左右展示一下，然后夸张地仰头张嘴，一饮而尽。甭管离开酒桌时是什么样，这时候绝对是斗士的范儿。能喝、会说，有这其中一件武器，在酒场就是焦点，霸气毕露，豪情万丈。这是在别处，临潭人可不这样。临潭人喝酒最大的特点，我称之为唯一的关键词——低调。这样的低调是全方位的，渗透在酒场上的每一个环节。虽说喝酒是场特别的战斗，但他们不是酒战士，而是真正地让酒融在生命里，潜行于生活中。或许在他们看来，在这高原之上，在无尽的旷野里，一切的宏大，都是渺小的。

西北汉子酒量不小，偏偏如此内敛，让人意外。想想也是，低调需要足够的资本。就像喝酒，你只有二两的量，你偏说你酒场上低调，你的表情再诚恳，腔调再淡泊，也无济于事。这样的低调，真是笑话。不在高处，何来低调？

俗话说，菜好做，客难请。摆个酒局，为的是让客人喝好。这就要选些精兵强将冲锋陷阵，准备一两个高手用在关键时刻，还得计划好后备力量，在需要的时候充当“救火队员”。调兵遣将，排兵布阵，战略上要高度重视，战术上得明察秋毫，随时调整战法。临潭人没这么复杂，这顿饭该谁来就谁来，不会专门安排“特战队员”，也不会事前制订作战计划，运用战术。不管此前你会不会喝酒，战斗力如何，只要你今天真的不想喝或不能喝，没人会勉强你端酒杯。一句真诚的“不喝”就是最好使的“免战牌”。临潭人好酒，总盼着让对方喝多，但根子里又是如此体谅。

酒量超常，但不把东家喝醉，是临潭人约定俗成的酒场规矩。所谓东家，就是请客的一方，或者聚会所在的那一家。这有体谅的成分，也打着小九九。让东家喝多了，谁帮着烧水倒茶？

办婚事那天，女方送新娘的人数都是双数，少则8人，多则16人，领头的多是新娘的哥哥。男方家会把村里能喝酒的全找来，严阵以待。一场大酒，在所难免，也是应该的。汇集精兵强将，以免喝不过人家，被笑话。有意思的是，这样的场合，只会让女方家的人喝好喝得高兴，绝对不会喝倒。两家领头的随时沟通，一旦女方领头的说差不多了，这场酒就收官。男方家的没喝尽兴也没关系，送走客人，接着喝。

菜未上，桌上是酒的天下，白酒、啤酒、红酒，大酒杯、小酒盅，分酒器、醒酒器，一切备得齐整。酒场如战场，兵马未动，粮草先行。在临潭就不这样。凉菜齐了，大家入座。你如果怕酒，环顾一周，心就放进肚里了。没有任何的酒具，甚至目光所及，也不见酒。没人提喝酒的事，似乎这就是一次简朴的聚餐。看来今天可以专心、舒心地吃一顿。吃着吃着就感觉不对劲了，一般是半小时左右，酒杯上桌，酒瓶现身。人家的理由很简单，先吃菜垫一垫，才能喝动酒，才能把酒喝好。但没人解释既然要喝酒，为什么不先摆好酒具。这种做法，总会把初来的外地人打个措手不及。吃个半饱再喝酒？千万别信这一套！有时候没有一盘菜，一粒花生米也没有，酒照样喝，而且可以喝得昏天黑地，这是“干喝”。没到饭点，或者过了饭点，你来了，聊聊天，喝喝茶。谈笑间，主人从茶几下摸出一个盘子，盘子上站三只酒杯，再摸出一瓶酒。临潭许多家庭的客厅里，都会有一个盘子和三只酒杯，这几乎是标配。来了客人，先是倒茶，说会儿话，盘子和酒杯就出场了。这就开喝了。酒过三巡，菜仍未来。整几个小菜，比如拍黄瓜、炸花生米之类，别指望。人家不是没菜，而是压根儿就没打算让下酒菜上场。

人家喝酒的法宝只有一样，茶。虽说他们也盛行“肉是酒的筛子”的说法，意思是有肉下肚，酒就成了水。酒不停，茶不断。一杯酒入口，紧接着来口茶。在别处，偷奸耍滑的，多半借这机会把酒吐到茶杯里。人家是真正的以茶压酒，让酒快速通过口腔，抵达大本营。

敬酒，这是酒场的礼数。临潭自然也不例外。先集体三杯，然后自由活动，这样的模式，人家基本不用。敬酒者起身端起盘子，走到你跟前，话简洁明了：给您敬酒！尊敬之意下，似乎还有些商量的成分。多数情况下是敬者喝一杯，被敬者喝两杯，名为“碰一喝二”，有时也会请被敬者自喝三杯。你真不会喝，或不想喝，人家会主动提醒你以茶代酒。敬酒不劝酒，不会滔滔不绝地用言语把你拿下，不会死缠烂打地让你非喝不可，强灌的事更没人做。这些粗犷的汉子，竟然如此善解人意。不管内外，依次敬下去，一个不漏。接着按某种顺序，每个人都会这么进行一次。喝的，不喝的，都会这样敬。这是开场酒。如果你发现某次喝酒，人家也前三杯一起喝，那一定是酒桌上有外地人。都是本地人的时候，如此敬酒才是他们真正的开场酒。

临潭人喝酒讲究公平，没有主角，没有重点围攻的对象。中途来人，你别怕，人家敬酒不分内外，一视同仁。可不像有些地方大搞“车轮战术”，进来一个人，只冲着你喝，实施精准打击。

敬酒的程序结束后，一般要进入“打关”阶段，常见的喝法是划拳。在临潭称“划拳”为“敬拳”，言下之意是以划拳的方式敬酒。划拳定胜负，拳输把酒喝。倘若是敬拳者输了喝了酒，还会心生惭愧，意思是这酒没敬成。当然，划拳的过程中，谁也不会让着对方。相比以言语打酒官司，划拳有些不文雅，有些火药味。以言语打酒官司，评判标准难以确定，有时战线会拉得过长。其实，划拳要好些，要赢，就得开动脑筋，这样不至于过早地迷糊；手指神出鬼没，嘴里也不会闲着，说一说叫一叫，能够哈出酒气，有助解酒。临潭人划拳“友谊第一，输赢第二”。不见争得脸红脖子粗的，更不会有赢了的盯着输家喝，输家磨磨唧唧地不喝，或要赖少喝不喝的。

不仔细观察，有时还真难发现他们的酒量有多大，只觉得他们在不停地喝，没一丝醉态。他们划拳，一般起步是一拳或六拳，总计六杯酒，输的喝四杯，赢的喝两杯。真正惊心动魄的是一种叫“塔尔寺”的划拳法。塔尔寺，又名塔儿寺，是先有塔，而后有寺，故名塔尔寺。塔尔寺是中国西北地区的佛教中心和黄教的圣地，创建于明洪武十年（1377），得名于大金瓦寺内为纪念黄教创始人宗喀巴而建的大银塔，藏语称为“衮本贤巴林”，意思是“十万狮子吼佛像的弥勒寺”。塔尔寺的主要建筑依山傍塬，分布于莲花山的一沟两面坡上，有大金瓦寺、大经堂、弥勒殿、九间殿、花寺、小金瓦寺、居巴扎仓、丁科扎仓、曼巴扎仓、大拉浪、大厨房、如意宝塔等9300余间（座），组成一个庞大的藏汉结合的建筑群。上塔尔寺，顺山势步步登高，一层层，颇费体力。以此划拳，便于计数。划小塔尔寺，五层为限，从一层到五层，输者得分别喝一二三四五杯酒，下来时，分别喝五四三二一杯。如果是划大塔尔寺，就是在五层上左右转圈，输者一次喝五杯，转多少圈，由发起者定。大塔尔寺、小塔尔寺，来一回要比上真的塔尔寺有难度。如果和在座的所有人都来一回塔尔寺，那阵势可谓生猛。可人家泰然自若，气定神闲。尽管如此，大小塔尔寺出场的次数并不多，人家还是细水长流慢慢喝。

划拳决定输赢，但你输了可以找人代酒，你不会划拳，可以找人代拳。你不想参加，也没人勉强。划拳，本是最直接有效的决战方式，可人家愣是注入了游戏精神，不在乎输赢，不在乎多喝少喝，重在娱乐。

把酒当茶喝，是临潭人的奇妙之处。那边在打关、划拳，这边两人或聊天或说事，你搞不清他们是在推心置腹地交谈还是在讨论、商量某事，但见时不时就有人喝一杯。那情景就跟喝茶一样，端起酒杯一饮而尽后，依然回到说话的状态，或者一直就在交谈的状态里。这场景很有意思。两人挨着坐，说话的声音基本保持在双方能听到的音量，不动筷子不吃菜，谈笑间，一会儿喝口茶，一会儿饮杯酒。酒是配角，像个小丫鬟，静静在一旁。这可不像许多地方，几杯酒下肚，一切围绕酒转。你来我往的言语，似箭飞，如子弹嗖嗖，靶心只有一个——让对方多喝酒，喝多酒。软硬兼施地劝，霸王硬上弓地灌，这时的酒场，完全是战场本色。而临潭人就这样悄悄地说着话，就悄悄地把酒喝下半斤八两。

临潭人去内地，他们的酒量没得说，但战况多数不尽如人意。在他们看来，内地人太能喝了。其实不然，内地人讲究集中优势兵力瞄准几个目标狂轰猛炸。不和你搞持久战，速战速决，三下五除二结束战斗。然后再去唱个歌，也是为了醒酒，顶多弄些啤酒“透透”，属于激战后的休整。再不就是各回各家，难受，吐酒，醉得一塌糊涂，那也不为人知。

很少见临潭人一场就休战的，转场几乎是规定动作。可能是另一个饭馆，也可能向谁家开拔，也可能去歌厅，但目标相当明确，继续喝。即使是去歌厅，唱歌的兴致也并不高，喝酒的热情持续高涨。对他们来说，除了喝酒，还是喝酒。有时，他们中午开喝，一直可以战斗到第二天下午。其间，实在累了，就打个盹，顶多一二十分钟。听说有些人到了冬天，实在无事，就喝酒度日。几个人聚在谁家，喝喝酒，打打盹，再继续喝，能搞上五六天。他们喝着喝着就说，不能再喝了，再也喝不动了。一不留神，几个人又喝下去一瓶。如此这般，一瓶又一瓶，好像“不能再喝了，再也喝不动了”这样的话语，成了他们最好的下酒菜。

时不时就有这样的高手，喝酒就是醒酒。转个场，喝着喝着，第一场的酒就烟消云散了。遇见这样的朋友深更半夜到你家，是件既烦心又有趣的事。以砸的方式敲门，一进来就说：兄弟，我喝多了。你倒上茶，他喝一口就问：有酒没？你不给拿酒，他就四下找。有半瓶的也行，是酒就行。茶喝不多，话也不会太多。你就这么陪着他，他呢，时不时就喝一杯。神奇的是，喝着喝着，比如一两个小时，新喝了斤把酒，他倒是从醉中回来了。有位哥们儿喝到中场，酒下去不少，顶不住了，紧急撤退。走至半路，也就是半小时的工夫，酒劲全下去了。恰好又有酒场召唤，他上阵后更加勇猛，先前的酒像是打通了他的任督二脉。

打探临潭人的酒量，语言无济于事。人家总是说，不怎么样，喝不了多少。某日，一位40岁的中年人迎接远道而来的客人，在去饭馆的路上，不停地打招呼：这几天酒场不断，喝得不行了，今天你来，怕是陪不好了。左说右道，客人耐不住了，就问：你的意思是今晚你不能喝了？中年人说：喝还是能喝点，只是没状态了，喝不了多少。客人问：还能喝多少？中年人一脸的愧疚：唉，实在是废了，今晚最多也就能喝七两。他不是欲擒故纵，而是发自内心地认为，喝七两实在是有些丢面子。想想，在许多地方，七两的量，还是白酒，那还谦虚什么啊，愧疚什么啊，足可以笑傲酒场。

在临潭没人会说自己能喝多少酒，比如，半斤当茶，一斤不倒，二斤还行之类。酒量越大，越不轻易透露实力，大多会说能喝点。言语间没有显摆，也没有不好意思，表情淡然，口气平和，让你搞不清这“能喝点”的“点”到底是多少。据说，只有酒量在二斤以上的，兴致来了，会不卑不亢地说：我喝酒还行。来客了，或几个朋友聚在一起，有人说：今天喝点酒吧。就是这个“喝点”，白酒都是当啤酒一样成箱地搬。不信？你随便找个爱喝酒的主儿，打开他车的后备厢，只要有酒，一定是一箱两箱的。那种今天有酒场，带两瓶酒一醉方休的事，在临潭是当作笑话说的。

能喝酒的临潭人，也有喝醉的时候。这酒一多，再话赶话，临潭人的粗犷便逐渐显现。先是言语交锋，再相互顶下去，就拳脚相加了。最后轻则不欢而散，或者肿一块，流点血，重的就进医院了。过些时日，一起喝酒的选好地点，动员这俩斗士拿酒。坐下后，众人先是批斗这两人，晓之以理，动之以情。两人经大伙一撺掇，就互相敬酒，算是赔礼道歉。言归于好后，大家才开始日常的喝酒。如果酒劲上来了，两人又故态复萌。没关系，下次喝酒，又有人拿酒了。

酒是制造故事的高手。好故事，坏故事，有趣的故事，令人生厌的故事，不论如何，酒依然在肆无忌惮地催生无穷尽的人间悲喜剧。酒瓶安静地立在桌上，杯里的酒清澈可见，酒默默守护浓烈和激情，从不主动出击。它自律意识相当强，没人招惹，它如同纯净水一般不动声色。酒，其实是世界上许多物质和精神的象征，人们不去索取或挑逗，彼此便相安无事。一旦与它纠缠，人间大戏就此拉开大幕。酒是导演，酒是主宰一切的神。都说酒场如战场，其实相比战场，酒场更考验战斗力和情商。酒场是生活的一面，但远比生活复杂。有些地方称喝酒为斗酒，斗什么酒啊，全被酒斗了。

酒的别称很多，有雅有俗，比如杜康、醍醐、金波、狂药、欢伯、曲秀才、酒兵、清圣、浊贤、黄封、清酌，等等。这是古人的体验，当下，人们多以迷魂汤、润滑剂、马尿等来指称。每一个别称背后，一定都有无数的故事。酒是历史的重要书写者和参与者，如果没有酒，这历史还真不可想象。酒，也是祸水，是魔鬼。一杯酒，忠奸同在。

酒的妙处在于，某一时刻，酒会恰到好处地唤起你的愉悦感，它是现实与梦幻的结合体，能带给你难以言说但相当美好的舒服与快慰。醉了，就不妙了。脑子昏昏沉沉，似有无数的蚂蚁在里面乱爬，胃里翻江倒海，难受得无以复加，无以言说，一个劲地发誓，再也不喝酒了。酒劲退去，一切如常，再有酒局，又是激情相赴。

这恐怕不是“好了伤疤忘了疼”能说得清的。与酒相遇，因酒而来的喜悦和伤痛，就这样纠缠不清，让人欲罢不能，似乎是人生的某种隐喻。

酒的事，谁能说得清？这世上，说不清的，又何止是酒？

肉味

到临潭的第一顿饭，我就吃上了手抓肉。准确地说，是手抓羊肉。这也是我头一回吃手抓肉。

盘子是羊形的，一只白白的羊卧着，头稍昂起，盘子里有一条条的肉，肥瘦相间，都带骨，宽度和长度与我的食指差不多，那样子和猪小排有点像。没有我想象中的粗犷，反倒是比较精致，也能看出厨师的刀功不错。我取了一条肥多瘦少的，一手捏骨一手扯肉，稍许有些费劲，但还算顺畅。不是说到了高原就要大口吃肉吗？好吧，我把整条肉塞进口中。麻烦来了，肉韧劲十足，我怎么嚼也嚼不烂。当着众人的面，我不好意思吐出来，更舍不得吐出来。为了遮人耳目，我左手捂着嘴呈倾听状，表面上风轻云淡，口腔里牙齿与肉的战斗一刻没停，努力了好一会儿，我不得不放弃抵抗，硬生生地把肉推进了喉咙，狠狠地咽了下去。

来高原前，我着实做了一些功课，显然，功夫下得还不够，没有细细研究一下这手抓肉该怎么吃。看看周围人吃得津津有味，我心头闪过小小的失落，当晚再也没吃这手抓肉的欲望了。临睡前，我想起了手抓肉，感觉这本身就是一个隐喻。我来到曾经的远方，纵然再努力，必然还会遭遇许多囫囵吞枣之事，甚至根本就无法嚼出滋味。

后来我才知道，这手抓肉还是人家特意为我们做的，肉煮到九成熟，切得齐整，而且是专挑的肋条肉。他们平常把一整块牛肉或羊肉扔进锅里，再放些姜、辣椒等作料，但许多时候就是单纯地用清水煮，要的就是原味。肉只煮七成熟，最好带些血丝。用盆端上来时，边上会放一把锋利的小刀，现割现吃。吃肉，要的就是有嚼头，越嚼越香。他们说吃手抓肉没什么窍门，放开腮帮子，手与牙都用上劲就可以。我见他们吃起来有滋有味，吃过的骨头呈惨白色，一点肉星儿都没有，我怎么也做不到。我喜欢肉烂一些，可人家说那有什么嚼头？不够劲，不够味。

在临潭，人们说牛肉，多指的是牦牛肉。与羊肉相比，吃牦牛肉更需要咀嚼之功。吃牛肉，完全是用刀，那藏式小刀煞是讨人喜。握起小刀，自己想吃哪里就割下来吃，这让我想到了游牧人传统的食肉方法。因肉只有七成熟，小刀割开肉，那血丝相当显眼，让我常误以为是生肉。他们爱吃这样的肉，想来多是祖辈游牧生活的饮食基因还在。或许，他们也想以这样的方式致敬祖辈。锋利的小刀、鲜美的牛肉，在坚硬与柔软之间，可有太多的想象。

处于高寒地带，牛羊生长得很慢，体格强健，肉质密实，那份韧劲，吃起来相当考验牙齿。所谓大块吃肉，其实是吃下大块的肉。他们更在乎的是这吃的过程。煮肉之法，已至极简，只要锅放得下，肉就尽可能大。能在嘴里解决的，尽量不劳烦外力。这是极为朴素的吃肉之法，也正因为这样，他们吃出了肉的本真滋味。

“来，弄块肉，”大人们割下一块特别筋道的肉递给孩子，“吃下了，再来啊！”这块肉真够孩子嚼上好半天。就这样，我们可以时常见到大人们在桌上喝酒吃肉，小孩子在一旁玩耍，嘴里一直动个不停。看来，这吃肉的本领他们从小就开始就练了，练的不只是牙齿的咬合力，更是一种吃的态度。或许，其中还隐含生活的教义。

“搞点肉吃”或“屋里去，煮上肉”，临潭人说这两句话时，口气很寻常，很轻很轻，可端上的肉很壮观。一盆羊肉，一盆牛肉，一盆血肠。盆是大盆，瞬间把桌子挤得满满当当。现在许多人家用木质的托盘装肉，往桌上一放，说是一座小山，也真不为过。有了肉，别的菜就可以免了。事实上，临潭人有了肉就算是席了，其他菜可有可无。亲朋好友聚在一块儿，常常就是吃肉。饭可以不吃，肉不能少。临潭人对肉执着而浓烈的需求，不由得让我赞叹。

有肉吃，是临潭人最低也是最高的生活要求。条件困难时，能吃上肉这日子就算不错了。现在能尽情地吃肉，这生活就顶好了。能吃回肉和能天天吃肉，他们都认为是很奢侈的事。刚脱贫的农民和生意做得相当好的老板，都会说：现在日子好着呢！能敞开吃肉了。同样，待客怎么着都得有肉，肉又是待客的最高礼遇。

牦牛，藏语发音为“雅克”，最早汉地人称牦牛为雅牛，后因形造出了“氂”字，该字本读“yǎ”，汉语中“氂”读“máo”，最后牦牛的这个称谓流传至今。据生物学家研究推断，早在200多万年以前，野牦牛就与一些大型草食性兽类在青藏高原共生共存。目前的研究表明，人类踏足于青藏高原最早的年代在4万年前，而人类驯化牦牛始于7300年前。我们现在遇见的基本上都是畜养牦牛，野牦牛在我们日常生活的视线之外。

在高原，牦牛可以撑起人们日常生活的全部。以牦牛肉、酥油、牦牛奶为食，用酥油灯照明，用牛皮做靴子，用牛毛搭帐篷，连牛粪也是最好的燃料。牦牛比马更有力，更扛冷耐饿，驮运、耕地是它的强项。尤其是冰雪、沼泽之地，牦牛的行走能力更是惊人。牦牛的头骨和牛角是玛尼堆上敬神的供品。就连骑牦牛也比骑马更刺激更有趣味。

牦牛与人们的日常生活息息相关，奇怪的是，如此熟悉的牦牛，又偏偏给人以神秘之感。牦牛是世界上唯一的源种牛，没有和其他牛杂交过，与企鹅、北极熊一样属于世界仅存的三种源种动物之一。在古代藏族神话中，野牦牛被称为天上的“星辰”。牦牛远比人类更适应高原，它们就是高原的一部分。或许正因为如此，它们有着与高原一样的神秘感。日常性与神性在牦牛身上完美交融。

看牦牛打架，也算激烈，可在我看来，那是两位身穿黑裙的舞者。如果牦牛快速奔跑，那静坐于肉体的野性会一下子爆发出来。这时候的牦牛，刚烈、威猛，浑身之力似乎足可以驾驭茫茫的高原。只是这样的场景很少很少，多数时候它们与高原一样静默、平和。青青的草地，白色的羊，黑色的牦牛，如同白天与夜晚在沉默中对话。是的，它们很安静。安逸的生活温柔地剪去了它们的野性。更大的可能是，它们学会了隐忍，像高原一样深藏我们无法感知的厚重。不问人间事，低头吃草，咀嚼，似乎是它们最专注的事，也可能是它们生活中唯一的大事。

时常会在路上遇见牦牛，不紧不慢，步伐从容优雅。我坐在车上，俯视那些黑得发亮的背，几乎看不到它们的眼睛。每到这时候，我便有种不知哪里来的优越感。而当我在草地上遇见它们，那眼睛令我不寒而栗。不敢过久地对视，不是恐惧，而是我看到了莫名的忧伤。那壮硕的体型，让我感觉自己一下子渺小了，卑微了。我总是有意与牦牛保持距离，靠得太近我的世界就没有了。那天，我在山坡上闲逛，阳光很好，天很蓝，草很柔软，我就躺了下来。

原先的糟糕心情一下子被治愈了，闭着眼想象飞翔的感觉。待我睁开眼时，一头牦牛正直勾勾地盯着我。这太意外了，我没看到山坡上有牛啊，它是从哪里来的？不是夸张，那一刻，我的眼前是一座山，牛眼里卧着深潭。我下意识地半坐着向后挪动，那牛一动不动。最后，我落荒而逃了。

我更喜欢羊，虽然我总觉得它那挂在唇边的笑意带着某种嘲笑之味。老家的羊，我可以上去抚摸，但高原上的羊，我从未接近过，感觉它们的防备心特别重。这些高原上的羊，表面上很温驯，但与我格格不入，不像我老家的羊，让人有亲近之感。

高原上的牛羊，呼吸纯净的空气，沐浴纯净的阳光，喝纯净的溪水甘泉，终生吃天然的野草。古老原始的放牧方式依然在这里延续。人们给了牛羊一个舒适的家，给了它们安全、舒适、相对自由的生活。它们不再像它们的祖先那样经受寒冷风雪之苦，时刻担心会被野兽撕咬。牧人像照顾孩子一样照料它们，每天陪着早出晚归。

这些年草场条件越来越好，牛羊的日子也好多了，没有了凶险，过得很安逸，只是无法终老。这和我家乡的水牛不一样，区别在于牦牛成天在草地上边玩边吃，自在得很，而水牛一天到晚要干活，很辛苦又极不自由。水牛是家里的重要劳力，也是家庭成员之一，基本上都可以善终。牦牛的宿命是被宰杀，寿命有定数，但它们是否知道呢？如果让它们自主选择，它们是会选择现在的生活，还是想回到它们祖先那样的生活呢？

这个问题真不能往深处想，想多了，我们可能就不是在为牛想了。

吃肉最够味的，还是在浪山的时候。

浪山，藏语称“香浪节”。“香浪”是藏语采薪之意。因藏语称木柴为“香”，樵采称“浪”，故名“香浪”。每年农历六月中旬、藏历六月初九，甘南许多地方都要举办“浪山节”。据史料记载，“香浪节”最早是拉卜楞寺四世嘉木样大师尕藏图丹旺季之时所创。过去寺院每年这个时候会进山伐薪，因路途遥远，当日不能返回，遂选择在依山傍水处露宿野营，多则数日。随着岁月的流逝，逐渐演变为广大农牧民喜爱的传统节日。据《夏河史话》记载：节日的前一天日出之前，人们来到有拉再（祭祀石塔）的山头上，煨桑祭神，祈求神灵的保佑。赛马、赛牦牛、摔跤、拔河是人们喜爱的项目，男女老少都踊跃参加。入夜后，能歌善舞的藏族同胞会在熊熊燃烧的篝火边唱起悠扬动听的歌曲，翩翩起舞，尽情欢乐，直到深夜。

这时候的甘南，气候宜人，风景最美，人们可在草原、山间尽情地撒欢，吃肉喝酒自然少不了。草地上、山坡上、小溪边，到处青烟袅袅，肉香扑鼻。家族团圆或好友相聚，小小的草地上浓缩了人们日常生活的所有。人们以自己的方式，演绎和回味着那消失于岁月深处的远古生活。

临潭属于半农半牧区，汉族人远多于藏族人，浪山更接近于郊游和野炊，几乎没有与马有关的活动，至少我没有遇到过。过去放牧是骑马，现在基本是骑摩托。在人们的生活中，马越来越远。

在古战乡拉直村，每年 2 月有赛马，周边县乡多个民族的男女老少都会来参加，马儿是从自家牵来的，比赛也很简单，就是比速度。在山谷间的开阔地，飞奔的马儿卷起沙尘，似又回到了当年的战场。

冶力关天池河滩上的马，是当地农民用来做旅游生意的，属于纯粹的娱乐性体验。马儿走得很慢，牵绳的农民控制着速度，以确保安全。

两处的马，从两个角度回应了往昔的放牧生活和冷兵器时代的战斗。浪山，是对曾经生活的追忆，更是当下生活的延伸。看不到马，听不到马蹄声，但马的身影在人们心中，挥之不去。

回到大自然中，以最舒展的心情把自己完全交给湛蓝的天空、嫩绿的草地，以及掩不住野性的微风。人们不再像当年那样骑马而来，小汽车就在不远处的路上停着。许多人手机不离手，拍照刷朋友圈。是的，现代性的元素很多，可我觉得眼前的一切与我梦中的画面很相似。或者说，与我想象中的甘南草原是一样的。

许多时候，煮肉并没有专人，而是大家都参与其中。吃肉，同样如此。肉在那儿，刀在那儿，想吃，自己上去割一块。孩子们喜欢弄上大大的一块，乱啃胡咬，双手和脸上油乎乎的，就连笑容似乎都在冒油。有个六七岁的小男孩，独自到一棵树下坐着，身边是他家的狗。刚开始，他咬一口肉，就撕点肉给狗。后来，干脆自己咬一口，递给狗咬一口。狗吃得很自然，他时而冲着狗笑，时而在地上打滚，我很想上前参与其中，但终究没有，只是远远地望着。

我爱在草地上走来走去，走进水声里，走进花香里，走进肉香里，走进人们的笑声里。我走在人间，也走在天堂。有时，我还会选一高处坐下来。身后是树林，再后面是高山。眼前是开阔的草地，追逐的孩子，拍照的姑娘，再往前就是那口大锅和吃肉的人们，再往前就是一顶顶帐篷，最远处又是树林和高山。我的目光随意地瞟向某一处，或者漫山遍野地乱瞄，但总会时不时地看看那口煮肉的大锅。

坐上一会儿，我会想起自己童年时躺在草垛上，跷着二郎腿仰望天空，这其中有什么样的内在关联，我还真是想不明白。

与一群牦牛和羊漫步在草原上，那是我向往的。

这天我到扎西家，想和他一起去牧场。我专门挑了这个日子，7月的草原，美得无法形容。扎西让上初中的儿子才旦一起去，可才旦不情愿。说这话的时候，才旦正在羊圈里收拾羊粪，干得满头大汗。这不应该啊，放牧能随处溜达，比干这脏活累活舒服啊。扎西的口气没有商量的余地，才旦很不高兴地从羊圈出来。

我以为他们会带上生肉、锅之类的，牧场比较远，中午不可能回来吃饭，在外野炊，蛮好的。不料，他们只是带了些熟肉、馍和一些水，我也不好意思提什么要求。扎西给我拿来一件羊毛大衣，我说我穿着毛衣毛裤，不用了吧。扎西说：带上吧，外头会冷的。

扎西家有39头牦牛，161只羊，牧场离住的地方有3小时的路程。距离其实不算远，从家出来有一段水泥路，后来就进入草地。翻过两块不算高但很大的山地草场，又走了个把小时，才到了扎西家的牧场。经过的都是别人家的草场，牛羊可不能吃。扎西一路上吆喝个不停，但还总有个别牛羊不听话，动不动会啃一口。才旦特别认生，很少和我说话。刚开始，我感觉很好，高原的天蓝得纯粹，那云尽显浪漫。我问才旦：这么好的天气，到牧场多快活啊。他说：不好，还不如在家干活。这3小时，走得很慢，我才明白为什么不骑马或骑摩托车了。

这块牧场很是平坦，中间还有条小河。牛羊都聚到河边喝水，扎西和才旦随地就坐下了，我虽然有些累，但还是想走走。都说风吹草低见牛羊，这里可不需要。草很矮，都到不了羊的膝盖。牛羊刚喝了一会儿水，扎西就赶着它们去吃草，说喝得太多就吃不下草了，回去的路上就会饿。

真没有想象的那样闲散，歇不多会儿，就得赶牛羊，不能让它们在一个地方吃太长时间，要不然，这草就废了。

阳光很好，也没什么风。可待久了真的很冷，我披上了羊毛大衣。到了中午时，扎西招呼我吃饭，还专门给我带了面包，说是担心我吃不惯馍。因为装在保温的袋子里，肉还不太冰，不过那馍确实很硬。扎西说：这天气好多了，要是前几个月或者到了10月份，肉就成了冰块了。

我说：你怎么不唱歌呢？扎西说：唱歌？你瞧瞧我这忙的，嗓子都快冒烟了，有点空就坐着，哪还有劲？说着，他嘴上咬着肉又去赶牛羊了。

我逗才旦：这么多牛羊，以后你娶媳妇不用愁了。才旦说：我才不要呢，天天陪着这些牛羊，还不如它们舒坦呢，烦死了。可我又不想学习，以后也只能像我阿爸这样了。他这样说，竟让我无言以对。

在这地方，手机没信号，想看新闻刷视频打发时间是不行了。实在闲得没意思时，我就和扎西一起赶牛羊。扎西总提醒我：你离远哦，它们不认识你，惹急了，会来顶你的。

恍惚间，我突发奇想，这到底是人在放牛羊，还是牛羊在牧人？才旦说：一天到头，都是人在伺候它们，人过得没它们好。小小的年纪，似乎悟出了牧民生活的本质。

傍晚，我们回去时，人和牛羊的步子都很沉重。牛羊是因为吃得太饱，我们三个男人是疲惫所致。路上，才旦和扎西说：明天再不来了。扎西笑笑：不来了，再不来了。

放牧，真的没意思。

晚饭时，才旦见到牛羊肉特别兴奋，说可以大吃一顿。我有些奇怪，平常不管够吗？扎西有些不好意思地说：哪能，全敞开肚子吃，这日子可就没法过了。我这才知道，今晚能有这么多的牛羊肉，是因为我来了。

临走的时候，才旦对我说：明天还来吧，我还陪你去。我知道，他心里想的是我明天再来，他晚上还能尽兴地吃肉。

我爱吃肉，尤其是红烧肉。

红烧肉，我也是成年后才吃到的。成年之前，我有关吃肉的记忆并不多。那时，最羡慕人家过年的时候门口挂个猪头，一个完整的猪头。现在谁家门口停辆再高级的车，哪怕是架直升机，也比不上当年那个猪头让我羡慕。红烧肉，一定是吃过的，比如左邻右舍红白喜事的桌上，比如年夜饭，但我一点印象也没有。腊月二十八，家里会煮肉，悄悄撕一块，蘸点酱油，那是最解馋的。还有就是肉丸。腊月二十九家里炸肉丸，我从不出门，一直围着锅台。用我妈妈的话说，这孩子眼睛掉进丸子里拔不出来了。在武警上海指挥学校那两年，我记忆最深的就是每周一次的大排。说是大排，其实也没半个巴掌大。

后来，真的是条件好了，我想吃肉就可以吃肉了，也就喜欢上了红烧肉。一周不吃，就觉得浑身不得劲，脑子也迟钝了。就是现在，我也时常放开了猛吃红烧肉，怎么着也得满满一大碗。有时，家人会劝我，少吃些，容易“三高”呢。我说：我从小的理想就是有朝一日能穿上皮鞋尽情吃肉。现在能吃上了，还是想吃就吃，要吃多少就吃多少吧，要不然，理想实现了的幸福感就没了。

牛羊肉是好东西，我小的时候确实没憧憬过。可到了临潭，我从没有大吃海吃，反而是有意识地控制自己。从早到晚，饭桌上都离不开牛羊肉，到谁家去，也是牛羊肉当头，哪怕不是饭点，人家也会端上牛羊肉，盛情地让我吃上几块。我不敢多吃，我总认为我的饮食结构里没有牛羊肉，吃多了，害处太多，比如患痛风之类。所以，我暗自给自己规定，每两天吃一顿牛羊肉。虽说有时实在躲不过，但总体上还是控制得不错。常有人劝我，以后离开临潭，可就没有这样原生态的、绿色的、特别好吃的牛羊肉了，但我从没有让自己像吃红烧肉那样放肆。

在临潭，想吃上红烧肉，还真有难度。食堂，饭馆，都是牛羊肉的主场，甚至许多时候根本就看不到猪肉。

到临潭快一年了，我才在县城的一个角落里发现了一家主营白煮肉的店。把我高兴坏了，第一次去，要了二斤，切成片，装了满满一大盘子，我喝着茶就干完了。后来，我平均一个月去一次，少则要一斤，最多的一次要了三斤半。那真是吃得过瘾。想想，在临潭三年，我最过瘾的，就是这样吃肉。

回到北京后的近一年里，我吃红烧肉的次数和量比以前多得多，好像是要把三年的损失补回来一样。

我也知道离开临潭后，很难再吃到这样纯正的牛羊肉，也不可能像在临潭时那样随时随地都能吃。对牛羊肉怀有戒备之心，强忍着自己的胃口，我总以为是出于生理的原因。其实，细细一想，根本上还是心理在作祟。临潭这一方水土，我再怎么入乡随俗，也不可能完全融入。我知道自己的能力有限，更对临潭以及临潭的历史人文怀有深深的敬畏。

肉味飘香，我只能是匆匆过客。

仅此而已。

洋芋开花

这个村子离小镇并不远，几条小路上铺的细砂石虽极不均匀，倒也干干净净，比我预想的村中小路稍好些。村里的房子，一半是砖墙，一半是泥墙，旧房子远比新房子多。看得出，村里许多人家还生活在贫困线上。没走上几步，我就觉得小路干枯清瘦，像铅笔画出的生硬线条，也像一位沧桑老人的背影。

这户人家的房子，是村里最差的。土墙裂了不少缝，木质的门窗已朽。屋里还是泥地，坑坑洼洼的，进门就可看到灶台。老式的土灶，大大的铁锅。正在忙着从锅里拿洋芋的女主人，转身看了我一眼，又自顾自忙活。这让我有些尴尬，正想着是主动搭话还是干脆走开时，发现身后有个人。一个孩子，就在门边，我进门时居然没瞧见。他坐在板凳上，面前是张靠墙的小条桌，板凳、桌子虽然有些破旧，但高度特别适合他。周围其实挺宽敞的，可他把自己收得很紧，说蜷缩也不为过。这孩子七八岁的样子，估计是刚放学回来，身上的衣服陈旧，还有些脏。从窗户进来的阳光，恰好照在他手中的洋芋上，黑黑的小手与金黄的洋芋形成鲜明的对比。桌上的两个洋芋因为光线暗，看起来就是两个土疙瘩。他的脸虽在黑处，但我能看到他那专注的神情，专注于手里的洋芋。小手正小心翼翼地撕皮，撕下一块皮，他就用舌头舔一舔，然后看一看，直到皮光滑得没有一丁点肉，才把皮放在桌上。不知道为什么，他这撕皮的动作，仿佛是从我的皮肤上撕起贴了许久的膏药。我的皮肤在疼，心也在疼。

这太像小时候的我了，从长相到穿着直至吃相。我没有12岁前的照片，小时候长什么样我根本就无从知晓。这使我看到小男孩，特别是乡村的小男孩时，都觉得像遇见了当年的自己。以前，每每到这时候，我的心中都有暖意，可这次我的心疼了起来。没想到现在还有这么穷的人家，这孩子一顿饭就这么三个洋芋。看女主人手里的活儿暂时忙完了，我就问她：天天就这么吃？她面无表情地说：还能怎么着？停了片刻，她又说：今天家里的咸菜没了，要不然会就着咸菜吃的。有时也吃馍，少说一个月能吃上五六回。孩子突然插话了：上个月只吃了四回。说完，还伸出手指比画，脸上倒是有他这个年龄应有的顽皮。

让我没想到的是，转天，同样是个小男孩，特别喜欢吃洋芋，问题是他家的条件可以称得上富足。有洋芋吃，居然是他最开心的事。那是个星期天，我受他父亲之邀去他家看收藏的书画。大大的院子里有两层小楼，进了屋里，其装修、家具让我有些惊讶。小坐了一会儿，女主人就端来了刚出锅的洋芋，说这是少有的好洋芋。后来我才知道，在临潭，不在饭点时，都喜欢用洋芋招待人。而吃饭时，洋芋也会隆重地上桌。一盆煮洋芋，是水果，是点心，也是茶食。进门能吃到热乎乎的洋芋，客人心满意足。我是不喜欢吃洋芋的，但出于礼节，表面高兴其实内心极度勉强地吃起来。就在这时，小男孩进屋了，一见洋芋，就像我小时看到肉一样兴奋。他高兴地蹦了起来，嘴里连说：洋芋，洋芋，有洋芋吃喽。他拿起一个洋芋，急速地撕皮，咬了一大口，撑得腮帮子鼓鼓的。他的吃相有些野，边吃嘴里边含糊不清地说：好吃，就是好吃。其实，他也只是一天没吃洋芋。

我小的时候，虽然家在鱼米之乡，但家里平常的一日三餐都是玉米，早上和晚上是玉米粥，中午是玉米碴子煮的饭。早晚的玉米粥稀得可以当镜子，为了抵饿，会放几块山芋干。这些年玉米和山芋成了绿色食品，可我几乎不吃。就连那诱人的烤山芋，我顶多是看看那焦黄的肉，闻闻那与故乡一样的香味。真的是小时候吃伤了，现在看到了，生理和心理上都抗拒。

临潭人对洋芋可不这样。早些年，洋芋的确救过临潭人的命，没别的可吃，全靠吃洋芋度日。现在日子好过了，他们依然喜欢吃洋芋。多数人一天没吃洋芋心里就有些空落落的。很多时候，他们喜爱洋芋甚于牛羊肉。这确实让我意外，穷人穷得只能吃洋芋了，有钱人以吃洋芋为快事。

洋芋，在我老家叫马铃薯，我对它了解极少，甚至会闹出一些笑话。这都是因我对它的同门兄弟山芋不待见所致。不喜欢，甚至厌恶之后，要么深度认知，要么视而不见。我对洋芋，属于后者。我吃过薯片，但从没和马铃薯联系在一起。文坛上有著名的“山药蛋派”，我一直以为山药蛋就是山药，其实在山西，洋芋就叫山药。而在我们老家，山药是一种薯蓣科薯蓣属植物的学名，是大多数人口中的山药。迟子建的短篇小说《亲亲土豆》，我很喜欢。尤其是在东北那两三年，我重读了好几遍。小说结尾处：李爱杰最后一个离开秦山的坟。她刚走了两三步，忽然听见背后一阵簌簌的响动。原来坟顶上的一个又圆又胖的土豆从上面坠了下来，一直滚到李爱杰脚边，停在她的鞋前，仿佛一个受宠惯了的小孩子在乞求母亲那至爱的亲昵。李爱杰怜爱地看着那个土豆，轻轻嗔怪道：“还跟我的脚呀？”平实的叙述中，充满无尽的悲伤和温暖的爱意。这个画面，一直印在我的心里。然而，我还是没有把土豆与马铃薯联系在一起。

马铃薯，临潭人叫洋芋，有时也叫洋芋蛋蛋，在东北叫土豆，在我老家叫马铃薯。现在，在全球，马铃薯是仅次于小麦、稻谷和玉米的第四大重要粮食作物。据记载，马铃薯原产于南美洲安第斯山区，人工栽培史最早可追溯到公元前8000年到前5000年的秘鲁南部地区。16世纪中期，马铃薯被一个西班牙殖民者从南美洲带到欧洲。那时人们总是欣赏它的花朵美丽，把它当作装饰品。1586年，英国人在加勒比海击败西班牙人，把马铃薯带到了英国，英国的气候适合马铃薯的生长，其产量比其他谷物高且易于管理。后来一位法国农学家安·奥巴曼奇在长期观察和亲身实践中，发现马铃薯不仅能吃，还可以做面包等。从此，法国农民便开始大面积种植马铃薯。17世纪时，马铃薯已经成为欧洲的重要粮食作物，据说是华侨从东南亚一带引入中国的。我一直以为马铃薯是外来语，后才知是因酷似马铃铛而得名，此称呼最早见于康熙年间的《松溪县志·食货》。马铃薯在每个国家的称呼也不一样，美国称爱尔兰豆薯，俄罗斯称荷兰薯，法国称地苹果，德国称地梨，意大利称地豆，秘鲁称巴巴，等等。在中国，其名字也特别多，如洋山芋、洋芋头、香山芋、洋番芋、山洋芋、洋芋、地蛋、土豆、山药蛋、冬薯、荷兰薯、番仔薯等等，据说多达70余种。如此众多的名字，在粮食作物甚至是植物界，都是少见的。有专家曾对此现象有过论述，大意是马铃薯很晚才进入中国，传播路径广泛，各种简单的名字早已被其他根茎类植物占用，因此马铃薯在很多地方被迫和其他作物共享名字，只是多了个修饰而已。

命名陷入绝境，反而为各地人解绑了规则，想象力得到出人意料的激发。从生活里寻找，按自己的喜好命名，民间惊人的智慧，给予马铃薯众多的名字，或雅或俗，但都洋溢着生活的气息。

在临潭，洋芋是最重要的主食，也是最常见的菜。吃法上，少说也有一二十种，洋芋蒸菜、洋芋煮角、洋芋焌焌、洋芋搅团、洋芋丸子、洋芋饼，焌洋芋、炒洋芋、地锅洋芋、炸洋芋、烧洋芋、烤洋芋、花洋芋等，炒、炸、煎、炖、蒸、煮，几乎穷尽烹饪之法。临潭的洋芋粉丝洁白如玉，久煮不坨，烂而筋道，让临潭人引以为豪。

好吃的，一定要给客人吃。临潭人至今依然延续这样的待客之道。家中来客，牛羊肉与洋芋必不可少，都是深情厚谊的体现。有时，甚至牛羊肉可以没有，洋芋一定得有，而且洋芋品质好或者主人把洋芋做得好，至少得占一项。近几年，临潭的旅游业日益显现其优势，随之而来的是大量的农家乐和民宿。农家乐的食材，以当地的农产品为主，其做法则是或汉或藏或回族的传统风味，或汲取多民族之长，形成临潭独特的口味。各家招牌菜里，定有洋芋的影子。洋芋上桌，服务员——其实多半是老板或老板娘——会既羞涩又自豪地说：这是我家的招牌菜——洋芋搅团，洋芋就是自家种的，做法是自家琢磨的，在这一带，我家做得最地道。不过，别人家的洋芋蒸菜可能比我家做得好。实在人说实在话，夸自己不贬低他人。临潭人做买卖，生意头脑不差，但依然很实诚。

临潭人的生活里，洋芋非但从没有离开，还成为不可多得的主角。有洋芋吃，有好的洋芋吃，一直让是他们感到幸福的事。谁家的洋芋做得好，十里八乡都知道，而且能在人们的记忆里保留很多年。

我听过一个故事，不知真假。在临潭婚俗中，新媳妇过门后要做一顿面条，一试厨艺，故称“试刀面”。临潭把面或饭称为汤，比如面条既叫长饭又称尕汤面。问你喝汤了吗其实就是在问吃面了吗。这样一来，赴喜宴就有了“喝试刀面”这一环节。说是考验新媳妇的厨艺，其实真做时，新媳妇只是象征性地在面上划一刀，实质是婆婆在操持。有这么一位新媳妇，从家里带来一大袋洋芋，为宾客做洋芋焌焌。将洋芋煮熟去皮，然后捣成泥糊状，再用腊肉、野葱花、红辣椒、酸菜、蒜泥等作料制成汤，将洋芋泥切成块入汤，加热后便成。洋芋焌焌在临潭很家常，但想让众人称赞并非易事。菜，大多如此，看似简单，其实奥妙无穷，越简单就越难做。新媳妇很用心，但也很大胆。可喜的是，她做的洋芋焌焌宾客们无不夸奖，都说从没吃过这么好的洋芋焌焌。多年后，人们提到这位媳妇，也不提名字，只说那个做洋芋焌焌一绝的媳妇。

10月，是临潭收洋芋的时节。我被几位同事带到一农户家的洋芋地里，来一次现挖现做。他们说，这户人家的洋芋个大皮薄肉嫩白，用临潭最原始的方式做出来最好吃。

五六亩地，全种的洋芋。家里平常只有老两口，儿子是临时叫回来帮着挖洋芋的。他们在田头挖，我们几个则来到地中央。这主意是我出的，我想多一些劳动的欢乐。我小的时候，人不大，农活干得不少。多少年过去了，记忆里都是些好玩的场景。现在挖洋芋也是如此。找准下锹的位置，既要靠近洋芋，又不能铲坏洋芋。这的确有意思。我们在比谁挖得快、挖出的洋芋又多又大。谁挖到大的了，会除去泥土高高举起，如胜利者般显摆。我倒不在乎大小，反而喜欢那些奇形怪状的洋芋。不知道它们在地里经历过什么，我觉得这样的洋芋更能显现生命的与众不同，它们更像艺术品，却根本不在乎等会儿做菜时去皮有多麻烦。

干点活儿，出点汗，看看自己亲手挖出的洋芋，着实很开心。其间，我走到地头，和这户人家聊了一会儿。我是带着劳动的快感去的，可人家小伙子显然心情不太好，见我来了，还是露出礼节性的笑意，只不过手里的锹没停下。我说：你家的洋芋长得真是好，这挖洋芋，就跟挖宝似的，挺有意思。小伙子说：您是从城里来的吧？我说：是啊，不过我从小在农村长大，也经常干农活。小伙子说：还是干得少，我喜欢吃洋芋，但对挖洋芋恨之入骨。他父亲在一旁说：不挖，洋芋能自己跑到碗里去？庄户人家，不干活不成的，干活，当然舒服不了。我说：收成这么好，挖起来不高兴？老人说：收成好，高兴着呢，不过，挖起来也真是累。小伙子说：现在有挖洋芋的机器了。老人说：机器不要钱？一老一小，就这样各自说着想法，也在试图让对方接受自己的观点。我没有插话，只是默默地望着他们。我能说什么呢？

我想，我是忘记当年做农活的苦了。远离了农村，远离了庄稼地，多年不干农活了，再回忆起来，泛起的是快意，甚至还有诗意。写文章时，也把当年做农活的事写成了游戏，写成了美好之事。就像我在城里想象农村时，想到的是山好水好空气好，田园似仙境。现在许多城里人，喜欢到乡村生活，享受乡村之美，说是回归自然。城里有家，随时可以回城，这样的乡村生活，当然好。一生在农村的农民，天天与土地打交道，真的不是我们想象的那样充满诗情画意。汗水入土，收成好时，心里自然高兴，可日复一日的农活，很是磨人。所谓的快乐，比如丰收的快乐，比如互相间说笑的快乐，只是一个个瞬间，无法替代那些长长的白天黑夜。就像挖土豆，挖个一筐半筐的，边挖边玩，确实挺有趣，也有美感。可五六亩地，需要两三天挖完，成千上万次地重复几个动作，花气力，怎么可能轻松、诗意？我想到了现在文学里的乡村叙事，多数情况，只是我们自以为是的乡村叙事，而非农民心中和日常生活中的乡村叙事。我们或许曾经在乡村生活过一些年，但现在的乡村已经不是当年的乡村。更为重要的是，我们很少有人能在心灵和感觉上重回乡村，记忆早已被淘洗被异化。没有乡村生活经历的作家，到乡村体验生活，但因为身份等因素，无法真正走进乡村。如此，乡村叙事的真情实感，难以真切地展现。

父子俩说了会儿话，老人感觉冷落我了，便说：让你看笑话了，乡下人胡咧咧的。走，让你尝尝我们最土的吃洋芋法子，保你喜欢吃。我知道，他说的是地锅洋芋。就在洋芋地里挖个坑，类似于土灶，用鸡蛋大小的土疙瘩垒在坑上面，形如金字塔。找来柴火，在坑中烧，直烧得土疙瘩滚烫冒火。然后用木棍在塔顶捅个小洞，将洋芋从小洞装入。装满后，把下面的洞堵严实，把塔推倒，并覆上一层土，起保温作用。洋芋渐渐被土疙瘩煨热，半小时左右，就煨熟了。扒开土疙瘩，带着泥土香的洋芋，让人喜欢得不得了。

老人说：好吃是好吃，现在很少这样做了，毕竟在家里做更方便些。今天是特意让你看看我们这儿地锅洋芋的做法，土气吧？我说：小时候，我们也在河边或沟旁挖这样的洞，上面放上搪瓷碗烧蚕豆吃，真的特别有意思。好多年了，今天能看您做地锅洋芋，我像是回到了童年。老人哈哈笑起来：是啊是啊，我也觉得一下子年轻了许多。

真是最土的方法，也是最简单的方法。洋芋在泥土中生长，又在泥土中被煨熟，保留了最原始的味道。在我家乡，吃菜吃鱼讲究本水素做，这样能吃出原味。一切都是本原的，其实是最好的。

现在想起来，这是我在临潭吃得最有味道的洋芋了。这味道，不只是洋芋的味道，还有做地锅洋芋的过程，以及老人那满面的笑容。

繁华之后，返璞归真。一路狂奔之后，当我们经历过无数风景，得到许多预想过或意外的收获时，我们反而开始怀念当初出发时的纯真。临潭人之于洋芋，也是如此。

在靠洋芋填饱肚子时，不会有那么多的烹调招数，只以最简单的方法弄熟就好了。省时省力省各种作料，也不可能有心思变着花样吃。这不仅仅是吃洋芋，人生类似的事太多。

煮洋芋，曾经是临潭人吃洋芋的常用之法，就连现在，也是如此。极简且快捷，吃起来香味扑鼻。将洋芋洗净入锅，加入适量水，所谓适量，全凭经验，但不会淹没洋芋。盖上锅盖，用旺火烧。烧多长时间，当然还是凭经验。水量得当，火候得法，就能煮出最好的洋芋。洋芋皮焦而不煳，洋芋肉酥软，柔而不泥，白里透着光，有晶莹之感。最妙处在皮开了，肉裂了，在金黄色表面上形成一层淀粉结晶，形似沾着露珠的花瓣，像一朵盛开的花。这就是临潭人口里最得意的“洋芋开花”。他们说，能煮出这样的洋芋开花，方法固然重要，洋芋本身也得好。临潭属于平原与高原的过渡地带，地理环境独特，又地处高寒山区，有利于薯块中营养物质的积累，其中的淀粉含量比低海拔地区种出的马铃薯略高。土质独特，气候也独特，长出的洋芋自然也与众不同。淀粉含量高，一煮，很容易裂开。渐渐地，我知道了，他们说洋芋开花，显摆手艺是次要的，更多的是在宣扬临潭洋芋的特质，称赞家乡的好。是的，我们说到家乡，总会选取最具代表性又极合自己喜好的物品或现象。比如，我说到我的家乡，总会说每到夏天，鱼会跳上岸，螃蟹会爬进屋。只是，那是小时候，现在早没了这样的情形。而在临潭，洋芋开花，一直在。

只要说到吃，他们就会说到洋芋。只要说到洋芋，他们必定会乐滋滋地说洋芋开花怎么怎么好。每每说到洋芋开花，你能感觉到他们在咽口水。对外地人说起洋芋开花，他们多半会比画，竭力讲述洋芋开花的色香和如花般美的样子。在外的临潭人，说到家乡，总会提及洋芋开花，回家最幸福的事，就是吃母亲煮的开花的洋芋。洋芋开花，承载了太多的母爱和乡愁。在他们心中，洋芋开花，是最美味的，在舌尖上和心尖上都有深刻的记忆。

我一直疑惑，他们为什么非要把煮成这样的洋芋说成洋芋开花?

高原之上的临潭，花的种类很多，各种野花，美不胜收。我们心中神秘的格桑花，就在他们的日常生活里。格桑花又称格桑梅朵。在藏语中，“格桑”是“美好时光”或“幸福”的意思，“梅朵”是花的意思，所以格桑花也叫幸福花。在临潭，在高原，格桑花并非特指一种花，他们把那些美的又不知名的花，都称为格桑花。

当地一位诗人对我说，把煮开的洋芋称为“洋芋开花”，是因为他们太喜欢洋芋了，平淡无奇的洋芋有了花一样的吉祥。我想，这多少有些诗化，但我又想不出更好更准确的理由。

临潭人喜面食，善用当地产的青稞面做出许多花样，比如浆水面、尕面片、桥头面、炮仗面等等。把面和洋芋做在一块儿，是临潭人最喜欢的洋芋蒸菜。

洋芋蒸菜，是将洋芋洗净削皮后，用礤子擦成细丝，挤去水分，拌上面。放入蒸笼蒸至七八成熟后，拌上盐、油、葱末，还可以加些熟的肉末，一起翻炒。这既是菜又是饭。我吃过一次洋芋蒸菜，和的面是青稞面。作为高原象征之一的青稞和外来的洋芋合二为一，成为高原人的食粮。在我看来，这是最具高原特色的洋芋吃法。有朋友开玩笑说，小麦面做成的洋芋蒸菜最适合我。小麦代表我的家乡，洋芋代表临潭，两者相遇，就是我在临潭。想想也成立，有可供阐释的空间。

我不喜欢吃洋芋，对洋芋蒸菜也没有太大的热情。然而，这并不妨碍我喜欢洋芋蒸菜所具有的意味。就像我不太认同诗人对洋芋开花的解释，但我极度喜欢这个名字以及与之相连的生活之味。现在，每当我想起临潭，眼前总会浮现洋芋开花的画面：一个木质托盘里，洋芋挤在一起，花团锦簇。当然，还有临潭人那目光里的柔软和如花一样的表情。

我得承认，三年的临潭高原生活，我只是喜欢上洋芋开花的样子，但没能爱上吃洋芋。甚至，临潭人为什么如此钟爱洋芋，我也没能真正弄懂。

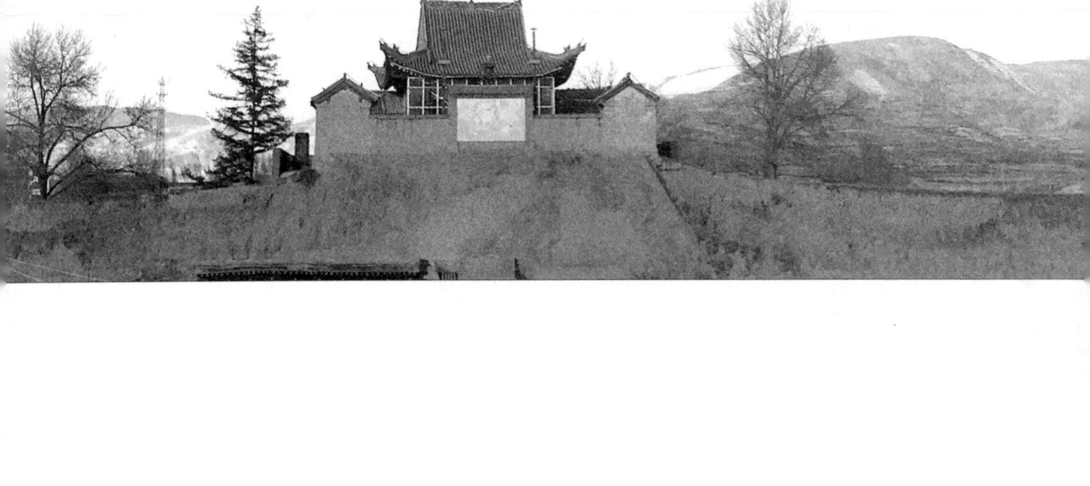

沉默的河流

一

一缕淡蓝色的烟先是弯曲而上，渐而慵懒地散开，呈弥漫状。这让我想起故乡的炊烟。村庄会因炊烟而显得格外宁静，那时，整个村庄都是辽阔而美好的。已经很多年看不到故乡的炊烟了。村庄还在，但已不是我儿时的那个家园了。不再有人用柴火做饭，炊烟随着岁月一同隐去。这淡蓝色的烟离我很近，可我还是把手搭在额前，做出眺望的姿势，想要寻回那记忆中炊烟的感觉。一位老人出现在我眼前，我以为他会咳嗽几声，哪怕只是装作咳嗽，哪怕只是一声。可是没有。这淡蓝色的烟，让周围更加安静。

他靠在墙根，不，其实是蹲着。我爷爷当年就喜欢这样。靠墙、靠树，但凡有能倚靠着的，他就这样蹲着；没有什么倚靠时，他还是这样蹲着，聊天、晒太阳。吃饭时，夹些菜塞在碗里，到门外晒场中央蹲着。蹲着，似乎是我们最爱最常用的姿势。不知为什么，蹲着，让我们更舒服更自在。他不是我爷爷，尽管他蹲着的样子特别像手中的水烟杆，也让我十分熟悉。他身后是高高的土墙，深红色，如同风干的血液。没有丝毫血腥的感觉，倒像我儿时家中那些家具的颜色。这是怎样一种深红？明亮潜在幽暗中，酱红与浅红混合。我母亲有一只这样颜色的箱子，听她说，那是她唯一的嫁妆。那只松木做的箱子，原本的漆是大红色的，后来和母亲脸色一样渐渐黯淡了下来。

这土墙可没有人工染色，而是土本身的颜色。只是在夕阳的渲染下，有些沧桑。老人并没有紧挨着墙蹲，而是与墙隔着一条缝，保持最大限度的靠近。

此刻，这个叫红堡子的地方，晚霞寂静地绚烂着。土墙如同另一种形态的晚霞，站在大地上表达着一种永恒。四周高高的土墙，墙内的民房，大多也是这样的红，镶嵌其中的铝合金和玻璃，倒像迷了路，显得十分茫然与孤单。登上高处，茫然的是我。这个近正方形的堡子，像一条古老的船停泊在现实的码头。转眼间，我又觉得它是一条河，在静静的外表下，依然在潜行。

周围的村庄，房子有新有旧，有的醒着，有的在沉睡。它们就像一群人的面孔，代替低头走路的人们仰望天空。堡子在村庄的最高处，人站在土墙上，感觉远处的山也在脚下。想当年，堡子是家，更是军事城堡。那是何等的威风，高高在上，雄观四方，真如一介武将。而今，所有的荣耀都像尘埃一般落进历史深处，堡子在老去，寂寞倒如野草般疯长。

这是一段奇妙的路程。时光在这里聚集，又无序地穿行。我每一步都走得仔细，但还是迷失于岁月的叠加之中。堡子的大门是明代的，四周高高的土墙是明代初期筑建的，那些散落于堡子里的高高低低的土墙，最早的也是明代的。最北面，也就是堡子最里面的老屋是清末的，其他的房子则是近些年的。小小的堡子里，历史与现实交错，相互独立，又彼此依存。我走几步，就像跨越了数百年。抬头一望，目光瞬间就能抵近历史的深处。我变得小心翼翼，蹑手蹑脚，生怕吵醒那些未知的、沉睡的时光。

二

红堡子最早修建于明代，因筑墙建房所用的土为红色，故称红堡子。红土是就近取的，但因这堡子是明代开国皇帝朱元璋降旨筑建的，便有了特殊的意义。圣旨从遥远的南京而来，真可谓跨越万水千山才到了远在边塞的甘肃临潭。对苍茫高原上的人们而言，江南水乡当是远方的远方，在生活的世界之外。领旨的刘贵、刘顺父子，非但不陌生，还尤感亲切。这道圣旨，体现皇恩浩荡之余，带有浓浓的故乡气息。据相关资料记载，刘贵，明代昭信校尉，管军百户，安徽省六安县人。青年时参加元末农民大起义，后归附朱元璋部转战安徽、山西、河南和甘肃等地，洪武十三年（1380），刘贵、刘顺父子奉命调往洮西防御，进攻寺古多等地（今流顺沟口一带）。同年十一月，明太祖朱元璋降旨给刘贵在洮西辟地占土，而后招军守御。

十多年的刀光剑影，十多年的背井离乡，最后落在高原之上的临潭，这是刘氏父子没想到的。不知道刘氏父子在听闻“圣旨到”时，是欣喜，还是忐忑不安？想必接下圣旨的那一刻，手中的皇命重，心头的悲凉更重。

跪领圣旨，这一跪，就彻底告别了江淮风物，故乡永远丢在了遥远的地方。在别人眼里是莫大荣耀的圣旨，像一根绳拴住了刘氏父子，让他们无法挣脱。当然，刘氏父子也是幸运的，好歹还在历史上留下了名。成千上万的江淮男儿在临潭落下了根，站在高高的土城墙上，爬上最高的山头，也看不到故乡。他们没有圣旨，没有在历史上留下名字，留下的是子子孙孙和从故乡带来的风俗习惯，以及绵延的乡愁。他们总觉得自己像风筝，细线的另一头连着故乡。

岁月可以摧毁一代代人，乡愁反而愈加浓郁。但凡遇上江淮人，尤其是江苏人来，临潭人总会说及他们的老家在应天府竹子巷（今江苏南京的蓝旗街），说不定还会哼唱几句《茉莉花》。这几年，也有不少人去竹子巷寻祖。他们知道回不去，也知道那个口口相传的地方，不一定就是当年先祖生活的地方，且现在早已没了当年的一丝痕迹。去，其实是到现场完善心中的想象。站在巷口，站在传说中的那地方，就是和生命的根接上了。这样的举动，物质性极弱，更多的是心头的呼唤，是生命里无法抹去的无形刻度。正是这样的呼唤，力量反而极其强大。因为，这呼唤融在血液，看不到，分辨不出，但心跳声中有它。

圣旨是要供着的，但刘氏父子心中供着的是故乡。那里有熟悉的父老乡亲，有一起玩大的伙伴，有熟悉的小桥流水。在他们心里，这叫作“家”才合适。不是“老家”，是“家”。红堡子，只是临时生活的地方。

故乡，多半是回不去的地方。家，是要回的。洪武二十六年（1393）五月，刘贵亡故。其子刘顺上奏朝廷，要求承袭其父以前的山西大同卫所守御之职。这应该是欲离开边塞的托词。真不知道这13年，刘氏父子多少次梦回故乡，聊过多少次有关回乡的话题。无从猜测，也难以想象。然而，父亲刚过世，儿子刘顺就急切上书，足见他在异乡思乡之苦，乡愁之深。临潭的海拔2800多米，又处于藏区，能回山西，虽离老家尚远，毕竟好得多。可是，朱元璋不仅没同意，还把洮州卫城西南更名为“刘顺川”，算是安抚，也是让刘顺彻底断了离开的念头。

一个小小的昭信校尉，能让皇帝专为其下圣旨，而且刘氏家族先后五次领受到三位皇帝的圣旨，并不多见，至少在临潭，就目前所见的史料记载，是唯一的。在明代时，临潭像红堡子这样的堡子有100多座，为什么皇帝对红堡子的刘氏家族如此器重？原因一定是有的，只是我们目前尚不得知。现在，到红堡子已经很难见到这五份圣旨的真容，两份已遗失，三份原件被刘贵刘顺的后裔老刘私藏，制作粗糙的复制件放在同样粗糙的木质镜框里。这样的粗糙，更能显现历史的沧桑和难以辨析的本来面目。

至于这五份圣旨背后到底发生了什么样的故事，恐怕和许多历史的真相一样，永远无法知晓。那些真实发生过的故事，参与了无数生命的行进，并随着这些生命的消失而隐于岁月深处。有时，历史就像一棵大树，雄壮的树干和繁茂的枝叶，已经让我们读不尽。有多少叶子从枝头落下，最终回到大地，成为大地的一部分。有多少叶子又以另外一种方式重新回到大树中。历史应该比一棵大树更宏大，也更隐秘。我们无法两次进入同一条河流，其实我们也无法真切地回到历史现场。不仅如此，即使我们在当下的生活现场，也不可能具备全知视角目睹一切。自以为是的我们，其实能力极其微弱渺小。

三

这是红堡子里现存的唯一的一座土木结构的房子，与四周的土墙、堡门和庙宇、灯山楼在风格上很融洽，也都有岁月留下的厚重之感。临潭许多堡子已经不复存在或仅残留有遗址，堡子里几乎没有老房子。只在一些村庄有几处老房子，比如古战乡的大房子，新城镇城背后村的王家院，都建于清末，但早已无人居住，孤独于天地间。有一些堡子现今依然有人居住，但没有确切证据证明他们是堡子最初主人的后辈。红堡子土墙保存较完整，最初主人的后代依然住在堡子里，这在临潭可称得上绝无仅有。因而有人说，临潭有二宝，一座城一个堡子，城指洮州卫城，堡子自然就是红堡子。而堡子里的老屋，是真正意义上的老屋。如果说洮州卫城是临潭历史的高耸地标，那么红堡子则是浓缩了的家族历史。这是刘氏家族的过往，也是从江淮而来的那些家族的命运共同的象征。

老屋后墙就是堡子的北墙，老屋坐北朝南，位置就显示了这房子的与众不同。确实如此，这是当年堡子主人刘贵住的地方。按照刘家传下的规矩，这房子只能由长子拥有和居住，直至现在，依然如此。老屋是家族的根，长子担负着家族精神传承的责任。这已融入他们的血液，无法剔除。

无论走多远，故乡都会在我们心里。我们向往新鲜的生活，向往眼花缭乱的世界，但总希望故乡还是儿时的模样。江苏东台三仓乡朱湾村是我的出生地，亦称之为“衣胞地”。衣胞地，这本身就具有强烈的象征意义，这地方是人生永远的营养之地。我在10岁时迁至弶港农场，从此，朱湾村就成了我的故乡，也就是人们常说的“老家”。20多年前，老家的房子卖了；再后来，买家在原址上新建了房。每次回村里，我都要站在人家的房子前在脑海中还原我们家的老屋。村子也大变样，同样需要我以记忆来重现心中的样子。我也曾在村里来来回回地走，遇上的都是老人。我与年轻人互为陌生人，只有老人认识我，也只有和老人聊聊，我才有回到老家的感觉。那年冬天，我们弟兄三人去为父母上坟后，站在河对岸一起在现实中潜回童年。曾经的大河，现在瘦了老了，一座水泥桥架在河上，想走到对岸，走进村子，很是简单。我们那儿的规矩，上坟前后，都不能进别人家门。没有这规矩，我们也不会过桥进村。我们像外地人一样，隔着我们无法逾越的时光河流，说当年房子是什么样的，门前的那棵树下发生过什么趣事。说着说着，我们都沉默了。其时，我们三人不知不觉走到桥头，我们的影子落在河里。河水已经不是当年的河水，我们也不是当年的我们，一切都面目全非。我们对老屋的记忆虽被时光一点点偷去，但老屋不会在我们心里消失。这让我们下了决心，尽管父母已经西去，尽管我们很少回农场，但父母留下的房子我们不卖，留着。老屋在，会守住往日的时光，瞬间便能在感觉上重回逝去的日子。

红堡子幸运多了，明朝的土墙还在，祖辈的老屋虽然是清末民初重修的，但地点没变，样式基本是按原状重建。现代感强烈的建筑，如同欲望之树，充满挑衅性。不知道是它们鼓荡了世界的喧嚣，还是世界催生了这样的欲望。越是有年头的老屋，越像老者，以静坐的方式与岁月一路走来，看得见的风尘，看不见的历史和人生的记忆。一座具象的房屋，其历史却很抽象。

四

老屋没有堡子大门年代久远，却显得更加苍老。这老屋两层，一层用于养牲口和堆放草料及杂物，二层用于居住。没想到，这在堡子里显赫的老屋，门竟然这样低矮窄小。我不由自主地缩身子弯下腰，怀着敬畏和谦逊之心走进门，似走进幽暗的岁月丛林。豁然开朗处，是上了二层。二层四面是房，中间有个方形的天井。放眼望去，只见与土墙一样深沉的木门木窗木板。本质上，这是藏式民居的风格。在外只见土不见木，室内只见木不见土。变通之处在于，土墙围成的院落为外，里面的四合院为里。也就是说，自进入那低矮的门，房屋、天井等均为屋里。窗子是江淮典型的格子框，在这高原上显得格外娇柔，就如同刚刚远道而来的姑娘，有些害羞，有些胆怯。

这样的房子，与我在家乡见到的大不一样。目之所及是陌生的，但亲切感还是包围了我。我知道，有些东西并不真切地出现在我们的视线里，而在生命的深处它才能显现。一个江淮人在高原生活几年，高原红爬上脸庞，风沙吹皱了皮肤，声音变得嘶哑且有浓郁的西部味。但一眼还是能看出他是江淮人，不一定说得清为什么。感觉，常常是无法言说的。我在天井四周走来走去，渐渐想起了我的爷爷。风烛残年的他，最常做的就是两件事：要么在屋檐下坐着，要么绕着老屋转几圈。其实朱湾村的老屋并不老，是在我哥出生后才建的。我爷爷住过的那老屋，在村子后头一条小河边，现早已是庄稼地了。

这座老屋的主人老刘像是被我的神情弄蒙了，只要我不问，他就一言不发，与我保持两三米的距离。后来，我才觉得我这样很不礼貌。我承认，有段时间我是发呆了。我的肉身在老刘的老屋，而我的心魂早已回到我的故乡，回到了我童年的时光，还有我的老屋。

我来的时候，按时节论是深秋，而临潭实际上是冬天的气候。前几日已经下过一场雪，虽说不大，在室外久了，还是有被冻透的感觉。老刘对此掌握得很恰当，在我想着要进屋时，对我说：到屋里坐坐吧。过堂屋进里间，一边是沙发和茶几，另一边是土炕。我自然想坐沙发，可老刘热情地请我上炕，我只能客随主便。这样的炕，我在东北的那几年，上过好几次。炕上有小桌，放点心茶水之类的，人聊天时拿取；不方便的是，得盘腿坐着，不习惯，我从一落座就不舒服，估计我是没办法习惯的。坐要有坐相，只是我们老家的坐不包括盘腿。之前还觉得有些不灵活的老刘，上炕、盘腿，一连串的动作竟相当灵巧，真似行云流水。

甘肃人爱吃的洋芋，回族人喜欢的馍，放在煤球炉上烤，倒上藏族人爱喝的大叶茶，我们聊的却是江淮人在临潭的往事。话题自然是我提起的。他知道我来自江苏，但不知道我祖上的命运与他的家族有相似之处，我祖上是洪武九年（1376）从苏州阊门到江苏东台的。其实，苏州阊门、山西洪洞的大槐树，并不是先人远走他乡前的居住地，而是出发地，甚至有些人并不是从这地方出发。再深刻的记忆，也会因种种原因而发生扭曲的。我们以为刻在心田的记忆，随时光、心情，以及不断地复现和叙述，总在修复、增减，甚至美化或丑化。有时是有意识的，更多的时候我们并没有意识到。苏州阊门、山西洪洞大槐树，当然也应包括应天府竹子巷，都是一种集体记忆。人们愿意把自己的某种经历融入大家的记忆之中，从而能在浩瀚的历史中的某个路标上寻到自己。有记载说，苏州阊门移民集中于元末明初，当时群雄并起，割据称王，张士诚据苏州与朱元璋争衡天下。至张士诚兵败被俘，朱元璋遂“驱逐苏民实淮阳二州”。从天堂般的苏州被驱逐至黄海边的蛮荒之地，这与流放并无区别。一路的艰辛，在盐碱地上的创世纪，该是怎样的血泪史？令我不解的是，我家族辈分中的16字“尧天舜日家庆国恩芬芳其泽贻尔子孙”，透着满满的皇恩浩荡。我们是朱元璋的后裔，这辈分是到东台才定的，我爷爷这样说。这里面充斥了难以调和的矛盾，但我一直未能找出其中的原因。历史里沉默的东西，实在太多，而我们总无力让这些沉默的东西开口说话。当下的喧嚣，总有一天也归于如此的沉默。这似乎就是一种宿命。

我以我们有相似命运的话题为我们的交流暖场，效果还是不错的。除了中间隔着的小桌子，我俩没有别的障碍，他比先前放松了许多。我以为这将是一次往事的盛宴，但我不得不承认我错了。我问了许多我关心的问题，他总露出为难之色，说真的不知道，没听说过。只有两件事，他说得比较细，一是家谱，二是圣旨。他取出家谱，一个皱巴巴的薄薄的本子。这是一本简单至极的家谱，上面只有一串串名字。我知道每一个名字后都有鲜活的人生和爱恨情仇的故事，但这些已经化作一笔一画的字。黑色的字，像夜晚一样无语。他向我介绍刘贵刘顺，说的都是我在网上能查到的，没有意想不到的细节。

他并没打算让我细看家谱，只是以家谱为支点，为我撬开家族的历史之门。最初他左手捧着家谱，右手食指点着刘贵的名字。后来，手抖得不行了，就把家谱放在小桌上，但右手的食指一直按着刘贵的名字。是的，不管讲到谁，他一直按着刘贵的名字。家族的一切从刘贵开始，之后都是刘贵的延伸。他的手呈紫褐色，如冬天的枝条一样粗糙。这是一双做农活的手，生活的辛劳都写在这双手上。这些年，两个孩子都在外地，只有他们老两口生活在老屋里。堡子外的8亩多地，是他们生活的全部来源。先人上马杀敌，镇守一方，虽有思乡之苦，但也是威风的。而到了他这一辈，只在土地刨出生活的念想。先人的荣耀，成为遥远的传奇。我看到了他眼神里的自豪，还有淡淡的失落。他还是盘腿坐着，身子微微前倾，格子框的投影在他的脸上印下一个方框。有一刻，我完全走神了，总在想这一黑色的方框与家谱上黑色的字之间，有什么样的关系？窗外的阳光，是当下的，还是刚刚从明代走来的？当年，刘贵是否也曾有这样的姿势？唯一不同的是，刘贵手指按着的是作战地图上的某个地方。讲完刘贵刘顺，他跳过了中间众多的名字，直接到了他父亲。从他父亲开始，他只是解释了名字的辈分，以及与他的关系。远去的故事，只剩下模糊的剪影，当下的生活，没有可讲的，而中间的那部分完全隐于黑暗之中。600多年的家族史，就被他简略到如此的地步。这是一幅大写意的画，众多的细节已经不重要了。

他没有取出圣旨让我一睹真迹，我也就没提这事。来前，有人告诉过我，这些年，谁来要看圣旨的原件，他都有推托的说辞。我没有必要让他复述那无数次推托的说辞。况且对我而言，早已知道了圣旨的内容，是不是原件，其实没什么实质性的意义。有关圣旨的保存和交接，我以为会有很多惊心动魄或特别具有仪式感的故事，可是没有。到他父亲这一辈，最初圣旨寄存在岷县一位亲戚家。20世纪80年代，他父亲觉得风声过了，就取回圣旨藏在后墙，也就是红堡子的土墙里。再后来就放在一柜子里，上了一把铜锁。这事，他知道。平常，有那么一两回，父亲也曾和他说过，这圣旨要好生保管。他父亲去世前，再没有提过圣旨的事。他解释说，父亲以前说过圣旨由他保管，也告诉过他圣旨在柜子里。是的，生活中的某些仪式被我们过分放大了，仪式感只是瞬时的作用力。许多时候，那些极为重要的事都是在日常生活中悄然进行，没有仪式，没有郑重其事的交代。父亲很少教育孩子，而是以自己怎么对待长辈以及平常行事的尺度，给下一代打样。父亲就是这样，一天到晚板着脸，在孩子面前以沉默撑起难以抗拒的威严。他不会告诉孩子怎么做人做事，只会挥动拳头对错的行为进行惩戒。想想，很多时候，这样的父亲就像一座老屋。

五

上上下下50多间房，只老两口住，相当宽敞。人少，房子里的物件摆放得满满当当的。孩子们偶尔会回来，他们的房间还是他们的，静静地等着。其他的房间，我没有细看，透过格子窗便能感觉到里面塞满了东西。好几间房子，常年不开门，不进去。它们存在着，又被视而不见。里面的物件长年累月与黑暗相伴，默默经受时光和灰尘的覆盖。最老的是房子，最新的是在门外走来走去的人，这些物件就像刘氏家族中间的那部分岁月。所不同的是，这些物件兴许某一天还会重见阳光，而刘氏家族中间的那部分岁月可能永远沉默于历史深处。

舍不得扔，明知道有些东西不会再用，或根本没有用，但还会放在家里。许多时候，舍不得的是逝去的时光。每个老物件，都依附着生活的一段往事，或者某种情感。它在，心里就会踏实；扔了，心里就会被掏空一块。这老屋，也是一个老物件。别人家盖上了新房，可老刘没动这心思。这老屋拆了，就再也没有了。和它一起生活了几十年，习惯了。一句“习惯了”，该有多少朴素的情愫？该有多少的人生积累？我们总会有太多的习惯是无法改变的，这些习惯，是一代代人的生命以某种方式沉潜于我们的血液里的。

老刘习惯在天井边坐坐，时间上也没有准头。老刘说，说不上多长时间，反正七八天里总会寻个空坐会儿。他所说的天井边，离天井有些距离，也看不到天井的下面。其实，他是坐在屋檐下，只能看到天井的口。他目光中的天井不是正方形，而是长方形，像一条若明若暗的河。这条河，随着他坐姿的略微变化，时而宽时而窄。我家乡的老人，包括我爷爷都喜欢坐在这样的位置，当然我们那儿都是平房，没有天井，前面是一块或大或小的菜地。老人不愿意被人忽视，又不想令人生厌。这个位置，暗含一些讲究，在门外，离屋子近，不妨碍别人走路，又昭示自己的存在。这样坐着，不管身体挺直还是弯着，尊严还在。

老刘有时也会坐在天台上，但不常去。天台在老屋的最南边，没有铺木板，而是以土覆之。这让人常常产生错觉，以为这是大地的一部分。土被夯得很结实，但还是有柔软的感觉。天台是观望堡子里的绝好地点，可以俯瞰堡子里其他住户的房子以及巷子和横七竖八的土墙。一切尽收眼底，但因不算高，又消除了居高临下的隔绝之感。堡子里的人，只要抬头，就能看到天台上的老刘。老刘说，不能总坐那儿的，要不然人家以为我这个老头了发呆了或有病了。或许老刘并不知道，他在不在天台，在不在人们的视线里，而他依然在人们的生活中。在历史的线性上，是从红堡子到老屋再到老刘；而在堡子里的生活时间上，是从老刘到老屋再到红堡子。在临潭人看来，刘贵刘顺以及其家族，与堡子是一个整体。而当老刘坐在天台时，他又好像是另一座老屋。

天台处于堡子的中轴线上，北墙上的小庙里供着刘氏家族的先辈刘贵，墙前的老屋里住着现在的人。天台的前面住着7户人家，再往前就是堡子的大门和大门上的灯山楼。老刘坐在这儿，是堡子里的一员，又像是跳出生活和时光的旁观者。他仿佛坐在船头，船不动，他也没动，生活就在这样的静止中继续着，不紧不慢。不管他愿意不愿意，他的目光总会越过当下生活的场景，落在堡子的大门和上面的灯山楼上。遥想当年，瞬间便会进入状态。而身后的祖先，以极隐秘的方式注视着他。他说，有时觉得祖先在推着他走，有时又觉得祖先在前面召唤他。至于江淮故里，他说，不回了，人在哪儿都是根草，不会主动去想的，只不过，总在不经意的时候，会想起祖上的家乡。他就是这样，说上一两句，便把目光搁在房里的某根房梁上，让自己和那根房梁一样缄默。

六

当年的红堡子，不会像现在这样充满平和的生活气息。那时的堡子首先是兵营，军事氛围浓郁，等级相当严明，一切都有不可逾越的规制。堡子不同于碉堡，而是微缩版的城堡。驻守的兵士担当警戒、防守之职，必要时还要出堡参与战斗。兵士和家眷生活于其中。因而在本质上，红堡子与洮州卫城没有区别。高墙上兵士上哨巡视，枪头挑着寒光。灯山楼边的马道，专用于兵士们的上下通行。堡子里常会有操练，阵阵喊杀声飞出堡子。苦练军事技能，既是守住要塞之需，也是为了保卫自己的家。

半兵半农，上阵是杀敌的勇士，到了地里便是种庄稼的一把好手。练兵场边，有兵士们刚从田间地头带回来的锄头、铁锹等农具，上面沾满泥土和草屑，把柄上似乎还有余温。刚才还是挖土锄草的农民，摇身一变则成了训练杀敌的兵士。这是一幅寓意深刻的画面。练兵场，其实是另一种庄稼地。训练、种地都是为了生活，为了练兵场不远处的小家。老人们在聊天，妇女们做着针线活，孩子们在打闹玩耍，这些生活的景象是兵士们训练的背景和心中的力量。火一样的训练气氛与水一样的日常生活，竟然如此相得益彰。这小小的红堡子，不仅是座微小的城，更是一个大人生、大社会。

战争远去，现在红堡子里只有百姓的平常生活，高墙上唯有杂草摇摆，春绿秋黄，一年又一年。红堡子像一个深宅大院，高高的围墙，不再是防御工事，反倒让红堡子多了几分神秘。

从临潭县城到新城镇的路，会经过红堡子。红堡子就在路边，但稍不留意，还是很容易被忽略。红堡子村，路宽了，房子越建越多，村民心中的快乐与五彩的村庄一同簇拥着红堡子。村庄像是在逆生长，越发年轻，老的是红堡子。与村庄相比，红堡子执着于某种坚守，保有着远古时的某种真相，尽最大努力在看管那些不为我们所察觉的信息。

因为有老迈的红堡子，红堡子村现今进入“中国传统村落”名录，正在打造有特色的乡村民俗旅游。红堡子村建起古法榨油坊，供旅客体验。以前唱戏时要现搭建戏台，现在一座古旧风格的固定戏台拔地而起，像是要重现红堡子内外的故事和传说。红色的堡子与灰色的戏台，似乎是岁月的两种状态。对于红堡子村而言，红堡子如同村里的一位老者。这位老者的大门正对着新建的戏台，是在看戏，还是要把堡子里沉默的故事讲述给戏台？

有变的，就有不变的。红堡子里的老人们，尤其是妇女们，还是喜欢带有明代江淮风格的服饰。他们把一种蓝色称“西湖水”，那是一种像西湖水一样的蓝色。大绿大蓝的衣服，像一片麦地，像一潭碧水，像江淮最常见的天空。是的，他们终究无法掩住心中的江淮情结。从生到死，从大众节日到家庭礼仪，他们吸纳了当地的一些元素，但江淮风俗依然是主心骨。或许一切的变，都只是外在，那些与生命合为一体的情感，很好地阐释了“永恒”的定义。

红堡子里的一草一木一砖一瓦，以及每一道土墙，老刘就像熟悉自己的手臂一样熟悉它们。油坊竣工，戏台开演，老刘都没去看热闹，只是一人坐在天台上，远远地望着听着。老刘小的时候，爱在堡子里乱窜，爬高下低。长大后，他渐渐不爱动了，只爱待在老屋里。他解释说：天天下地干活，累了，没那闲劲了。尽管如此，但凡堡子里有了新的变化，他总会知道。老刘这样的举止，是我没想到的。我总以为他会在清晨或黄昏时分，登上高高的土墙转一转，坐在灯山楼里抽支烟，或是走遍堡子里的每条小路，偶尔站在某处愣愣神。

对我而言，红堡子里有太多的隐秘和默默流动的存在。有没有好奇心，都会被红堡子深深吸引。人们常说：“先有潭柘寺，后有紫禁城”，在临潭人们会说：“先有李家坟，后有洮州城”。这是历史的时间概念，如同一粒种子的生长。但红堡子具有时间和空间的双重意义。刘氏父子是江淮人以临潭为家的代表，是无数家族的缩影。那座老屋，托起了他们所有的精神寄托。红堡子是一部书，一部有关临潭近600年历史的书，一部书写漂泊异乡的家族书，一部记载命运沉浮的生命书。我甚至认为，读懂红堡子，我们就能读懂诸多的历史隐喻，就能读懂自己的生命行走。如此想来，小小的红堡子，的确是一个巨大的存在。

老刘不需要有意去探寻红堡子的记忆，因为他的一切都是从红堡子中而来。漫长的历史、一辈辈的先人、苍老的红堡子和沉稳静寂的老屋，最后聚焦成一个点，这个点就是老刘。他瘦小的身体装下了这一切。他的沉默，就是与红堡子、与老屋在对话；他孤寂地坐着，就是在走进我们称为历史，而他视作内心的白天与夜晚。

七

四季更迭，红堡子墙头的草由青绿变枯黄，冬天厚厚的白雪让墙顶变得梦幻。堡子里的春夏秋冬，在几块小小的菜地上走过，在人们的穿着上走过。那些忽隐忽现的色彩和生活的喧嚣，都是短暂的表象。唯有土墙和老屋处变不惊，如同湍急河流边的码头，以一种恒定的姿态凌驾于季节之上。这墙和老屋就在眼前，伸手就可触其沧桑。墙面上的泥土可钻进指甲缝里，木板上的刺能扎出鲜血，可是那些曾经真实的生活和经久绵延的传说，幽居时光深处。我真切地走在红堡子里，但总感觉处于虚幻的空间。所有的真实遁去，那些沉默里的幽远淹没我，让我如同在黑暗的丛林里行走。灵魂能感知无处不在的存在，但身体感觉不到。密实，成为另一种虚空。

走进堡子大门，天还是蓝蓝的天，但总觉得有些异样。一只被拴住的狗，不停地做扑咬的动作，叫声里充满远远超过它体形的强悍。这只狗的表现，让原本有些拥挤的堡了一下了空旷起来，其他的声音仿佛都消失了。安静，堡子里出奇地安静。一位中年男人拉着板车从大门外走来，一位妇女正在自家门前择菜，两个五六岁的孩子玩闹着，迎面而来。我这样一个陌生人的到来，丝毫没有引起他们诧异，他们就连有意看一眼的举动也没有。他们不是冷漠，似乎我是他们中的一员，是熟悉得都不需要打招呼的左邻右舍。只有一个尚在母亲怀里的孩子好奇地看着我，不陌生，不害怕，目光里的好奇与我看老屋时一样。

一棵树长在老屋东墙上，斜着身子，像在探望什么。老刘说这棵树的年头应该与老屋一样，但它快死了，活不过老屋了。老屋东墙至堡子东墙，这有一块空地，堆了些干草。三四块条石横卧着，与红堡子土墙一样的红色。其间的一小块菜地上，一位中年妇女在清理压住菜的积雪。菜很绿很绿，绿得不真实。土墙投下她的影子，将这样的绿切成鲜绿和暗绿。背光的土墙显得深沉，雪像云朵一样贴在墙上，东一朵西一朵，看似杂乱无章，其实是大自然自有的审美秘诀，我们根本破译不了。

是的，现在是冬天。我远远站着，面对这一切，突然觉得这就是堡子里生活的缩影。堡子里的一切，都在这一画面里。

那天，我与老刘聊了很久，当然彼此无言的时间占了大半部分。后来，他的两个兄弟和一个侄子及侄子的儿子也来了。大家坐在一起吃饭，以沙发边的茶几当饭桌。在临潭，人们喜欢这样吃饭。他们让我坐在沙发上，弟兄仨在我对面，都坐在小板凳上。每端上一道菜，老刘都要给我介绍，哪道是江淮的做法，哪道是临潭当地人的做法。可我吃起来，感觉正好与老刘介绍的相反。我搞不清是我的味觉出了问题，还是听觉生了错。

酒，自然是要喝的，只不过我是象征性地饮，他们实打实地喝。弟兄仨不是天天见面，也有些时日没坐在一起喝酒了。他们竟然没有说说笑笑，只是闷头吃菜喝酒。三个人坐得很近，每次碰杯，不言语，也没有眼神的交流，但动作整齐得就像一个人。

打破沉默的总是我，我问："你们弟兄仨一直就是这样？"老刘笑了："哪能呢？小时候打打闹闹，年轻的时候喝大酒扯东拉西，抬起杠来，嗓门大得能掀掉房顶，现在好像反倒没什么说的了。"

老刘侄子的那个儿子，3岁还没到，奶声奶气的话中夹杂着一些江淮的方言。我们吃饭时，他跑过来几回，也不说话，看看我，又看看老刘他们，然后回到边上的房间看电视。电视里播的是秦腔，这小家伙摇头晃脑地跟着唱，声音竟然有些秦腔那粗犷的味儿。一打听才知道，他最爱听秦腔，只要打开电视机，只看秦腔的节目。谁也没教他，刚学说话，就自个儿学唱。好像是有点唱累了，他坐下了。边上的沙发他不坐，而是坐在一把小竹椅子上。这样的小椅子，我老家多的是。我小的时候，就爱坐这样的椅子，直到现在，我老家还有一把，竹子已经泛黄，坐在上面稍一动，椅子就吱吱地叫。如果是夏天，一不留神，这椅子还会夹屁股。可我每次回家，还是要把这椅子从角落里找出来，掸去灰尘，好好坐一番。

八

那天，我离开红堡子时，已是黄昏。那小孩伸出小手做了个飞吻，和我说拜拜。老刘弟兄仨几乎是异口同声地说：再来啊，再来啊！

高原的晚霞映得特别低，颜色特别艳，晚霞下的红堡子也就特别红。那高高的土墙如同红色的河流，又似人们脸颊上的高原红。走过堡子大门，我反而觉得堡子外的世界变小了。

我心里想走慢些，脚步却快。有几位路人向红堡子的方向走去，他们是去红堡子村，或者回到自己在红堡子里的家，而我在离开红堡子和红堡子村。我可以让红堡子属于我，但没人让我属于红堡子。

渐渐地，红堡子越来越远，在我身后消失，天空的晚霞却越来越壮丽了。我不知道，映在我眼睛里的晚霞与印在我心里的红堡子，会不会相遇？我走在弯弯曲曲的山路上，就像一条鱼在河里游弋。这条河是静止的，行走的是我。如果我的行走是一种静止，那么这条河就在流动。

我知道，在红堡子那里，消失的，是我。

菩萨蛮

一

多年后，她看着平生写下的第一封信哭了，本不该哭的，也不想哭，可是眼泪不争气。她不是替自己哭，是为他哭。他的服刑生活，难受着呢。也是好事，从此他不会再惹祸，从此一切能好起来。现在想起来，那晚的眼泪也没有白流。

那个晚上的情形，她依然记得很清楚。不是刻骨铭心，而是这些年，这样的夜晚，经常会重复。常常，许多事、许多话没完没了地重复，会让人乏味，甚至厌恶。可她需要这样的重复，并成为她一天天生活下去的支撑。她以为那晚会把泪水流干，没想到，那只是开始。似乎不仅是因为痛苦、孤独、脆弱，泪水可以洗去她的疲惫以及漫漫长夜的漆黑。

最初两三年，她有时还在信中提及自己的哭泣。后来，只有她自己知道。

隐藏脆弱，可以让自己变得坚强。而她从没说过“坚强”这个词。这个家，离不开她。

与坚强相比，她的勇敢更可贵。

二

我见到这些信时，已是2019年6月。这时候，她丈夫已出狱近两年。

100多封信，让11年的时光得以重现，心灵的足迹，如此真切。其实，我可以早些看到这些信的，但一直没有勇气。虽然我们从过去一路走来，但要重新进入之后的岁月，有时真要做足心理准备。揭开伤疤，只是痛，咬咬牙就能挺过去。而走进她的这11年，我一直推不开羞愧这头“神兽”。在那破旧的老屋和同样破旧的生活里，她一路走得如此执着，如此深情。她默默地扛下了所有，泪水擦亮了一天又一天困苦的日子。她在忧伤里成熟，渐渐知道自己要什么，把苦涩嚼出了甜滋味。而我，常常与此相反。

信封都是白色的，一如她眼睛里的那一团光。左上角的卡通小猪、小兔、小老鼠，色彩鲜艳、夸张且拟人化，尤其是眼睛特别大。其实，她的心里一直住着一个少女，稚嫩、纤弱、童真，不希望自己长大，对生活充满热情。喜欢卡通的人，大多有这样的心境。我想，她也不例外。封皮纸很薄，厚厚的信纸把信封撑得鼓鼓的，少说也有三页。

每封信都保存得十分完好，甚至看不出曾走过万水千山，几千个日日夜夜。信纸都是十字折叠，折痕很多。每封信，她丈夫都会反复看，看完了，就小心地收起来。这些年，这些信就是他唯一的安慰。我相信他说的话。

我把信放在桌子里端最下面的那个抽屉，这是我房间里最为隐秘的地方，唯一上锁的抽屉。抽屉很大，但此前只有我的一本日记本，是一本空白的日记本。我一直想写日记的。买了最喜欢的日记本，而且还有密码锁。那密码一定不是我的生日，我不会让别人轻易猜到。我从没写下一个字，但这并不妨碍我采取此种我自认为最为安全的保管方式。

有好几次，我取出这些信，一封封摆在桌子上。明明是白白的信封，可我眼里却是小巷里的一块块青石板，温润，幽静。

直至临近约好的归还时间，我才打开这些信。

是的，每封信基本上都是三页纸。字不怎么好看，但笔画很工整，看得出她写得很慢。小学二年级的词汇量，限制了她的书写速度。每页上都有几处涂改，有的字改了两三回，最后还是错字。这一行行工整的字，就像地里一行行的庄稼。看着信，我能感受到她对生活的态度。虽然劳作和操心让她写起字来歪歪扭扭，可她写得很认真。

我已经有好多年不写信，不读信了。那晚，我在她的信里回到了从前，回到了她从前的生活——一种被我们甩在身后很远的生活。这样的生活，与书信有关，又可以没关系。问题在于，那些质朴的、真诚的生活，确实被我们抛弃了。

三

鸽子又来了，每天的这个时候，总会有一只鸽子来到我的窗前。这座楼六层的几个窗台，经常被一群鸽子占据，多半是早上，有时也是下午。我一直不知道这群鸽子是哪里的。白天，它们去哪儿了；晚上，什么地方是它们的家。多半在黄昏，我会在楼前广场遇见它们。三五成群，也有个别的站在花坛边，像个思考者。它们与人保持着安全距离。你可以凝视，也可以接近，但绝不可能碰到。一步步，慢慢靠近，如果你不伸手，它可以只离你一步远。再近，它们就飞开了。你没走近，它们会走过来，有时还会把你围在中央。小小的鸽子，似乎参透了某种相处之道。我一直没在广场上找见常到我窗前的那只鸽子，但我确定它在其中。有一次，我从对面楼下来时，就看见一只鸽子从我的窗台飞到了广场。

我们之间隔着玻璃，它相当淡定，倒是我被它撩得不行。我可以盯着它看，哪怕是紧贴着玻璃，但不能举起手机。只要我举起手机，它便会腾空而起。它这是怕我拍照，还是觉得手机是它的敌人？

有了手机，有了互联网，人们的通信、交流方式发生了变化。笔画里瞬时注满一个人的情感或情绪，这样的文字已经不复存在。键盘敲出的字，钢筋般的线条，面无表情；打电话，发语音，以及视频通话，可以听到对方的呼吸，似乎进入共时的面对面状态。各有各的好，只是我们远离了曾经带着体温的、爱不释手的书信。便捷的技术，也助长了我们的浮夸。说东扯西，吹牛开玩笑，把虚假的言语说得无比真诚。一片欢笑，包括狂笑，浪荡的笑，与心跳无关的笑，而人们在亲切的气氛中越来越孤独。现在，还有多少人能放下所有，只为交流而交流？不在饭局，不在酒吧，只是在户外的长椅上、河边，静静地坐上许久。

写信，是古老的交流方式，是一种生活气质和由此而来的生活审美。把写信当成生活的重要组成部分，当下有几人能做到？反正，我做不到。快捷、精准、效率，生活容不得我们拖拖拉拉，漫无目的。节奏快了，我们把自己搞得手忙脚乱，不再珍视那无功利的抒情。尤其是与家人通话，语句少得可怕，时间短得可怕。母亲病重期间，我要求自己一周至少打一次电话。有段时间，工作相对有规律，我几乎天天打。是的，只要有时间，我就和母亲通话。常规的问候之后，我常常哑口无言。有时，是听到母亲虚弱的声音，使我难受得说不出话来。挂断电话的果决，像是快速逃离；有时，是觉得没有什么实质的事要说，脑子里的词汇消失殆尽。与朋友间也是如此。所谓的有事说事，无事话三句。时间太宝贵，哪有时间闲聊啊。而问题是，我们常常用宝贵的时间做了太多的无聊之事。太多的虚无，竟然被我们视为实实在在的拥有。所谓的忙，所谓的没时间，只是选择上有轻重缓急之分而已。

她可以少写信，可以不写信。她这样做的理由可以比我们任何一个人都要多，偏偏她没有。

一个柔弱的妙龄女子，甘愿放弃童话和浪漫，支撑起一个家，11年不离不弃，只为等待从泥沼里爬出的丈夫。我深为感动。白天，为了生计风风火火；晚上，孤灯下，一行行文字似清水，如她一样的清水。清水洗尘，洗去生活的飞尘，为丈夫的心魂洗尘。

四

生活，多半如温水煮青蛙，那些细小的变化，不易被我们察觉。有节点、有坐标的事情，毕竟是少数。她从结婚后，某种状态就像一根橡皮筋，一天天被抻长，不由得她左右。要是哪天断了，可如何是好？她不敢想。她时刻保持警觉，得来的只有焦虑。

丈夫是个善良的人，有头脑，肯吃苦。当初看上他，图的就是这些。尽管后来发生的事，让她接受不了，但她一直认为自己没有看走眼。结婚，就是找个人一起过生活，生个孩子，抚养成人。钱多，过钱多的生活；钱少，过钱少的日子。两口子和和气气，安安稳稳，比什么都强。可丈夫和她想的不一样，总想快点挣些钱，成天往外跑。她没见到钱，也越来越见不到他这个人。

丈夫半年多没回家，那段时间，她最怕碰见熟人。出门去地里，总瞅人少的时候去；路上遇上人，头一低，远远避开。人家问她丈夫的情况，是好心。可她经不住这样的问。已经提心吊胆了，再听别人打听，心里更害怕。

石头终于砸下了。那天，听到敲门声，她心里一喜，以为他回家了。跑出屋，她的步子渐慢了下来，院子门啪啪作响，她心头紧了起来。来人送的是丈夫被逮捕的通知书。出事了，还是出事了，石头没有落地，而是砸在她身上。她倚着门框呆立了好久，脑子里空空的，腿也迈不开。她害怕，她难过。

这里的4月，还会下大雪。现在屋顶上、土墙边还积着雪，房檐上挂着的冰凌，像一把把剑。雪是白的，门和墙是黄的，一身黑衣服的她，就像是站在白天里的黑夜。不出事，可能没事，也可能出大事，多大的事都有可能。而现在出事了，怎么就出事了呢？这要被关多少年啊？他得受多少苦，自己可怎么办？

又过了10个月，他来信了。被判了15年，已经被送到了服刑地。

15年，不短啊，太长了，到那时，自己就40岁了。事已经出了，也没法子躲了。这次他吃了亏，以后会长记性的。终于知道他在哪儿了，再也不用担心他再出事了。她知道这样想不好，但心里还是闪过前所未有的踏实。

这天晚上，她写信写得很艰难，写得很心痛，写得很无助，又写得很幸福。两页纸的信，她整整写了6个晚上。

这一天，是2008年4月22日。生活从这一天开始，幸福又沉重。

他记住的是被抓的那天，2007年5月8日。这是他重生的日子。

五

她看了看孩子，小脸红扑扑的，睡得正香。3岁多的男孩，这边说要睡觉，那边倒头就睡着了。东房里的婆婆，也该睡着了。这些天，婆婆总说身子没劲，爱发困。她拿起火钳把炉子里的煤块理了理，上下倒个过儿，堆得密实些，可以压住火。炉盖盖上，水壶坐上，再关严炉门。炉子早一点封，就可以多省点煤。煤是要钱的，不省着用，撑不过这个冬天。这会儿，她坐在屋子里有些冷。她还不知道今晚什么时候才能躺下，能不能睡着。孩子和婆婆在被窝里，不会觉着冷。这就好。她就在炉子跟前坐着，近些，总会暖和些。

前几天的一场大雪，在院子积得很厚，这会儿亮得有些刺眼。从房顶垂下的灯泡，让屋子里有些发红。不，是褐紫色才对，就是血干了之后的颜色。这房子比她的年纪大多了，土木结构的房子，说白了，墙全是土墙，门窗柱梁是木头。土墙上坑坑洼洼，像一条竖起来的土路，又像一张被岁月虐待了很久的脸。明暗之间，斑斑点点，各种各样的形状，怎么看，都像一个又一个伤疤，有些伤疤好像才刚结痂。所有的木头，都是枯树的样子，被烟熏得灰头土脸。

以前总觉得房子就是房子，今晚，这房子多像一个人，没有血色，皱纹像一条条暴突的青筋，几十年的日子换来了这样的沉默，连一声叹息都没有。自己老了，想必也是这样子。可是，她今年才24岁。她不是怕老，而是不敢想这一天天的，自己怎么才能过得下去。

她坐在小板凳上，面前的茶几，平常也当桌子用，确实旧了，好几处漆皮已经卷起，整个模样和土墙差不多破旧。这是家里最像样的一张桌子，那张放黑白电视机的桌子，比这更旧，一条腿已经断了，下面垫着石头。只有放着的信纸，显得格外新。给丈夫写信，是她白天接到丈夫的信时就打算好的。家里没有纸笔，这是下午刚买的。有好多话要说，也知道从哪儿开始，只是笔在手上，感觉特别重。要把心里想的，一笔一画写出来，对于只上到二年级的她来说，真的很难。铁锹、锄头，她能挥动，绣花针也可以在指间如游龙，可这笔不但很沉，而且让手指都变僵了。

没想哭，泪水已流到腮边。不应该哭的，她抹抹眼睛揩揩脸，开始写信。写每个字都像搬一块大石头，歪歪扭扭的，和她踉跄的脚步差不多。写着写着，泪水又涌出来。她一直没有哭出声，因为孩子在身边，因为婆婆就在隔壁。

悬着的心终于落地了，庆幸才是。哭，还会耽误写信。

这天晚上，她在写信，也是两个自己在互相说话，对面的自己一直在劝，一直在开导。一个哭着，另一个表情平静，似乎还有些许的幸福。

没有太多的细节，只是不断地重复。

六

家里的7亩地在山坡上，这里称为坡地。近处没有水源和河沟，只能指望下雨。靠天赏饭，凭力气挣口饭。一年到头辛辛苦苦，可再好的收成，也不能养家糊口。不种，那更没法活了。坡不陡，一层层的像台阶，上上下下的，她不嫌累。多走这些台阶，日子就能平坦些。这些坡地，又像干瘦的肋骨。生龙活虎的人一天天侍弄着这些“肋骨”，把时光和力气耗在这里，直到有一天自己也落成这模样。

天空有鸟飞过，在高原上，这样的情形不多见。或许是自己平时总低头干活，顾不上直起腰仰望天空。小的时候，也曾躺在草垛上看星星月亮，看蓝天，以及和鸟儿一样悠然的白云。那天，她实在是太累了，翻了几垄地，弯成弓形的腰像一把死死扣住的锁。拄着铁锹，使劲把腰伸直。擦汗时不经意间仰起头，天空恰巧飞来几只鸟儿。盘旋，滑翔，阳光下，翅膀显得特别亮。以前看到这样的鸟儿，她会欢呼，声音不大，像鸟儿飞出的弧线那样柔。如果四周没人，她还会张开双臂，时而小跑，时而绕圈，把自己想象成鸟儿中的一员。今天，她静静地望着鸟儿。只能望一会儿，还得抓紧翻地。偌大的天空，鸟儿可以尽情地飞。多自在，多轻松。地上的人儿，怎么就这么难？要是自己能飞多好，可以不花钱买票，就能去看看他。天很大，地很广，她觉得自己太小太小了。

她没想飞起来，只是双腿发软，一下子栽倒了。刚刚被她翻过的地，很松软，但没能托住她。瘦小的身子在坡上滚落，无声无息。以前可不会这样的。在父母身边时，要是这样摔一下，他们会惊得大呼小叫，那喊叫的声音让自己都觉得恐怖。结婚后，遇上事，虽说不再任性地声张，但有时还会回到孩提时的样子。

停下时，浑身是土。她坐在那儿，反而笑了。幸好这块地刚被自己打理过，没有硬土块，没有枝条、铁丝。幸好倒下的时候，推开了铁锹。早上，她刚磨过锹，锃亮，刃利着呢。

她就坐那儿，坐了好一会儿。婆婆在家带孩子，四下也没有人。这时，她特别想哭。那就哭吧，放开了哭，哇哇大哭，肩头抖得像风中的树叶。哭着哭着，她就趴在了地上，把自己蜷缩成一只虫子。

哭得呼天抢地，可泪水很少。这和夜晚相反。夜里，泪水流不停，就像一条静默的河。

声音从尖锐到凄厉，从高亢到低沉。胸闷，喘不过气来。嗓子开始发干时，她不敢哭了。不能让婆婆和孩子知道自己哭的，在他们面前，她得笑。

不敢哭，也哭不动了。浑身上下软软的，一点劲也没有。她觉得自己快要晕过去了。有没有晕过去，她真的记不得了，也不去想了。在地里干活累了，坐下来歇歇，迷迷糊糊打瞌睡，那是常有的。

七

不停地做活儿，把自己累趴下，就没有闲工夫胡思乱想了。人在孤独、寂寞和苦得受不住时，以这样的方式“抚慰”自己，有时不失为好办法。可她不需要额外去做活儿，家里的一老一小，地里的庄稼，每天的时间已不够用，力气也不够用。

我也是在农村长大的，从小就帮着家里做农活儿。父亲在外打工，家里的地，只能靠母亲一个人种。刨地、盘地垄、锄草、插秧、摘棉花……想来，农村地里的活计，我在10岁前大都做过。只不过，那时根本体会不到母亲的艰难，我下地干活，也是能偷懒就偷懒。尽管如此，小时候经常像小大人似的干农活儿，一直是我炫耀的重点内容。不是显摆我对农村有多了解，而是宣称我是吃过苦的人。

和她一比，我做的这点农活儿，真的算不上什么。后来，我不再动不动就绘声绘色宣传我的“乡村史”。想想，7亩地的青稞，一镰刀一镰刀割下来，要弯多少次腰？一捆一捆从田里背回家，要负重走多少的路？人家有农用车，几个来回，轻轻松松。她家没有，只能背，只能扛，一趟又一趟。走不动了，就坐在田埂上、路边歇歇。左邻右舍空车过时，都好心地帮她捎一些。有时候，实在是做不动了，就挤出点钱请人用车来运。

人家也知道她家的情况，就说：不用给现钱的，先欠着，不急，没事的，哪天有钱了再还呗。她则是能少花一分钱是一分钱，家里要花钱的地方太多了。有车帮着运，路上是省事了，可装卸还得自己。这样的活儿，没干过的人，真无法体会，也无法想象。

平时是“天天剥层皮”，每到收割时，就得费半条命。

好不容易忙完了一阵，她也会写信告诉他。信中就一句，“家里的庄稼收完了”“家里的庄稼种下了”。语气平常，只是客观地告诉一声，从不写些辛苦，也不提自己的苦累。

但她可以用一页纸让他照顾好自己，告诉他婆婆身体还好，儿子学习成绩挺好。自己所受的累，所吃的苦，她不但不说，反而还经常在信中说他一人在外，没人照顾，真不容易。他4岁时就没了父亲，从小到大的日子，过得也苦。她心疼他。

八

家在县城边上，可仍是村庄，离县城最近的村庄。“在县城边上啊，你们那儿就是县城。”住在山里的人，总这样说。可是，县城就是县城，村庄就是村庄，这不是距离的事。她有个亲戚，家与县城一路之隔，路很窄，人很容易就能跨过去，但跨过去的只是身体，其他的，怎么都跨不过去。她从家出门左拐，走路也就十来分钟，就是县汽车站。每天人来人往，有当地人，也有外地人。她记得那些地名，可从没去过。外面的世界，是外面的。由汽车站再往里走，没多远，就是县城中心。她去过，但去得很少。家里的7亩地，在家右边，距离比到县城稍远些，在她心里，庄稼地离家更近。

她很少去县城，也很少串门。地里的活，不能拖。婆婆生病后，她得照顾。孩子上幼儿园上学校，她得接送。多数日子里，她在家、庄稼地以及幼儿园、学校间来来回回。但凡与日常生活无关的，都不在她的坐标上。

社会变化太快，一切都充满无限的可能，那发达的网络和那无数诱人的光点，时常会让我们迷失。事实上，我们总在迷失中。不同的是，有些人知道自己迷失了，但掌控不了；有些人反倒认为自己一直很清醒。她自我设定了那些生活的坐标点，眼睛也是随之精确取景，从不游离。

她是一只绵羊，到哪儿都带着自己圈成的圈，只在圈里，从不出圈，也尽可能防范别人破圈而入。没有人要求她这么做，甚至自己也没逼自己。只想着，守住自己，葆有一份纯粹，站在一切的纷扰之外。这是从她身体她心上长出的硬壳，虽无形，却刀枪不入。她的心有多柔，这壳就有多坚硬。白天，在大街小巷里，在庄稼地里，在人群里，她是一个人。世界与她无关，她只在自己一个人的世界里。别人的生活，那是别人的。不去比，也不进入。自己很微小，但又可以是自己的宏大。躲避他者，鲜活于自己的光芒里，把人间挡在门外。人间，只是自己的人间。

她并不冷漠。

拒绝与别人交往，不是怕遭别人伤害，不是担心自己坚持不下去，只是因为不愿伤心。与别人交流，关注别人生活的纹理，她会把持不住自己，忧伤如决堤的河。虽然只是片刻的互动，但她得用好几天才能缓过劲。

不能怪这美好的人间，只是自己缺少足够的定力。知道了自己的弱点，那就从根本上解决。

蜷在自己的壳里，经营好自己的生活，虽然艰难，但也有成就感。自己是自己的时钟，每一声呼吸就是那无声的秒针。静心品味，煎熬的日子里也有闪亮的暖意。芝麻大的、瞬间即逝的细节，能被内心放大，填充自己的虚空。她将自己的丰富与细腻都用在三个亲人身上，用在由自己营造的日子里。

目光只盯着脚下，注视婆婆和孩子，再看向远方，遥望丈夫。陌生之地，未知的世界。

对别人，这不一定适用，但她受益匪浅。她喜欢上了如此这般。

九

社会一天比一天好，县城一天比一天繁华，村里许多人家的日子也越过越富裕，新盖了房子，买了小汽车。这些，与她都没什么关系。如果非要扯上关系，就是她家的生活与周围的差距越拉越大，钱不如以前值钱了。7亩地长不出更多的钱，婆婆病了，孩子上学了，家里的开销大了。

自己对付自己，总是有办法的。不买衣裳，将就填饱肚子，掩埋所有的欲望。苦是苦，可这些自己能做主。把生活成本降到最低限度，钱还是不够的。农闲时，她接了手工活儿，做鞋垫，绣枕套。孩子的穿着，比不上有钱人家，但要干净整洁，换季时，一定想办法买套新衣服。丈夫那儿，她每年都要买几件内衣、棉衣、鞋子什么的，寄过去。前后脚到的信里，她说：先寄这么多，下次再寄啊。她没说的是，多买双鞋的钱，手头也没有了。只有说到想去看他，她才说：实在是没有钱，等有了钱，一定要去的。

孩子一直很懂事，从不张口向她要这要那。有一次，她去学校接他。平常，孩子都是在校门口等，可这天，没见人影。她心里有点慌，幸好一个转身，9岁的儿子出现在眼前。她看见的是儿子的后背。他站在小卖部前，看着斜上方挂着的几个小人。后来，她才知道这是变形金刚。儿子看到她，眼睛里一半是渴望，一半是不好意思。标价20块钱，她口袋里只有5块钱，5张1块的。

回家的路上，母子俩默默无语。

口袋里的5块钱，是家里的所有。第二天，她上街拾饮料瓶子。平常走路，她也会留意这样的瓶子，拾起来攒着，能卖钱。她做这事时，有点不好意思，一定要看看周围有没有人。没人，快速捡起；如果不远处有人，那就蹲下来，假装系鞋带。现在这样的场面，我们经常能在小视频里看到，演得很逼真。她这次捡瓶子，没有不好意思。想着儿子手拿变形金刚的高兴，还有什么不好意思的，看到了就捡。几天下来，只卖了10块钱。实在没办法了，跑到娘家要了5块钱。

这发生在2014年的县城，可在我们听来，是多么遥远的事。具有典型的忆苦思甜的教育意义，甚至不可思议。可是，对她而言，这是难得的高光时刻。

我一直纳闷，这些年，就这点钱，她一家的日子是怎么过来的？我有小时候在农村生活的经历，对近些年的乡村现状也有不少的了解。我仔细帮她家算过账，按我的算法，这钱怎么着，也有很大的缺口。

有一次，我专门问过她。她说：以前也天天愁钱，真的是几块钱就能把我难倒。她说：可我算的账，是我的标准，我一件衣裳20块钱，还能穿好几年。乡下人，有许多钱是能省的。亲戚邻居也常帮衬我们家。再说了，11年下来，我们家也欠了好几千的债呢。提到欠债时，她低下了头，很是不好意思，好像犯了多大的错一样。

我羞愧，我无地自容。

我已经不相信现在还有如此清苦之人。单是一天只吃3个馒头几块咸菜，几乎天天如此，我就不敢相信。生活在距小县城几步之遥的她，直到2017年都没有手机，我同样不相信。

十

我经常会遇到诉苦、抱怨的人。

山沟里的一个村子，他经常坐在村口那块石头上。这地方无风，阳光好，夏天凉快，冬天暖暖的。有时，他也会坐在村子里那家小卖部门口，板凳是人家的。现在村子里没有晒场了，小卖部成了各种消息的集散地。他见到我，就贴了上来，让我上他家看看。家里两个娃，都在上小学，媳妇肺气肿，做不得农活，勉强能做点家务。家里穷着呢，低保不够吃呢。他说话的时候，左臂一直抬得高高的，不停地左右晃动。左手掌因为一次车祸，被截去。没了手掌的胳膊，特别扎眼。他长得壮实，个子也比我高。我想象了一下，如果收拾干净，30多岁的他，其实挺精神的。他家是个独门小院，房子年前刚修过，享受危房改造政策，没花一分钱。我见过脏乱差的家，可他家还是让我意外，没法形容。他媳妇见我来了，三步并作两步迎了上来。我走到哪儿，他两口子都一左一右贴着我。主要是他在说，他媳妇时不时补充一两句，或强调他所说的某个点。没有泪水，但那腔调就是泪流满面的感觉，全是再也活不下去的无奈和悲凉。

他们说的过程中，有村干部试图打断，被我以眼色制止。人家过得这么苦，我听听能怎样？其实，凭我的经验，我知道村干部的意思。我也不是第一次走村入户，能从看到的听到的辨别出真假。后来村干部告诉我，这两口子就是戏精，心思全花在叫苦上。家里的几亩地不愿种，原先是租给别人种的，可他家胡乱要钱，便再也没人愿租，现在基本上荒着。村里几户人家集资买了几台电动缝纫机，用来做些具有民族特色的家用品。他媳妇做了几天，说是太辛苦，不做了。考虑到他有残疾，村里安排他做护林员，可他嫌巡山太累，死活不干。就这么闲着，典型的人懒嘴勤。

穷有穷的苦水。即便一切尚好，也会生出诸多的不如意。通常的说法是，现在生活压力太大了，令人无助的事太多。有一个十分有意思的现象，现在患抑郁症或处于焦虑状态的人越来越多，而实际他们的工作、生活都还不错。对此，我有位朋友说，这其中有相当一部分人是因为个人能力与自我设定的期望之间的落差过于悬殊。我没有做过专门的调查和分析，不敢轻易认同。不过，当我们无法抵达期待时，总会失望和郁闷。这是真的。我不持任何偏见地认为，心态决定心理健康。

街两边的房子比以前漂亮了。新盖的楼真高，许多店铺的好看的衣裳，她是第一次看到。走在街上，她很文静，不会大幅度地东张西望，但街上的一点点变化都看在眼里。街上新开了一家饭店，一家三口正在有说有笑地吃饭。这样真好，等丈夫回来了，她们家也能这样的。这是别人的生活，也是她将来的生活。不急的，会有这一天的。她手里提着一个大袋子，里面是刚绣好的枕套，交给人家，就能得些钱。 这些钱，她早就想好了用场。给儿子买双新鞋，给婆婆买点药，给丈夫买件冬衣。还余下一些，儿子正在长身体，得增加点营养。“这个月比上个月挣得要多，我也是挺能干的嘛。”想到这里，她笑了。

有一次，她遇上几位刚从外地旅游回来的姐妹。她们都知道她家的情况，有点替她可惜。她说自己好着呢，真好着呢。回去的路上，她脚步轻快了许多，脸上的笑意像早上的阳光一样。她和姐妹们说的那些家事，她一想，自己真的很幸福。要是不说，她还真没发现。这几天的时间，好事不断。丈夫来信说，又减刑了。儿子拿回了一张奖状，递给她，说这是奖给妈妈的。婆婆有两年多没怎么下床了，最近精神好了些，昨天还夸她做的饭更好吃了。

这是县城最繁华的一条街，来来往往的人很多。她个子小，穿着朴素，看上去太普通了，像河里的一滴水，很快就淹没于人群中。她也不想引起别人的注意。可谁能知道，比起这繁华，她心中的幸福更为平实，更为灿烂。

我也经常从这条街上走过，是散步，也是在以这样的方式走入更为真实的生活。认识她之前，我多半是把这条街当风景看。我在农村长大，目前暂居县城，但我不属于这里。这里是我心中的远方，物理上的，也是心理上的。我14岁前没去过家乡的县城，就连镇上，好像也只去过一两回。城里比我们乡下好太多。可现在，我有些膨胀，有些趾高气扬。无论身边有多少人，我总有俯视他们的傲气。我喜欢说的一句话是：别看大街上一个个人模人样，谁家的锅底不是黑的！这其实是在为自己的苦闷和失落找一个借口。

认识她，知道了她的故事，我开始羡慕县城的生活。我喜欢品味他们的笑容，不敢再小瞧任何一个人。我们同走在一条街上，说不定对方的灵魂远比我高尚。

十一

丈夫刚出事的那半年，她特别怕见人。

窝在家里，肯定不行，地得种，孩子得送幼儿园。一个村子，家家户户挨得很近。这村子说大也大，说小也小。想热闹，想一出门就能不停地碰上人的时候，村子里空空荡荡的；不想遇见人时，村子就跟自家院子那样小，全村人好像都站在跟前，就像地里的庄稼那样密密麻麻。

她不是怕人家笑话，瞧，找了个什么男人，犯事了，坐牢了。

乡亲们都很善良，没人会这么不待见她。

她怕的是大家伙同情她。

每次出门，她都要反复想自己该怎么走路；遇上打招呼时以什么样的表情示人，用什么样的口气说话；别人会问到什么事，自己该怎么应答。

事实没有她想的这么复杂。

确实有些乡亲来找过她婆婆，说是家里有什么需要搭把手的，直说就好，都是乡里乡亲的，可不兴见外的。一个女娃娃家，上有老下有小，家里家外，全靠一个人操持，不易呢。村里男人外出打工，像她这样在家的女人也不少。有的两口子都在外打工，她没这条件，要不然也会出去多挣点钱，多见点世面。她让婆婆转告这些好心人，眼前没什么难处，以后有需要帮忙的她肯定会主动请人家。

她原本就是村里比较沉默的人，遇上人，多以浅浅的笑意打招呼。走路时，目光稍稍向下，左右两边尽收眼底，但在别人眼中，她是一直看着前方的，不左顾右盼。

乡亲们没把她当另类，反而都认为她了不起。一个女娃娃家，才二十出头，真能沉得住气，不惊不扰，日子过得踏实。这话是婆婆告诉她的。说她是难寻的好儿媳妇。那时，婆婆身子还好，能和她一起下地干活儿。

乡亲们没有变，是她的想法变了。有一天，她终于知道是自己想多了。一旦认为别人会用异样的眼光看她，她就感觉别人都不对劲。

自己原来是什么样，现在还是什么样。不卑不亢，不大悲不大喜。她又回到了以往的样子，独来独往。她习惯了，村里人也习惯了。走在村子里，她像一阵清风。

从家往地里走时，她会盘算着今天该干多少活。每次干的都比预想的要多，这让她心里特别充实。

她也有失态的时候。有一年夏天的下午，她从地里往家走，暴雨说来就来，没处可躲。扫了一下四周，没人，她卷起裤腿脱下鞋在雨中奔跑。不宽的田埂像一条长长的独木桥，干土已经被雨水湿透，软软的，有点滑。她一会儿快跑，一会儿慢走，淤泥从脚指头缝中冒出，感觉真好。她想起了童年时，有一天在河滩上玩，就是这样的感觉。只是那天天气很好，阳光很舒服。

雨越下越大，到处都是雾蒙蒙的，远处的村庄就像画里的一样。

十二

信纸和墨水就在茶几下面，信纸一定多备一本，一本快用完时，她就会马上再买来一本。笔，用的是钢笔，家里总会准备两瓶墨水，并且一直是一瓶黑色的一瓶蓝色的，有时用黑色的，有时用蓝色的，没想过为什么。她的习惯是笔里墨水用尽后，就伸手从茶几下摸墨水瓶。她对自己唯一的要求是，一封信，信封和信纸上的字颜色得是一样的。

有些字不会写，那就找会的代替。不查字典，每个字都该是自己心里的。现查字典，那字没在自己心里待着，就不是自己的。写字写得慢，她不急。没有连笔画，一笔一画，清晰分明。每个字都不出线格，至于字间距和字的大小，她控制不了。在地里干活时，身后的脚印，也是这样的。

写得再慢，笔画再用力，笔与纸之间还是能发出沙沙的声音。时快时慢，时轻时重，跟人走路的声音很像。她喜欢这样的声音，感觉丈夫就在屋里，在她身后走来走去，在听她说话。她不会抬头看，好像那样丈夫就走开了，屋子里就空空的了，就会很黑。那样，她会很害怕。

真关上灯睡觉了，她也不怕。她会想他收到了信，正在看信。他现在是什么样子？她不知道，她想的都是他在家时的样子。在哪儿看信呢？宿舍里，还是在外面的某棵树下？她也不知道。她想象他展开了信纸，信封贴在信纸后面。这时候，她会想起自己写下的内容，一字一句地默念，不会丢字少句，不会出错。一切都是完整地重现。写时流泪的地方，这会儿泪水又出来了；写那几句时，心里甜丝丝的，现在那甜味又来了。

一封信，从字句到心情，她其实是写了两回。

从24岁到35岁，她一直如此。

她喜欢这样的夜晚。尽管常常睡不着，尽管泪水常常湿透了枕巾。浓浓的黑淹没了一切，天地间无比安静，仿佛世界只剩下她与他，她还是那个刚过门的新娘。

不会失眠，觉睡得好着呢。稍攒不住劲，就睡着了。

只是农忙那段时间，夜里常常会疼醒。浑身酸痛，整个人僵硬得就跟棍子一样。上床时，得先把两条腿搬上去，躺下了，就不敢翻身，疼啊！

睡不着的时候，也就是外面闪电打雷时。特别是睡着后被惊醒时，心里像被掏空了一样，浑身就像筛子上的豆子，颤个不停。没办法，用被子把自己包紧，整个人缩在里头，双手捂住耳朵。白天干活太乏了，不多久，也就睡着了。

十三

有天晚上，她一夜没睡。那雨下得太大了，风刮得也紧，实在是不敢睡，生怕房子哪里会漏雨。

她家的所谓土木结构的老房子，一直撑到了2017年年初。时间太久了，泥墙动不动就会东破一块西掉一块。先到河滩上捡些石头，填住那些洞，再从山脚下弄些泥回来，用水和好后，封个严实。

经常做这些修修补补的活儿，也算是练出了技术。只是每回上梯子，两腿都不得劲，紧张得要死。把石头或泥装在筐子里，背在身上，这样就可腾出双手抓住梯子。婆婆或者儿子在下面扶着梯子，她知道无大碍，可心里头的恐慌总挥之不去。

每年夏天，她都要把房顶上的土加固一下；每到下大雨前，也都要爬到房顶检查。房顶上的泥土，要是破了，那麻烦就大了。往常，都是请人来加固房顶，毕竟这对技术要求还是很高的。那一年，地里的事、婆婆的病让她彻底忙晕了。直到那天下午，听天气预报说晚间有大雨，她才想起这茬。请人已来不及了，只得自己硬着头皮干。其他地方都还不错，就是正对着自己床的那里，有一处陷了下去。天快黑时，她才算修补好了。

晚上真是风大雨猛。她在床上，一会儿躺着，一会儿坐起来，不停地盯着房顶。有那么一会儿，实在是太累了，她睡着了。一块泥砸了下来，接下来泥水直接把她淹了。她从床上跳下来，才明白过来，这只是个梦。

直到天亮，雨才渐渐小了些。没时间睡了，要做早饭了，喂婆婆吃好后，儿子也快吃好了，她随便吃了几口，就去送儿子上学，然后直接去地里。因为不知道这一夜下来，地里的青稞倒得多不多。

十四

时间过得太慢了。每天忙得连轴转，可时间还是过得这么慢。

时间在婆婆、儿子身上，时间在庄稼地里，时间在那一针一线里，偏偏不在自己身上。

她一直是这么想的。这样想，她觉得自己才是完整的。那就是把一天天的日子过好，让自己哪怕在阴雨天心中也有光亮。

初夏，在这里是最好的季节。草绿了，花开了。从学校开完家长会回来，一路上不敢慢，因为快到饭点了，得给婆婆做饭。正走着，听到一声“大姐”，她没理会，因为不会有人这么叫她的。再一次听到“大姐”时，一位40多岁的男子站在她面前，她一看，是个外地人。人家是问路的，她羞涩地指好道后，就小步跑开了。

“叫我大姐，你都40多岁的人了，怎么能叫我大姐？”她步子没停，心里嘀咕开了。不服气归不服气，她还是想了想。哎呀，今年我都33岁了。我怎么就已经33岁了。天哪，都这么老了。没承想，一不留神，自己已经到了被“嫌弃”的年龄。

她在一棵大树下止住了脚步。这树很粗，一个人抱不过来。自打她记事起，这树就在这儿。这些年下来，一点也没显老，叶子青绿青绿的。

有个新媳妇手捧鲜花，款款走过。她认识她，个把月前刚过门儿，今年25岁。一袭大红的衣服，大红的小褂、大红的长裙。这样的衣服，她也穿过。只是，是很久以前了，她想不起来当时自己的样子了。近的，她也记不住了。30岁那年，自己有没有过生日，没印象了。儿子过10岁生日，她记得；婆婆过60岁生日，她记得。丈夫过30岁生日，她也记得。

20多岁，多好的年龄啊，可再也回不去了。盼着儿子快点长大，盼着丈夫早些回来，没想到这盼啊盼的，也就把自己盼老了。

她眼里湿湿的，但没掉下一滴泪。这不是在家里，这里常有人走来走去，所以是不能哭的。

她的手在树上抠树皮，像鱼鳞一样的树皮。脸上有些疼，一摸，手有些粗糙，脸也有些粗糙，但比树皮润滑多了。

再走时，她的速度没有减，步子却沉重了许多。以前，在地里干一天活，也没有这么沉重过。太阳在身后，她走在自己的影子里。

这天，她给婆婆做的菜，忘记放盐了。

这是头一回。

十五

“亲爱的老公，你好。祝你身体健康，一切顺利，天天有个好心情。”11年，100多封信，都是这个开头。从来没有变过，就像对丈夫的深情一样。丈夫离家那么远，还是在服刑，日子一定过得苦。她不苦，有儿子有婆婆陪着。千好万好，在家里最好。如果表达思念也是一种诉苦，那么这是她在信里唯一诉的苦。

一封信里，她有太多的角色，老公的妻子，孩子的妈妈，婆婆的儿媳妇。还有一个角色，她不知道归哪一类。

她理解丈夫，他出去闯荡，是为了家好。出事，也只是一时之念。“你也是为了我们这个家，我知道你有很多的愿望要实现，才走上这条路的，我很理解你。你不要多想，安下心来，好好改造，争取早日回家，我还等你回来过日子呢。”这是她第一封信里的一段话。后来的每封信，她都会表达这样的意思。这不是为了宽慰他，而是她心里的真实想法，更是愿意等待十几年的信念。

相信一个人，在当下变得尤其难。难的不是对方能不能担起这份信任，而是我们愿不愿意捧出这样一份信任。坚定地，长久地，无私地，像捧着自己的心一样。

做好事的，不一定是好人；做坏事的，不一定是坏人。这话不能从绝对理性的意义上解读，在生活里，在复杂的人性中，好与坏，并非对立；行为与心灵不一定时时处处都是一致的。我不敢断言，最初的他是否值得她如此信任。

因为表现好，他15年的刑期最后减到10年。在此期间，他学习、掌握了做帐篷的技术。回来后，就在家中加工起旅游帐篷。他说，没有妻子，就没有他的今天。每次说这话时，他都有些哽咽。

他回家5个月后，母亲去世了。这中间，母亲对他说得最多的是，久病床前无孝子，我有个好儿媳天天在床边守着，一守就是这么多年。没有这么好的儿媳，我这条老命怕等不到你回来。好好待她，你这辈子都欠她的。

他回家前，家里拆了旧房准备盖新房。除了政府补助的10多万元，自家也得花10多万元。这些钱都是亲戚和乡亲们帮忙凑的，他们送钱来时，都表达了同样的意思，先把房盖上，钱嘛，以后有了再还。实在还不上，也没事的。不到4年的时间，他们家就还清了所有的债。这几年，还带动村里的困难户脱贫。他说：大家对我们家太好了，我要报恩。这恩怎么报也是报不尽的。

十六

我第一次见到她，是2018年5月。

那时，他出狱还不到一年，但家庭帐篷加工厂已经做出了影响，成了远近闻名的脱贫示范户。

他给我们介绍帐篷加工的流程，很热情，很自信，也很高兴。我当时并不知道他有过服刑的经历，也没能看出丝毫的痕迹。我见过很多像他这样的致富能手，可如此从容并对未来充满信心，而且有踏踏实实规划的，他是第一人。他太与众不同了。当然，这不是他引起我特别关注的原因。

三间正房，一间是原材料仓库，一间是加工车间，封好的大走廊，当地人称阳光房，也是加工车间。他在走廊上兴致勃勃地向我们介绍。言语间，他显得很专业，也很细致。我发现，他时不时地就往走廊的一角扫一眼，无论是背着还是侧对着那个方向时。

走廊的那一角，有台缝纫机，一女子在缝布。后来，我才知道那是她。长长宽宽的白帆布，从缝纫机上拖下来，占了小半个走廊，就像一条凝固的瀑布。她的动作很娴熟，看不到她双手的动作，也不见她身子动，只见白帆布从机台上缓缓移动。偶尔，她会抬起头看看他，而这时，他目光也正扫来。

我如果不是用手机抓拍，根本注意不到这一细节，也就更不会发现角落里还有个人。不是我有目中无人的傲慢，而是她明明坐在那儿，竟然又如隐身一般。

她的表情，引起了我的注意。

阳光透过玻璃洒满白帆布，再反射到她的脸上，现出如水面淡淡涟漪般的光影。她低眉垂目，神色安然，但浅浅的笑意像一片轻雾。异常宁静和友善的脸庞上，幸福的感觉尽管很内敛，但终究掩饰不住。她的眼睛一直盯着白帆布，又不时扫视他的后背，目光柔柔的、酥酥的，如薄云下的月色。而当她抬起头看他时，目光里又充满了崇拜、知足、幸福、美好和羞涩。

平生，我第一次从瞬间的眼神中读到如此多的心意。

父老乡亲

父子

田埂上，父亲扛着锄头走在前面，跟在后面的儿子左手插在裤兜里，右手里的锄头拖在地上。窄窄的田埂坑坑洼洼，锄头极不耐烦地跳来蹦去，但也从没滑下田埂。儿子认为自己成年了，娶妻生子了，不能再像以前那样被父亲牵着走在后面。想着直接和父亲说这事不太好，他的办法是尽量少和父亲一起走，实在躲不过时，他还是在后面，但一定要和父亲错开。

这两年，父亲总是拽儿子到地里干活。每回到田埂前，父亲总说：你走在前面吧，我老了。儿子嘴里说：哪能，我在后面跟着。他心里想，我走在前头，像是我想干活似的，我才不呢。

他们家的地在山坡上。山不高，是座土山。山顶上，原来有3户人家，他们家是其中之一。5年前，村里鼓励大家从山上搬下来集中居住。鼓励是真的鼓励，不强求，完全由自家决定。宅基地和以前的一样大，还给几万块钱的建房补贴。

儿子不想搬，山上好啊，那两户人家搬走了，更是清静。这里离山下的集中居住地并不远，也没什么不方便的。父亲坚决要搬，住在山上，孤苦伶仃的，儿子找媳妇都是难事。人这一辈子，得给儿子留个好房子，得让儿子成家。

房子大了，从平房到二层小楼，居住条件明显提升，只是欠下了10多万块钱的债。

村里在发展乡村旅游，集中居住区前面就是广场式的花园，周围的山谷里鲜花遍地，景观式农业种植，既有直接的经济收益，又是乡村旅游的看点。这地方，有山有水，虽说在深山里，但交通极为方便，边上又是国家4A级景区，近些年旅游休闲的外地人越来越多。儿子想把家里做成农家乐，为游客提供餐饮和住宿。父亲不愿意：家就是家，让外人住进来，还要伺候人家，没家样了。再说了，城里人还稀罕咱们这山沟沟？走走转转还行，住在咱们家里，人家也不习惯。

儿子说：不想法子挣钱，光靠几亩地，猴年马月才能把债还了？他不和父亲讲道理，这么多年，都是如此。十来岁的时候，有一天和父亲弄过一次摆事实讲道理，没等他说几句，父亲一个巴掌就狠狠地落在他的脸上：和我说五说六的？你是我儿子，这辈子休想。父亲很少打他，那个巴掌打得他顿时眼冒金星，红红的巴掌印第二天才消了。

父亲说：不下山盖新房子，你能讨到媳妇？我能这么快有孙子？他说话时，从不看儿子，多半还把后背丢给儿子。只是现在说话的口气没有以前壮了，但一字一句比以前清楚。

两人各说各的，捅的都是对方的软肋。

农家乐终究是做成了。父亲说：我老了，以后你来当家。儿子说：我是学校老师，不能经商，农家乐的法人代表还是你。其实，我是在替你打工。

父亲轻轻一笑：临了，这家全是你的，说打工，也是我在为你打工。这人一当了父母，后半辈子就是为子女活了。

广场花园里有座亭子，可以摆个茶摊儿。儿子租了下来，卖茶卖饮料卖水果，还卖些当地的土特产。

父亲说：这事，你该和我商量的。

摊子摆了两天，儿子都没和他说。这天，父亲溜达到亭子附近，见儿子一个人坐在那儿，以为有什么事呢。

儿子说：你非要搬下来的。

父亲说：做农家乐就要投资，好的是，被褥家具什么的一时半时坏不了；饭菜，有客人来，再买了做。你这摆摊儿，进的货卖不出去，日子久了，可就废了。这得花钱的。

儿子说：种地，有时还亏呢。

父亲说：你什么时候见过亏的？要真说亏，也只是有些力气白费了。你能长这么大，靠的就是种地。这庄户人家，离了地，什么也不是了。我可告诉你，以后不管你做什么，哪怕像你说的能赚到大钱，咱们家的地你也不能丢，得自己种。

这庄稼地的事，父亲和儿子说过很多回了。儿子好几次让父亲别种了，现在可以把地租给别人种，也就是土地流转。儿子的意思是，租给别人种，自己不花力气，旱涝保收。父亲坚决不答应：自家的地不种，做什么去？不行，这事，绝不行。我可告诉你，咱们家的地，就得我种你种，我种不动了，就你种。这几年，房子和地的事父亲完全自己拿主意，根本不听儿子的任何想法。

儿子说：这摊子，你也得帮衬。我是老师，摆摊儿做买卖，即使用业余时间，也是说不过去的。这人来人往的，想遮也遮不住。照现在的情形，乡村旅游越来越红火，占个好位置摆个摊儿，哪怕现在挣不了什么钱，以后一定能挣钱。再说了，摆摊儿，除了卖货，还能向游客推荐自家的农家乐。这些，他没和父亲说。

父亲说：守个摊子，我这老脸还要不要？

儿子说：老脸？你看看现在的社会，不说远的，说了你也不晓得。光说咱们村，你瞧瞧，大姑娘小媳妇，男男女女老老少少，都有摆摊儿做买卖的。现在谁还怕钱烫手？从县城退休下来的干部，还在那儿卖烤串呢。儿子说完，又故意说：人家是干部，可不是你这样的农民。

来了两个游客，儿子赶紧招呼，父亲闪到一边，静静看着。游客先是买了两瓶水，看干蘑菇挺好，买了三袋；看到党参，又买了三袋。

游客走后，父亲说：这党参，其实咱们家也可以种的。儿子说：不折腾了，这进的货也是山后那村种的。人家是大面积种植，成本低，咱们家地少，种了不合算。

父亲坐在摊儿前的板凳上，整理起原本就顺顺当当的饮料、山货等。这回，他盯着儿子的眼睛，说：以后这摊主要我来摆，地里的活儿，全交给你了。

儿子说：摆摊儿是有讲究的，我得帮帮你。地里的活儿，你在行，你得多教教我。

做羊蹄的后生

从爱吃羊蹄到靠做羊蹄脱贫，他用了5年时间。

说是爱吃羊蹄，其实只是吃过附近县乡饭馆里的羊蹄。没钱，再爱吃，也没法子经常吃。他的厉害之处，是能记住每家羊蹄的味道，这家与那家有什么不同。

有一天，乡里的扶贫干事找到他，说：你这么爱吃羊蹄而且会品味道，怎么不自己做了，然后卖到饭馆去？他说：我只是爱吃，让做，我可做不来。扶贫干事鼓动他试试：做羊蹄没什么难的。过了几天，扶贫干事问他想得怎么样了，他说：试试也行，只是我这穷得叮当响，想吃只羊蹄都费劲，哪有钱投资？扶贫干事让他打申请，说乡里会为他提供脱贫专项资金。不过，这钱不多，5000块，而且以后是要还的，只不过不要利息。后来，他挣到了钱要还这笔资金时，才知道当初扶贫干事为了让他有压力，故意骗了他，这5000块钱是作为扶贫补贴给他的，不需要还。

拿到钱后，他到生意最好的一家饭馆吃了3只羊蹄。这是他有生以来吃得最慢的一次，每吃一口，都会仔细品品是什么味，用了什么作料。回家后，他试着做了两只羊蹄，可与人家的味道差得太远。好吧，自己折腾不了，就去打工学。他在那家饭馆打了3个月的工，没事就往厨房跑，终于学得了窍门。

回来后，一次只做两只羊蹄，以他特别的记忆力和灵敏的辨别力找出与饭馆的差距。十几天下来，他做的羊蹄的味道，已经和饭馆的不相上下了。那天，他拿着羊蹄找到饭馆老板，说想为饭馆提供现成的羊蹄。老板尝了尝他做的羊蹄，感觉比自己饭馆的还好些，再一想，从采购生羊蹄到成品，确实花费很多的人力，而且成本与直接买现成的羊蹄基本相同。省事，不多花钱，这生意能做。

蹚出了路子，越来越多的饭馆成了他的客户。

人家饭馆的羊蹄原来是什么味道，他就做成什么味道。他媳妇劝他，这样太麻烦，你统一做成一种味道不就得了。他不这么认为，都是一种味道，那各家饭馆就没特色了；没了特色，饭馆的生意会受影响，到头来，说不定就不要他的羊蹄了。

他做羊蹄小有名气了，就有人上门来买，还动员他批发与零卖一块儿做，只要把羊蹄卖了，把钱挣到手，卖给谁不是卖？他心想：抢饭馆的生意，就是砸自己的饭碗。他没干。

做羊蹄，自然需要技术，可处理和清洗，着实是个细活儿累活儿。要先把松香熬化，然后将羊蹄浸在里面，尤其是夹缝处得浸到，让其沾满松香。取出晾干后，剥去松香，这是去毛的第一步。接着用火烤羊蹄，烤到炭黑为止，烤的时候翻着烤，每一处都要烤到，确保羊毛都被处理完，又不能烤得太狠。烤完之后还要把羊蹄甲中间的部分清理干净，把烤焦的部分都剪掉。剪好之后用刀把羊蹄表面的黑色刮掉，再放进热水里面清洗干净，之后再用刀把表面剩余的羊毛刮干净。每只羊蹄都得如此处理，一天如此这般收拾几百只，极费力气和时间。

曾经有人上门想跟着他学做羊蹄，见他坐在羊蹄堆里的那份辛苦劲，再听说一只羊蹄末了最多净赚5毛钱左右，便摇摇头走了。

有段时间，他想让媳妇负责收拾羊蹄。毕竟家里还有庄稼地，他一个男人不能自己坐在家里摆弄羊蹄，让媳妇下地干农活。他媳妇起先也觉得收拾羊蹄远比做农活轻松，可在家做了几天，就受不了了。她媳妇有句话很有意思：一天下来，等你把羊蹄送去饭馆回到家，自己倒像只羊蹄了。

我去他家时，他正坐在院门外的空地上收拾羊蹄。我蹲在那儿和他聊天，他手里的活儿从未停下。他说：得罪了，这堆羊蹄今天晚饭前要送到饭馆。这是一个憨厚的后生，不爱说话。我跟他开玩笑：你这么内向，是怎么和人家饭馆打交道的？他没抬头，只是扬了扬手里的羊蹄：人家看的是这个，我再会说，说出花花，也不顶用的。

他身后的院子里刚铺上水泥地，3间矮小的房子，过去住人，现在完全成了厨房。新房子已经盖起来了，只是里面还是毛坯，家具还是过去的。我在院子里遇上了他媳妇，说：你家掌柜的能挣钱啊。正在翻晒青稞的她，迟疑了好一会儿才说：没挣到钱啊，真没挣到。她的口气有些慌张。

我在院子里转了一圈，又来到后生面前，他说得比他媳妇实在：以前欠了些债，还掉后，也只能把房子弄成这样了。今年，得先把厨房好好搞一下，像个做羊蹄工作间的样子；明年，明年就可以装修正屋了；后年，保准全新的家具到家。

我问他：有没有打算自己开个饭馆？他说：没想过，开饭馆风险比做羊蹄大得多，现在还应付不来。先这样做几年，挣点钱，把家弄得像个样子，以后的事，以后再想吧。

我说：这几年做下来，挺好啊。他笑了：是啊，真没想到我这农民也能做起生意，还挣了钱。只是……唉，几年羊蹄做下来，我现在一点也不想吃羊蹄了。

我从他家出来，拐过一个弯，到了另一户人家门口，一个中年男人看了看我，然后自言自语道：现在穷倒成了好事，有人帮了，挣上大钱了。

其实我知道，这话是说给我听的。这中年男人就坐在门旁，脸白白净净的，和手里的香烟纸一样白。我步子稍有些慢下来，转念一想，有些人，你不能和他多说话，更不能试图与他辩论。

这时，我听身后有人说：你除了说这不好那不好，还能做点啥？有本事你也做羊蹄。不是小瞧你，你没那本事，也吃不了那苦。

听得出，说话的是这家女主人。

刻剜匠

他在院子里不停地移步观察刚刚安放好的房子大梁，表情从认真到轻松。后来，他正对大梁站着，双手抱在胸前，流露出满脸的成就感。从背影看，他这架势宛如指挥者。事实上，在安放大梁的过程中，他就是指挥者。

过去在临潭，盖房主要有采地、动土、锯木、立房四道工序。那时房子框架都是木质结构，地基打好后，就将加工好的柱、梁、檩条等房屋框架构件拼套支立、搭接固定起来，然后置放大梁。上大梁是整个建房过程中极为重要的一环，最具仪式感。大梁置放好，就是房子建起来的标志。所以，这一过程称为立房，也叫立木。前些年，新建的房屋已经改为水泥框架结构，墙也由土墙升级为砖墙，旧式的房几乎没有了。近几年，人们又怀念起当年的木质结构的房子，传统与现代一结合，水泥框架与木质框架并驾齐驱，前者保安全，后者更多的是体现美感。

生于木匠世家的他，从小跟着爷爷、父亲学手艺，深得真传。有人说，他的手艺不但超过他爷爷和父亲，在这一带，也是最攒劲的。

自己刚单干了几年，木匠活越来越少了。为了生计，他只好外出打工，扛过麻袋，搬过砖，后来还当过瓦匠。对他来说，所谓的瓦匠，就是砌墙，没技术含量，没意思。

近几年，农村的日子越过越好，房子越盖越漂亮，用木头的人家越来越多。他重操木匠这个老本行，手艺又能用上了。对他来说，做柱、梁、檩条这些活儿，只是最基本的，称不上“匠”。木雕才是他手艺的精华部分，用他的话说，这是他真正吃饭的本事。

临潭的民居，木雕有的用于外在装饰，比如门楼、门廊、房檐、屏风、隔板等；有的用于木件间的连接，多在梁、枋、檩、檐柱的空隙之间，集实用与装饰于一体。在处理雕刻技法上有阴线刻、浮雕、镂空、半圆柱等；在平面细部雕刻中讲究主、副、子三线分明，宽窄、大小、深浅、高低错落有致；在三度空间的掌握上层次分明，做工精细。至于图案，真是融合多民族的风格，以龙凤、松鹤、花卉、云纹、回纹等为主。整个风格，既有古典的雅致，又加入了一些现代元素。看起来，既荡漾着江淮风，又有高原独特的韵味。在这方面手艺好的，人们不叫木匠，而是称为刻剜匠。

他自然是喜欢被人叫刻剜匠。

当年，他父亲在雕刻时，最讲功力和最出彩的活儿都是背着人悄悄做的。他不这样，就在盖房人家，当着众人的面，一点都不藏着掖着。他说：这手艺，也不是谁都能学会的。真能遇上个学得会且学得精的，也是缘分。

他手里有一套他祖爷爷传下来的木雕刀具，小的细如针，大的就是砍刀。这套刀具，他从不肯让别人摸。时间长了，大家都知道他的脾气，也没人伸手。常常是大家各忙各的，刀具就躺在一块老旧的帆布上。刀尖和刃处光亮无比，其他地方则闪烁着岁月的幽光。旁边是木工工具，斧、锯、刨、凿、锉、规、矩、墨斗、拉杆钻、木旋、锤等，传统的工具一应俱全。现代的也不少，比如电钻、台钻、修边机、电木铣、电刨、带锯、台锯、斜切锯、砂带机等。

有点空闲时，他喜欢坐在这些工具间，点上一支烟，把目光随意瞟在某一工具上。干起活来，不管是现代的还是传统的工具，他用起来都得心应手。刨木头时，木花飞舞，木屑飞溅，身在其中的他，恍如在云朵里。俯下身子雕刻时，他的身子常常是弯成一张弓，手部的动作很细微，远处望去，仿佛一尊雕像。

木料，由他负责买，也就是包工包料。整个下来多少钱，也是他出价，不带还价的。他说话不留余地：信得过我，就用我，要不然你们另找人吧。这方面，他很轴。幸好，还从没有人家请了他又辞了的。没办法，他手艺好，价钱又公道。

要雕什么，当然得征求主家的意见。在哪儿雕个什么，大概雕多大，由主家决定，其他的，必须由他做主。他从不给人家画小样，有的人家想让他画出来，他说：东西都在我肚子里，只能由刀刻出来，画，我画不来。是的，他从不用笔，自然也不会先勾勒出图案，而是直接下刀。大处，用电工具；细微处以及最后打磨时，一定只用刀。他说：有些东西，用电动工具还是少点什么。

他经常会为人家多做些活儿，在人家没要求的地方加个小的木雕，有些是个看得出的图案，有时也就几条线。他心里有数，知道人家想要什么样的。成品出来了，确实好看。有的人家面露难色，他嗓门顿时就大了：你就说好不好看，你中意不？那家人连连点头。他嗓门依然不减：那不就结了，说了嘛，包工包料，又不多要你一分钱。

他不做的，你加钱也不好使。一户人家要在门廊上加两只鸽子，说是额外补钱。他说：不行，没这么干的。加鸽子，整件东西就变了味，时代再变，有些东西也是不能变的。不行，绝对不行。你要鸽子，我给刻两个放在院门上面，人家的鸽子是陶瓷的，我给你家做的是木头的，看起来像真的一样。但是，我告诉你，在你说的地方加两个鸽子，哪怕只是划几刀勾出个鸽子样，我也不干。

现在，找他做活儿的人越来越多。他高兴，活儿多，就能多挣钱。唯一不太舒服的是，大家都喜欢让他照着谁家谁家的那样雕刻。都是一样的图案，对比起来，有时非说这刻得没前面那人家的好，其实在他心里，越是后来的，他越满意。还有就是，总是刻一样的，他反而觉得难，也没有多少新鲜劲。

乡村画师

画好最后一笔，她伸了个懒腰，把小板凳往后挪了挪，坐下来欣赏自己的画作。

这是邻居家房子的一面墙，和她小时候看露天电影的银幕差不多大。一头黄牛抬头看远方，也像是在看着她。牛嘴里咬的一把草，一直挂到牛槽。草是绿色的，牛槽是布满岁月痕迹的深棕色，牛身后是蓝天白云。

这几年，村里时兴在沿路的房子上画画，说是美化乡村，也是为乡村旅游增光添彩。邻居家也请她给画一幅，她觉得没必要，房子在村里一个角落里，很少有人经过。可邻居说：这画就是画给自家看的，不画别的，就画以前家里养的那头黄牛。这话勾起了她许多的童年记忆，有不少就与那头黄牛有关。上小学那会儿，她经常看到这头黄牛，有时在田里耕地，有时在路边晒太阳，有时就站在牛槽前。胆大的小男生，趁它趴着时会骑上去，她不敢。有一次邻居要抱她上去，她都吓哭了。她喜欢远远地看着牛，偶尔会帮着邻居牵牵牛绳，牵牛到河边喝水。骑牛，她断然不敢。

她太熟悉这头牛了，又是学美术的，画起来也不是难事。她用了3天的时间，重现了黄牛的模样。手里的笔在画，心里已经回到了童年，回到了儿时的乡村。这是一次令她惊喜的时空穿越之旅。在画牛嘴时，她忍不住笑了起来，惊声说：牛啊牛，我知道你想笑，可我不能把你笑的样子画下来，那样，会吓人的。她画的时候，用了一点小技巧，有些3D效果。邻居一看，欢喜得不得了：就是这样的，这就是我们家的那头牛。

她打小就喜欢画画，经常在房前屋后涂鸦，当然没少挨大人说道。她那时拿根烧过的树枝，有时就随便找块石头，在墙上画她想象中的外面的世界，画老人讲的故事，有时还把书本上的童话画下来。这样画来画去，她成了山村里为数不多的大学生之一。

每到寒暑假，许多同学不回家，到处去写生。她不需要，回家就好，家乡有她写生的所有素材。老人、老屋、乡村风物、大山草原，让她感到既熟悉又陌生。每次回来，家乡的变化都很大。她第一个寒假回来时，就发现一些墙上画了画，内容多是传统习俗。到了暑假回来时，画多了，内容也在变化，十里八乡的山水上了墙。乡亲们的房子变化更大，屋里面跟城里人的家差不多了，外面青砖白墙红瓦，既新潮又古典。

村干部找到她，让她发挥自己的专长，在农家乐的院子和公路边的民房画些画。想怎么画就怎么画，好看，有我们山村的性情就好。村干部说：画画用的笔啊颜料之类的，村里给买，多少还会付点报酬。她说：我在村里长大的，为村里做点事，是应该的，我什么也不要。一转身，她乐了：这下好了，那些墙都是自己的画布了，可以放心大胆画了。

她不画过去，也不画将来，只画乡村现在的样子。她在村里画的第一幅画是几个孩子在草地上玩耍，前景是五颜六色的鲜花，远处是雾气缭绕的连绵大山。几个孩子的原型就是村里的，只不过她稍做了改变。第二幅画，画的是村后面的那条河和远处的山，山上有新建的木栈道和亭子。第三幅画，画的是村里的一块向日葵地，朵朵向日葵开得既真实又梦幻。

一个暑假，她画了十几面墙，最大的有十来平方米，最小的也就巴掌见方。慢慢地，她才发现，她画的是现在的乡村，可许多画面又是过去的，是她小时候生活中的场景和风光。有意思，原来乡村的发展，生活质量是往前的；很多人文和自然，是往回找的。乡村人的生活越来越像城里人了，乡村的环境越来越回归大自然了。一些中断了很多年的风俗，也渐渐恢复了。一些乡亲用自家的房子开起了农家乐，守在村子里就能做生意，就能挣钱。房子内外装修得土里土气，就是典型的农家院子。现代的家电，常常在不显眼处，只提供服务，不抛头露面。院子里像小花园又像小菜园。有户农家乐，门前就是山中小溪，门上方挂着大红灯笼，两旁是中黄色的木匾和深红色的隶书对联。院子里的院墙上，一面墙画着一个头戴草帽的老农，笑得合不拢嘴；另一面墙画的是一头拉磨的驴子，头上还戴了朵花。许多游客来了，都要在这两幅画前拍照留影。

村里的戏台重修了，用的是新建复旧的法子，尽量复原当年老戏台的模样。那戏台顶上的画，也是她画的。修戏台的工人说：这顶上的画，得查些资料，最好以前是什么样，现在还画成什么样。她笑了笑，没作声，心想：查什么资料，这戏台，我小时候经常来玩，那顶上的画，一直印在我的脑子里。其实，上大学后，她就画过这戏台，完全照着以前的样子画的。她画过好几张，后来把最满意的一张放在自己的书包里。这张画经常陪着她去教室，去图书馆，去城里的大街小巷。

她画好的那天，村里将近90岁的老大爷来看戏台。看到顶上的画，他手中的拐杖把地上的青砖戳得嘭嘭作响：你这女娃有出息啊，这画画得好哇。我们村的戏台，又活过来了。

大三这年的暑假，她动员几个同学和她一起回她家。她说：画笔、颜料，你们自己管自己的；吃住，村里管。我们那儿山好水好，有美丽的新农村，附近还有4A级景区，地质风貌多而全，有大森林和一眼望不到头的草原，保你们玩得爽。可以尽情地游山玩水，欣赏你们想象中的又超乎你们想象的新农村。疯玩之余，帮我们村里和邻村的一些墙上画些画。先说好了，不付工钱的，你们就当是写生。画什么呢？就画你们看到的。

说这些话时，她笑得很灿烂。

喝盖碗茶的老人

天刚亮起床，这习惯他已有好多年。烧水、泡茶，茶叶是最便宜的大叶茶，青花瓷的盖碗，是去年孙子买的。原先，他用的也是青花瓷的盖碗，那盖碗还是儿子在他六十大寿时送的。现在儿子殁了，盖碗还在。自从用上孙子买的，他就把儿子买的那只盖碗放进了柜子里，不去看，也不去想。

早上这碗茶，他喝得快。喝完就出门，直奔村东头的小山坡。站得高，望得远，一边是庄稼地，一边是高高低低的房屋。地里有雾气弥漫，村子有些人家已开始做早饭，升起来的炊烟，像刚睡醒的样子。太阳有些刺眼了，他开始围着村子转半圈，从村西头回家。另外那半圈，明天早上再转。一天半圈，轮着转呗。一路上，顺便拔点草。他养了3只羊，不，现在是4只了，上个月刚有只小羊出生。过些天，有只羊可以卖了，卖了后，家里还是3只羊。养3只够了，能得些钱，还能做伴。两三天到后山去放回羊，他在前面走，羊跟在后头。他不和羊说话，除非有羊跑到庄稼地里，这时候，他就像当年训儿子一样训羊几句。早上起来，晚上临睡，他都会去看看羊。

院子里有两间小屋、三间大屋。他住小屋，屋子是小，也不高，墙还是土墙。村里人家新建的房子，都弃土墙用砖墙了。他不愿费那个钱，还是土墙好，冬暖夏凉。墙面和房顶棚贴了一层牛皮纸。浅棕色的牛皮纸，被烟熏成了深棕色，幽暗中透着光。孙子在外打工，不常回来。那大屋他让给孙子住，一个70多岁的老头，住那么大屋子，糟蹋了，收拾起来也费事。他觉得住在小屋里，一个人够用，又不显得空，挺好。

上午，他多半不出门，在家收拾。反正屋子不大，东西也不多，那就里里外外擦个遍。棚顶七八天打扫一次，站上宽板凳，刚好能够着。只是现在腿脚不如先前灵便了，每次他都告诉自己：老头，小心喽，摔着了半条命可就没了。

外屋是厨房，也放些杂物。里屋一张床，两个柜子，一个三人沙发，一张茶几。冬天，还会生个炉子。他干活的时候，盖碗茶就在茶几上，时不时喝一口。

这一上午的时间，一晃就过去了。午饭后，他是要出门的。村里那棵树下，几个老头常在那里聚，拉拉家常，开开玩笑。有时，大家什么都不说，谁也不看谁，都默默地坐着。他们聊的话题，基本上分为三块：村里村外的新鲜事，是大家都爱聊的；那些子女就在村里的，最喜欢聊过去的岁月，常常一不留神就讲起年轻时候的自己和童年时的趣事；有些老头的女儿嫁到城里了，儿子去了大城市生活了，就爱显摆子女这儿强那儿好。

在村里，他有点特殊。儿子15年前就走了，过了3年，儿媳妇也殁了。6年前，老伴也把他扔下了，现在就他们祖孙二人。孙子刚满20岁，高中毕业后去隔壁县跟着人家学汽车修理。这娃聪明，干了没到两年，已经能单独对付大车小车那些常见的毛病了。

说起来，村里也就两帮老头，一帮是身边有儿女的，一帮是孤寡或留守老人。他们之间有时会吵起来，大家争论的焦点是子女在身边与去了外地哪样好。子女在外的，越是在城市的，气势越壮，吹起来神乎其神；子女就在村里的，心里多少有些自觉低人一等，但不能输在嘴上。

好，城里好啊，那你去啊，看你儿子能待见你不？

我去过啊，城里的生活，我过不惯，还是待在村里好。你就好了？你和你儿子住在一个院子里，你还不是自己过自己的。

我儿了孝顺着呢，儿媳妇也懂事，我什么也不用做，吃现成的，过菩萨般的生活，滋润着呢。到老了，图什么？不就图个安逸？

你安逸了？你儿子去不了大城市，他的日子比我儿子差得太远。

成天拿你儿子显摆，有什么大不了的！

哟，你怎么也冲上来了，你还不如他呢！瞧你那儿媳妇，天天把你儿子拿捏得死死的，你在家，更是大气不敢出。

我儿孙满堂，他们天天在我眼前转悠，我就高兴。

大家争得脸红脖子粗， 也分不出输赢。没关系，时间有的是，大不了明天继续吵，反正越吵，这关系越好。

他不加入他们的争吵，但心里还是认同子女应该走出村子到大城市过好生活这个理儿。与那些子女在村里的老人比，孙子有点出息，比什么都好。他恨不得孙子也能考上大学，到大城市里吃香的喝辣的。他自己一个人在家，没觉得孤单。子女在身边和不在身边，都有好处，也都有坏处。这日子过得好不好，说到底，还是自个儿的事。再说了，这子女的事，许多时候由不得自己。自己的命，也不是自己说了算的。这活法，只能有什么命就怎么活，尽量活得让自己过得去就成。他现在身子骨还算硬朗，有点小毛小病，打个电话，村里和镇上的医生会上门。几个老头之间，也互相照应着。至于哪天自己生活不能自理了，就去养老院或者住医院。

年龄比他大的老头，越来越少了。没关系，还会有比他小的老头加入。

镇子有些远，他蹬三轮车，来回得三四个小时。十天半月他会去一回。有时就是在镇上瞎转，有时就坐在镇上那座桥边，看看人来车往。县城，就更远了，得搭别人的小汽车。他一年也就去个两三回。县城，没多大意思，太闹了，还不如在村里待着踏实。他不喜欢去县城。

晚上，他不出门，也不看电视。一个人坐在沙发上，再泡起盖碗茶。年轻的时候，他爱喝酒，还常常喝大酒，不醉不罢休。现在，都有两三年不沾酒了。这人上了岁数，酒没啥意思了，还是茶贴心。他喝着茶，想着白天遇到的事，也会想想年轻时的那些好事烂事。有时，想着想着，会忍不住呵呵笑起来。难过的事也会钻出来，但他很快会压回去。茶过三泡，人也差不多乏了，那就上床睡觉。这时间一般在9点半左右。

走村入户的乡干部

刚30出头的他，个子不高，长着一副娃娃脸，皮肤有些黑，显然是饱受了风吹日晒。穿上西服，他是有模有样的乡干部；换上大众化的衣服，他是小镇上的普通后生，也像村里的青年农民。

去村里，是三天两头的事，一年下来，算起来在村里和在去村里的路上的时间，要比坐在办公室和会议室里的时间多得多。

乡里的村子，多半看起来不算远，但爬坡过坎，上上下下，总是要费些周折。有七八个自然村，还在山上或山背后，上下一次，多少还有些高原反应。这几年，州（甘南藏族自治州）里创建全域旅游无垃圾示范区，他下村又多了个任务，一路上得巡查有没有垃圾。碰上比较多的垃圾，就得给属地的村主任打电话。那些零星的垃圾，比如挂在树梢上的废地膜，沟里的塑料瓶子等，他得随时清理。拎个某次开会时发的文件包，开上自己的小轿车，这一路上既是走村入户的乡干部又是没有报酬的环卫工。进村，先到村委会，说说这趟的缘由，吃一两个洋芋，再给自己的茶杯续上水。赶上饭点，吃个馍，有的村主任会从家里弄点肉来，那就很好了。

说是布置工作和检查相关事项，态度上，他可不敢乱来。村干部个个都笑嘻嘻的，可个个又都是人精。那些上级有硬性要求的，必须有登记有记录，本来挺好查的。但总有人会耍滑，要么说管钥匙的人出去办事了，今天回不来；要么就是说那本本早上还看到的，怎么这会儿不见了，长腿了？再不就是，看看这两天忙的，明天，保证明天就全弄得妥妥当当的。每到这时候，他不能发脾气，只得笑嘻嘻地耍些心眼。乡长有要求，今天查不到的，后天前各村自行送到乡上去。没送的，就当这项工作没做。如果觉得压力不够，那就再把乡书记搬出来。

与村干部打交道，再怎么着，他还是能对付的。自己年轻，没多大点权，但还是管点事的。村干部不会明着不给他面子，风水轮流转，总有求他办事的时候。这里头的道道，大家都懂。所以，该硬的时候，他也不会太软。偶尔摆点乡干部的架子，他做得还是挺到位的。再怎么着，他也是乡干部，常常也是代表乡里下来的。

走在村里，乡亲们没事，几乎不怎么理他，能笑笑，点点头，就算很好了。找他说话的，多是有事的。当然是棘手的事，此前已经三番五次到村里去乡里反映过很多次的。只要没解决，他们遇上谁，都要说上几句。不管说得有多难听，他只能听着，还得客客气气、耐心地听着。要是人家看出他不耐烦，后来的事可就多了。个别胡搅蛮缠的，每次把他弄得灰头土脸，可下次该入户还得入户。有一次，他下村到一户人家，刚说了几句话，就接到乡里的电话，有紧急任务，必须立即回乡。这家的女主人见他要走，可不乐意了：我们家的事，我还没说呢，你得听了再走啊。他只能说：电话里说吧，要不过几天我再来。他人还没到乡里，那户人家已经向乡长告了状，说他对老百姓态度太坏，没点干部的样子。接下来的几天，有关他的坏话，到处在传。他没法去找人家算账，也不敢去。真要去，人家会说：你是政府的人，就是为人民服务的，你做不好，还不兴我说？你得比我有觉悟才是。

入户调查和填表，是最让人头痛的事。对那些建档立卡的贫困户，上面有要求，各项数据得动态掌握。多数人家挺理解挺配合，但有的也会给他脸色看，说起话来很难听。再怎么着，他也得赔笑脸，还得讲技巧，施展战术，问情况，套人家的话。人家说话，常常有水分，藏着的掖着的有，乱说一气的有，夸大其词的也有。要是数据有差错，领导可不管乡亲配合不配合，只说他工作方法不行，能力弱。这样的帽子扣多了，他的前途就很难一片光明了。

每每到这个时候，他就觉得自己是传说中的小媳妇，两头都不讨好，两头都得罪不起，还没处说理去。怪不得在乡里干久的同事都说：说是乡干部，其实就是个受气包。

走村入户，他就是个跑腿的，能解决的问题很少，或者说几乎没有。再说得不客气些，都是他请村干部、乡亲们帮忙，帮他完成本职工作。

他负责的工作，全乡各村的情况，他得心里有数，有人问起来，得一口清。他包的村，乡亲们里里外外的情况，他得全掌握。

他也是在农村长大的，从小到大见过不少乡干部。刚到乡里时，他给自己定了一个不高的标准，以前在农村时他希望乡干部是什么样的，自己就照着那样子去做。干了几年，他才发现，这标准不仅不低，而且相当高。

下乡与进城，这用词都不一样。与那些在县里工作的同学、朋友聚会，他的底气总是不足。家是安在城里，可平均下来，一周能回一趟家就不错了，妻子陪不了，孩子顾不上。有点什么事，还得求这求那的。每每到这个时候，他就觉得自己这个乡干部只是体现在工资单上，其他啥也不是。体现在工资单上的，是身份那一栏，至于工资，唉，还是不说了吧。

想想，也有好的方面。比如他走村入户，可以开小汽车了，路也好走了。不像他的前辈们，骑辆破自行车，翻山越岭、过沟蹚河还得扛着自行车。那时候，他们从村里回到乡里，比农民从地里回家的样子还惨不忍睹。

只是，这油，一个月下来不少钱，得自己掏。什么时候能实报实销，也是一大幸福啊。

街边抽烟的中年男人

这是镇上的一条小街，两旁有小店门市，也有住户。行人不多，车辆也不多，时不时有几条狗在乱窜、打闹，偶尔会有人赶驾马车经过。

时间是6月某天上午的9点左右，高原上阳光很通透，晒得人暖洋洋的。有一男两女正在街边扫地，每人手里一把扫帚一个簸箕。这条街有专门的保洁员，每天早上和午后各清扫一次。这条街还有包管环境卫生的乡干部，就是那一男两女。他们会经常来这儿走走看看，见到垃圾，顺带就处理了。每周一和周三，他们都要来进行集中整治。说是集中整治，其实还是他们做环卫工作。那些店铺还好说，有哪里不卫生了，说了，人家马上改；住户和路人，说了也不听，有的还是七大姑八大姨的亲戚，也不好意思多说。没办法，要创建全域旅游无垃圾示范区，经常有领导和检查组不打招呼就下来，发现了卫生问题，全算在他们头上。

在他们打扫卫生的时候，街边有五六个男人在聊天。他们离得很近，但像两个世界的人。或者说，那五六个男人倒像是监工，忽略穿着打扮，那一男两女就是他们手下的保洁员。

一个中年男人抽着烟，时不时吐个烟圈，很是惬意。烟抽完了，随手就扔在地上。其实，他只要身子往右稍斜些，手臂伸直，就能把烟头直接放进垃圾箱里——一个铁皮做的很大的垃圾箱。或者，他面前就有个簸箕，只要跨两步，就能够着。

烟头还在地上冒烟，这时来了个穿休闲服的中年男人。他看看地上的烟头，问中年男人：这烟头是你丢的？

口音，暴露了他是个外地人，但口气像个干部。事实上，他确实是个干部，是从外省来县里挂职的。这个乡，他还是头回来，没先去乡政府，而是在街上转。这是他的习惯，每到一个乡，总是先随处转转，看看环境卫生，看看大家的精神状态。

中年男人不认识眼前问话的人，一听他的话，心想：你顶多也就是外地来的干部。他歪过头看了看干部：你哪只眼睛看我扔的？

干部面带笑意：我两只眼睛都看到了。

我没来时，这里就有烟头。中年男人仰起了头，你可别乱说话。

干部口气比刚才还软了些：我在那边站了一会儿了，你们几个，就你抽烟，瞧瞧，这烟头还没灭呢。

中年男人晃了晃腿，瞪着眼，说：告诉你，我没扔，你爱信不信。

打扫卫生的3名乡干部停住了手里的活儿，看着干部，目光里有佩服，也有担心。

干部指着乡干部对中年男人说：他们是乡里的干部，你不会不知道吧。人家在这儿打扫卫生，你还乱扔烟头，这不好吧。你一个大男人，扔个烟头都不敢承认？

中年男人回敬道：一个烟头，多大的事！

干部说：不是多大的事。他们这几个干部，和你的孩子差不多大吧，你不帮忙干点活儿，也就算了，还乱扔烟头，这不好吧。要是你家的孩子在这儿干这活儿，你也这样？我想，不会。

中年男人突然就提高了嗓门：什么干部？我说你们什么干部

啊？别的能耐没有，跑到这儿扫大街，你们能不能干点正事，干点大事？

干部显然也有些激动了：正事？我们连卫生都搞不好，还能做什么正事？这点小事我们都做不好，还能做什么大事？这卫生，是我们的，也是你们的，你怎么就不干点正事？不但不干，还添乱，像什么样子？

干部越说越激动，那眼神变得有些吓人：我告诉你，别和我耍横，你那套搁我面前不管用。我知道，你们都是熟人熟事的，乡里的干部碍于情面，不好意思管你们。我既然管，就不怕你胡搅蛮缠。这世上，总还是有道理可讲的。我就问你，你个大男人，好意思吗？我看我们差不多大，真是老大不小了，可不能让这些孩子看笑话。

说完这些话，他看出中年男人心里已经开始发虚，便往前走了几步，站在中年男人面前，两人相距不过一步。但他没和中年男人面对面，而是半侧着身子，右肩膀正对着中年男人的脸，也不拿正眼瞧他，只把余光打在他的脸上。

中年男人旁边的一个小伙子见状，连忙捡起地上的烟头丢进垃圾箱。转过身来劝中年男人：多大点事，少说几句。

中年男人白了小伙子一眼，没吭声，但也不像刚才那样直勾勾地盯着干部，眼皮垂了下来。他本想离开这是非之地，想了想，这时候要走，在气势上可就输得光光的了。不行，得撑下去。他对小伙子说：把你的水给我喝一口。要喝水是假，他是找个借口闪开一步，离干部远了些。

就这会儿工夫，好几个人围上来看热闹。有人认识中年男人，冲着他喊：哎，我说，咋的了嘛，挨干部批评了吧。有人小声嘀咕：这哪儿来的干部，以前怎么没见过？刚才我在路口碰到过，挺和善的啊，怎么发起火了？

站在一旁的那位男乡干部对着大家说：散了，散了，各忙各的去吧。

众人刚走，乡长就来了。原来刚才有位打扫卫生的乡干部打的电话，说是来了个人，好像是干部，正在替他们说话呢。他们不认识，也不知道什么来头，不敢上前打招呼。乡长 ，你快来吧，真要杠起来，会出事的。

乡长是跑着来的，老远就要打招呼，干部做了个打住的手势，迎了上去。

中年男人旁边的一个高个子说道：瞧乡长那样，这干部一定比他大。你小子，怎么什么人都敢惹？

中年男人嗓门不大，但口气很硬：怎么的？还能把我吃了？嘁！

说着，他又点起一支烟，像和烟有仇似的狠狠地抽了几口。怎么这味不对了，他看看烟，随手又扔在地上。

他转身刚要走，又弯下腰捡起烟头，用手指掐灭了后扔进了垃圾箱。

长相憨厚的汉子

看看院子，就知道村子里就数这家最穷。

院子门是两扇木栅栏，上面挂着不少的藤蔓、杂草，不知道的人，还以为这里荒无人烟。土墙围起来的院子很大，至少有3个篮球场那么大，一边是新建的3间房，红砖红瓦；一边是排低矮的棚子，稀稀拉拉地堆着些杂物、干草等。其他地方，全是空地，坑坑洼洼，满目荒凉。

走访者刚进院子不久，这家的男主人就赶了回来。他近一米八的个头，长得也挺壮实，衣服很旧，还有些脏。粗糙的脸，给人以老实之感。走访组由县、乡、村三级干部组成，一共七八个人。他没有一点迟疑就走到了县里来的副县长身边，一把拉住人家的手说：感谢领导来看望我，我家人都快活不成了，明天就要断粮了。

乡里的扶贫干事打断了他的话：咋的哩？月初来慰问过你家，两袋面一袋米一桶油，还有200块钱呢。这才几天，就没了？

他眼一瞪，声音明显高了：没有的事，你搞错了吧。我连一粒米都没瞧见过，说话得有证据的。我是老实人，可不能欺负我。

扶贫干事还要说话，副县长递了个眼色，意思是：不说，不说了，我心里有数的。

他挨副县长更近了：领导啊，你看看我家，要啥啥没有，政府可得救救我们啊。

副县长说：你这么大的院子，可以种点菜，养几只鸡。院子外的那山，也是荒山，你再弄几只羊放放，也不错啊。

他的语气似乎带了些哭腔：哎呀，领导啊领导，你可不晓得呢，就咱这情况，人都养不活了，还怎么养那些？要养，也没钱买啊。你瞧瞧我这家，哪儿还像个家？政府可不能不管啊。

乡里的干部气得直跺脚，一旁的村干部不住地叹气摇头。

真实的情况是，这家确实穷，吃的是低保，一家4口人，两个大人两个孩子，孩子一个7岁，一个9岁，都在上小学。去年，乡里和村里一起帮他家买了5只小羊和10只小鸡。刚开始，他也常常放羊。过了个年，再到春上，羊和鸡全没了。去哪儿了？被他吃掉了。为了方便他在院子种菜，村里还专门帮他安了水龙头。可他根本不种，说自己有肺气肿，干不了活计。气得村干部说：帮衬你养羊养鸡，你全养到肚子里去了。种点菜，能把你累着了？

他是有肺气肿的毛病，但不是一点也干不了农活。村里帮他协调，把家里的地租给别人种了，两个孩子学习的费用全免了。开始，让他当巡林员，这活儿也就是上山到林子里转转。他说上山下山的，走几步就喘得不行。又让他当村里的保洁员，开个垃圾车，每天运运垃圾，他说颠来晃去的吃不消。其实，他不是干不了，就是懒。3间瓦房，是村里帮着盖的，他一分钱没花。现在，只要遇上了干部，他就会说：光盖个房子有啥用？做好事，要做到底的，我家里缺的东西多着呢。早知道这样，这房子还不如不盖，把盖房的钱直接给我，比这强。

3间瓦房里，最干净的是两个孩子住的那间，最脏的是中间这厅房。厅房里有个破旧的沙发，　个柜子，两把塑料椅子，还有几个啤酒瓶。除了这些，满眼望去，就是厚厚的灰尘。他是第一个进门的，直接走到沙发跟前站住，悄悄拉过破布盖住了身后的面袋米袋。

另一间是他与媳妇住的，媳妇下身瘫痪，双眼近乎失明，躺在炕上度日。此时是下午两三点钟，外面阳光正好。他媳妇半躺着，一半在阳光里，一半在阴暗里。看到有人进来了，她努力想坐起来，但两条胳膊使不上劲，也就作罢了。长年待在屋里，她脸色惨白，五官似乎还有些变形，多少有些吓人。副县长问情况时，男人站在后面不说话了。她说话的声音挺好听的，也比较柔。

最后她说：都是我这身子不争气，命不好啊，自家的男人也没出息。唉，我的命好苦啊！

这时候，他说：我又怎么了？你看看这家里，我收拾得不是挺干净的嘛。

是啊，他和媳妇住的这一间，东西，包括被褥，旧是旧了些，还算干净齐整。不用说，他是怕媳妇唠叨，这才常常收拾的。厅屋，媳妇去不了，看不见，他从不打理。

一行人从屋里出来，他又贴上副县长。他长得比副县长要高，可故意低下身子，低过了副县长。说话也是低声下气的，脸上满是悲伤，说着说着，就要下跪。就在这时，两个孩子回来了。他连忙直起腰，脸上也换上高兴的表情，还有些大男人的样子。

走访组一行人出了院子往右走，这是要出村子了。在路上，副县长对众人说：这家伙有意思，在我们面前哭丧个脸，一点没个男人的样子，在自家娃面前，他还有点骨气。

村干部说：真是没招了，好吃懒做，成了精了。要不够，喂不饱。整日里东晃晃西转转，真的是游手好闲。平常话不多，只要上面来了干部，他就刚才那副模样。

扶贫干事说：我们冤死了，帮来帮去，在他家花的心思最多，下的力气最大，可从不说我们个好。你瞧瞧，上个月送的米面就在厅房里，他就是不承认。每次群众满意度调查时，他给我们打的分最低，没一句好话，想方设法说我们的不是。你看看，人长得老实巴交的，再加上说得可怜，上面来的人还真就信了。

副乡长说：就是个活宝，真想让他自生自灭。可再想想，也是怪可怜的，媳妇啥也干不了，还是拖累。他是有病，可主要是他不上进。什么招儿我们都想了，没用。

他站在门口见一行人拐弯上了大路，就从口袋里摸出一支烟，点着后，猛吸了一口，然后三步并作两步往右走。

他去继续打牌。

天天写字的流浪汉

一年四季，一件黄色的旧式军大衣不离身。一天到晚地练字。地点就在县城一家饭店一侧的大理石板上，旁边就是县城的中心大道。县城里楼层和档次都最高的饭店与一个蓬头垢面的流浪汉，自然形成强烈对比。他那安静的身影与热闹的大街，又是强烈的对比。在我眼里，他像一座孤岛，又像遗落在白天里的夜晚。

他出现在县城，应该有些时日了。再新奇的人和事，时间长了，总会走向平淡无奇。而他每天的形象都一样，从没有变化，那就更容易被人们漠视。走过的人，包括那些好奇的小孩子，眼中都没有他的存在。他沉浸在他的世界里，只是没人知道他的世界里是什么样子。

我第一次见到他时，没敢靠近他，也没敢停下脚步多看会儿。陌生所带来的恐惧，常常是巨大的。那天，我来来回回走了七八趟。

有时，我会专门去看看他。每次都是假装路过，但故意放慢步子，目光像侦察兵一样精准扫描，但又不想被他发觉。其实，我的担心是多余的。他基本上都是趴在那儿写字，聚精会神，周围再大的动静，也没法吸引他。坐实了这样的观察，有时，我会站在他的身后，悄悄看会儿。还有一次，我站到他的侧面，以最近的距离看他究竟在写什么。他面前是小学生用的那种作业本，也有白纸，还有一本小学课本，带插图和拼音的那种。他写的字，都是课本上的。他趴得很低，笔端几乎就靠着下巴，有时用铅笔，有时用圆珠笔，字写得歪歪扭扭的，但力道很足，每个字都像是刻的一般，一行一行排得还算整齐。他一直在写字，姿势没有因为我在身边而走样。我坚信，他是知道我在的。

后来，我才知道，以前写的每一张纸，他都带在身上。别看他天天写很长时间，其实一天也就写十来个字。那天，他从挎包里把他写的纸全拿出来让我看。那些纸就像他人一样，皱巴巴的，脏兮兮的，可他宝贝着呢。我一页页翻了看，许多字都是重复的，我试图找出规律，但终究没能发现什么。

我几次想和他说说话，但一直没有鼓起勇气，因为我不知道走进他的世界后，我会怎样。入冬的第一场雪中，我去了，可没见到他。这以后，我一个冬天都没有见到他。有次和民政局的人聊天，不知怎么就提到了他。民政局的人说把他送到省里定点的遣送站了，但没人知道他家在哪里，估计还在遣送站呢。

来年开春后，他又来了。

在我看到他的当天下午，我终于蹲在他对面。我递给他一支中华烟，他接过去看了看，就夹在右耳上了。他的头发如杂草一般又脏又乱，脸上布满污垢，那烟如一束光横在耳朵上。我又递上烟，这回是两支，我的意思是他还可以在左耳上夹一支，另一支可以抽的。他仍旧没说话，但明白了我的意思。我凑上前替他点烟，他没往前靠，抽了一口后，面对我坐了下来。我蹲在台阶上，他坐在平台上，他高我低，就是这样，我也看不到他的眼睛，他是故意低着头的。他偶尔会抬起头看看我，眼睛里有光，我甚至从他的眼里看到了我。眼睛，是他身上唯一清澈的。显然，他精神很正常，不是人们认为的疯子。我甚至想，他的思维比我还敏捷，只是他努力在隐藏。

我问他晚上睡在哪里，他指指远处一幢烂尾楼，还是不说话。

我说：你不愿意说话，是怕别人听出你是什么地方的人，然后把你送回去？他把抽了一半的烟掐灭了，放在课本上。然后，轻轻地点了点头。

我以为他至少年近60了，他用手势告诉我，他45岁。

我把口袋里那包烟全给了他。他没接烟，而是看着我，露出疑惑的眼神。我说：给你，我还有呢，多着呢。其实，我没有了。他接过烟，装入大衣里面的衣服的口袋，然后双手合十向我致谢。

那天，一直是我在说话，他像哑巴一样点头或做手势。我起身走的时候，他突然说了句谢谢，但我没能听出是什么地方的口音。

他那地儿，我很少走路时经过，有时坐车经过时，我会看一眼他。匆匆而过，他是静止的，可我觉得我们是互为过客。

我当然会去看他的。不过，多半是装着路过的样子，故意贴着马路边走，这样可以离他远些。我是不想被他发现，可每次他都能知道我走过。他还是趴在那儿，左手压在纸上，右手的笔按在纸上，只是头稍稍抬起侧一下向我瞄一眼，然后继续写他的字。

我平均一周会专门去会他一次。周几不固定，早中晚也不固定。固定的是，他坐在平台上，我蹲在台阶上。我也几乎不说话了，我们就面对面抽烟，如同两个相识多年的知心好友，一切尽在不言中。我说要送他衣服送他吃的，可他使劲地摇头，并举高手里的烟。有次，他从口袋里掏出一个手帕包裹的包，里面包了好几百块钱。我明白他的意思，他不缺钱，不要我买东西。

我知道，我需要这样的时刻。和他在一起，我可以忘记我在西部高原，可以忘记我在漂泊。有时，我的眼前不再是他，而是家乡村里的某位老人。有时，他又是另一个我。每到这时，我极度恍惚，但内心又无比安宁。

又到了冬天，他又从我眼前消失了。这一次是彻底消失了，直到离开临潭，我再也没见过他。

临潭三年的工作和生活，许多人和事留在我的记忆里，而且会永远清晰下去。不过，极具画面感的细节似乎不多，有些已经模糊不清。但和他在一起的情形，我一直记得很清楚，真的仿佛就是在昨天。

现在，每当想到临潭，我一定会想到他，一定会想到我们一坐一蹲默默地抽烟。他的身后是县城最好的饭店，我的身后是县城最热闹的大街。

一路向上

一

对我来说，上高原，不是旅行，而是一次突如其来的征程。

一到兰州的中川机场，我被冷漠的群山惊住了。山不高，但连绵不断。这些个头不高的汉子，长得敦实，肤色深黄或浅黄，无声中透着雄浑的力量。如海浪奔涌，浪头打在我心里，我的心情与大海中颠簸的小船一样。人们开山辟路，看似改变了大山的命运，其实一切都在大山的掌控之中。作为行路人，更是无从选择。你把山当作风景，山冷峻地指挥你前行的方向。顺坡而下，畅快之余，多少有些无奈。幸好，我感觉到了群山的某种顽皮，它们一会儿远远地待着，一会儿凑到跟前。再僵硬的态势，总有灵动的瞬间。这就是人生。我也只能以自己的方法来消解内心的不安，甚至慌张。

高速公路如同秋风一样在山谷里穿行，我在车上沉默地观望，心里算计着什么时候进入高原地带。我们总是这样，对某些重要的关口，我们既不愿意抵达，又盼望早些到来。纠结，永远伴随我们的脚步和心境。好在，我们身后的足迹，还算有序。

到王格尔塘收费站，从兰州到甘南藏族自治州合作市的高速公路画上了句号，接下来，就是省道，还有最普通的公路。天出奇地蓝，但我的心开始沉重起来。因为，这里已经是高原。

省道，路况不错，车少，路显得更加宽阔。只不过这秋风扭曲得更加随意，司机的驾驶技术又好，这车真就是弯弯绕绕打秋风。

我开始兴奋，话多了。一个人话多，并不代表心直口快，许多时候，是以语言遮蔽语言，说出来的都是无关紧要的，那些不愿为人知的，藏得更深。谈笑风生，可能是激情所致，也可能是在逃避和掩饰内心的另一种涌动。我这样的兴奋，源于我内心对高原的恐惧。司机不了解我的言外之意，劝我少说话，别大声说话，因为高原上缺氧，说话加大肺活量，更容易有高原反应。

这切中了我的要害。

二

上高原，是我人生中少有的一次意外。蓝天白云的好天气，突然暴雨倾盆。我遇上的就是这样的意外。雨水把我浇得通透，心也被打湿。呆若木鸡，这词形容我太贴切了。当然，我不会胡搅蛮缠，更不会逃跑。我当过25年兵，早养成了一种习惯，不管内心愿意不愿意，冲锋号一响，就会不顾一切地往前冲。这也是一种心态。当你改变不了外在环境时，那就改变自己，不但接受现状，而且要尽快地适应，更要在新的境况中发现和收获快乐。就像这高速公路，山再蛮横，它照样走得行云流水，像闪电一样在山中穿行，在山的重重挤压下，唱着欢快的歌。再艰难的地方，也有诗意。而且，苦难越肆意，诗意愈加浓郁。

从接到通知到出发，不到半个月时间。一切都是匆忙的，一切都是麻木的。按部就班的生活被打乱，种种的计划被击得七零八落。有些事，可以置之不理，有些计划，可以束之高阁，心情这家伙不太好伺候。如此一来，根本顾不上做相关的功课。百度了一下我所去的甘肃省甘南藏族自治州临潭县，别的没记住，记住了临潭平均海拔2825米，最高处3926米，最低处2209米。相关资料表明，海拔2500米以上，就是标准的高原。我的心里像被楔进一个钉子。唯一治疗的方法，就是不断地告诉自己，上高原的人多着呢，不都挺好的？这方法，疗效确实明显。只是我不知道，这和吃药一样，药一停，症状就会死皮赖脸地贴上来。

高原，一直在我的梦想之外。在某些夜晚，我闭紧眼睛，打开内心的隐秘，向往过登上月球、在火星上梦游，向往过像孙悟空那样有七十二变，但从没有向往过高原。也许是见过许多去过高原的人，阅读过太多有关高原反应的恐怖情节。细细一想，这些似乎又不是致命的痛点。害怕一件事情的发生，总是没有来由的，经不起多问几个为什么。我对高原敬而远之，就属于这样的心理。莫名的惧怕，杀伤力最强。明枪易躲，暗箭难防，就是这理儿。惧怕就是一支暗箭。

我对临潭最在意的就是它的海拔，尤其对我这样一个在海边长大的人。此前，海拔于我而言，只是一个没有任何意义的名词。到临潭后，海拔变成了一个左冲右突的小野兽，搞得我心神不宁。当年，我到哈尔滨时，一下火车，嘴巴、鼻孔直冒霜气，我说我看到了呼吸。到了高原，我真的听到了海拔的声音。别人问及我家乡的海拔，我总是说，我家那儿，挖个坑，就是负海拔。语气轻松，还有些调侃，可心里虚着呢。

我原本计划到临潭后，再告诉母亲我的这一次远征，但我哥哥瞒着我告诉了母亲。母亲身患重病，父亲又去世两年多，我几乎天天都在担心接到不祥的电话。母亲会照猫画虎般写自己的名字，除此以外，面对文字，用她的话说就是“睁眼瞎”。自然，母亲也就不知道甘肃，不知道临潭。但母亲知道这地儿很远很远，她的表达方式是：怎么的，这不是出国了吗？去那么遥远的地方，而且一待就是三年。我知道，接下来，泪水就会在母亲苍老的脸颊纵横。这也是我临行前没敢回去看看她老人家的原因，我害怕转身的一瞬间那撕心裂肺的痛，更担心我会不顾一切地反悔。再坚强的人，内心都有一根经不起风吹草动的神经。在这样的关键时刻，我的确触摸到我内心的虚弱。

到临潭后，我至少一周给母亲打一次电话。这成了我最揪心的事。不通话，我想母亲，母亲想我。通话，说着说着，母亲就哽咽起来。母亲的泪水在电话的那头，但能够淹没我的坚强。我每次都要经过激烈的思想斗争，下很大的决心，才会接通电话，有几次甚至在按下号码键后，又放弃了。而通话时，多数情况下，是我在说些有趣的事，呱呱地闲话不停，免得母亲接上话头，说几句就伤心不已。春节回去时，我总是竭力回避有关临潭的话题。走的那一天，母亲的泪水让我迈不开腿。

我上高原，在家的母亲情感极度缺氧。

这成了我最严重的高原反应。

三

天色渐暗。海拔在攀高，我的心在下沉。

从中川机场到临潭县城，5个多小时的路程，后面的一个多小时，飘忽在高原之上。经司机吓唬式的提醒后，我明显安分多了。不敢多说话，那就把自己想象成游客，专心观赏一路的景色。

人烟稀少，天苍苍，地茫茫，换个心情看，就是自然的美，原生态的醉。这里的山不再是光秃秃的，树不多，草不高，但绿得有层次，有曲线，仿佛一块地毯被风率性地铺开。这里的山少了些雄壮，多了些慈祥。后来，我到临潭后，发现临潭的山多半也是这样的。我总觉得这样的山像中年男人，甚至像父亲一样。只要你不去攀爬登顶，还是很心旷神怡的。在高原爬山，多半没有快感，除非你能脚下生风，不大喘气。或许你真的可以，反正我不行。有一次我花了一个多小时，沿山路或台阶上山，也就百十米高的山，结果累惨了。好家伙，真是许久没缓过劲来。想想也正常，在高原走楼梯上楼，到五楼，感觉就和在平原已经上了十层一样。高原嘛，终归是高原。高原的风景着实大气而使人感到惊艳，但要体味其独特之韵，要有一定的冒险精神，付出一些代价。老天给予我们一些，总会让我们付出一些，这也算是一种自然规律吧。

一路的草原，不辽阔，但相当精致，有韵味。常常是一片草场迎面而来，你拐弯，草场从两山之间溜走。山的背后，一如我们那些所未知的世界和情感，总是充满神秘感。我顾不上尾随那跑到山后的草地，因为牦牛来了，山羊来了。这时节的草原，开始泛黄，花草们即将重回大地的怀抱，明年的春天再鲜绿而来。牦牛不着急，显得很悠闲。牦牛款款而行，蓬松、低垂的黑色长毛，微风一吹，就像一件极漂亮的裙子。牦牛几乎不抬头，一直与青草卿卿我我。它的这种沉稳，极富绅士风度。这倒与高原的气质特别相符。高原在高处，离天最近，但很少给人以高大威猛的感觉。就像坐在墙脚晒太阳的一位老者，不起眼，没有惊人之举，靠着墙，慵懒着身子。但你千万不能小瞧他，岁月给了他太多的故事，太多的力量，太多的人生经历和体验。如果仔细打量，你会发现许多奥妙，让你在不知不觉中被震撼。高原在苍穹下千万年，看似空虚寂寞，其实有着它们自己的充实。活泼的是山羊，草地是它们的餐桌，也是游乐场。我最喜欢一只羊昂头站在那儿，像在思考，又像在注视它眼中的世界。它用羊角挑起一缕缕阳光，好像落在人间的白云。

车突然减速，不是急刹车，而是如同船靠码头一样轻缓。哦，原来前方有一群牦牛横穿马路。看得出，司机习以为常。对我而言，这可是奇观。马路已经不是我们的，是牦牛的。看似是牦牛当道，其实是我们打扰了它们的生活。面对它们，我们是真正的闯入者。它们原本在天地间自由自在，是我们占领了它们的领地，侵犯了它们的生活。岂止是牦牛，许多的野生动物、原生态的大自然，都遭受了我们的虐待。我们常常缺少真正的与动植物、与自然平等相处的情怀，更谈不上敬畏。牦牛走得从容，走得优雅。有些牦牛还抬头看看停下的车子，似乎说，现在是牦牛时间。我不知道，它们内心有没有怨恨，抬头的那一刻，是不是一种沉默的反抗。这一路上，遇上了好几次这样的情形。有点像平原地区的检查站，车辆逢站必停，接受盘问和检查。不同的是，这里的主角是牦牛，气氛也相当平和、温馨。一群牦牛像在马路上散步，偶尔还止步静立，人和车耐心而友好地等待，世界出奇地静寂、祥和。我喜欢这样的高原时间。

四

天色渐晚，我们迎来黄昏中的牧场。

甘南藏族自治州是中国十个藏族自治州之一，位于中国甘肃省西南部，地处青藏高原东北边缘与黄土高原西部过渡地段，是藏、汉文化的交汇带，亦是黄河、长江的水源涵养区和补给区，被费孝通先生称为“青藏高原的窗口”和“藏族现代化的跳板”。用我的话说，就是高原中的平原，平原里的高原。后来，我听到经典的描述：“甘南，是离内地最近的雪域高原。”这里是典型的农区与牧区的混合地域。山地、草原，基本是藏族牧民千百年来的福地。草场就和内地的庄稼地一样，分给了个人。一片草场，一群牦牛，一群羊，蓝天白云，青山绿水，人们的笑容那样质朴、天然。他们一方面享受着现代文明的红利，一方面坚守着自己的生活方式和生活节奏。我似乎看到了古朴的乡村生活。

山坡下的草场，夕阳如碎金，给大地上铺上一片金黄。房子一如牧民般敦厚，灰白色的石头墙，黑色的钢瓦，木质的围栏，闪烁着岁月的光泽。司机告诉我，这是牧民放牧的临时住处，在集中居住的村子里，还有更好的住宅。围栏前，一位卓玛正在忙碌，身上的藏式服饰，黑的凝重，红的跳跃，黄的安详。她身边，还停着一辆摩托车，大红色的。古典与现代，就在不经意间融为一体。在房子和山之间，有经幡。微风中，经幡像僧人在打坐，在诵经。印有佛陀教言和鸟兽图案的蓝白红绿黄五色方块布一块紧接一块地缝在长绳上，中间竖起一根高高的经杆，经幡从经杆顶端斜下固定于地上，就像在大地上支起了一把撑开的伞。因为经幡的意义很明确，不是为了美化环境，而是祈求福运隆昌，消灾灭殃。虽说如此，经幡还是成了高原上独特的极具魅力的风景。经晚霞渲染，经幡既庄重，又梦幻。山坡上，牛、羊缓缓而下，一条黑色的河流，一条白色的河流，山似乎也跟着在走动。这一切，有我说不清的意象，想不透的神秘感。没有牛羊，没有经幡，高原是凝固的，牛羊和经幡鲜活了高原的灵气。远处山顶上的插箭隐约可见，这是一种古老、原始的自然崇拜现象，箭代表着山神保卫村落的武器。此时，神箭像古老的骑士立于霞光云雾之中，仿佛从历史深处向我们走来。我得承认，如此唯美的画面，我几乎从没有真切见过，第一次有如此强烈的在场感。这一刻，我竟然想起了故乡的小村庄、河边的芦苇，以及门前屋后的那些树。

绕过一座山，满眼的枯黄，大地似乎刚经历了一次大逃亡。司机告诉我，这里是油菜种植地。哦，油菜花已经绚烂过，留在了土地的记忆里。想想，漫山遍野的油菜花，那是怎样的气势，怎样的令人陶醉！我赶忙证实，这里的油菜花是不是和我家乡的一样。得到肯定的回答后，远去的油菜花扑进我的脑海。真好，来年，我一定要走进油菜地里，与油菜花厮守一段时光，来一次想象中的回乡之旅。有了这份期待，我对高原的恐惧一下子少了许多。人生就是这样，活好当下，坚实地站在大地上，怀揣期待，张开翅膀，随梦想飞翔。看得出，这里的油菜地，地带开阔，错落有致，起伏有度；那爬上山坡的，既壮观又俏皮。我家乡的油菜花景观，属于小家碧玉，雅致甜美。这高原上的油菜花，大气磅礴，在天地间铺陈粗犷之美。我照着山形地势，想象油菜花纵情绽放的场景。

五

车外，天基本黑了，车灯让黑暗更加黑暗。也不知从什么时候起，我们几个人都不说话了。此时，我们像在深海中游动的鱼，黑暗就是那深不可测的海水。

我来时，带了两本书，一本关于甘南，另一本关于临潭，在飞机上粗略翻了翻，突击性地补了点小功课。黑灯瞎火的，看书，不可能，那我回味回味吧。试了一下，做不到，没有心思。我取出耳机听了几分钟音乐，还是放弃这种调节心情的方式。安抚心绪，音乐历来不是我的菜。那好吧，我主动出击整理内心的不安。已经在高原上一个多小时了，我一直如同中医把脉一样寻找我生理的不适。没有，一点都没有。这应该可以说明，高原没有扰乱我的身体机能。我高中练了三年中长跑和散打，到部队后又接受过数年高强度的军事训练，不会轻易被高原找到可乘之机的。有一年，我去云南丽江的玉龙雪山，一路小跑式登上了海拔4050米的地方，几乎没有任何不适之感。同去的一位朋友，半路上就头晕，大喘气，腿重如铅。现在我知道，他是有高原反应了。三四年前，我从九寨沟上黄龙，途中有人叫卖红景天等药物，说是黄龙海拔四五千米，人在那里会有高原反应的。我心里有些小紧张，但也是说说笑笑跑跑跳跳，就把黄龙游了个上下。临潭怎么了，海拔才2800米左右，不算个事儿。还有寒冷，那更不是问题。我在黑龙江待过两年多，在北极村、呼伦贝尔这样有名的极寒地方，曾经生活过一至两个月。

车依然在摇晃，我的心归于平静。但凡遇到事，碰到让我心神不安的情况，我习惯自我疗治，在心理上说服自己。对我而言，这一招相当管用，屡试不爽。有时，想想，还真有些佩服自己这方面的奇妙。我想，这一回我又一次自我松绑了。

窗外，偶尔有灯光，就像星星在闪烁。天空没有月亮，没有星星。这样一来，高原与天合为一体。我们是那为数不多的夜行人。

六

前面是个岔路口，司机说进县城了，车就拐进了一条小路。路窄得也就勉强能够两车交会。两旁的树挺高，像欢迎的队伍。这路，在我的家乡，也就是村道。下坡、转弯，转弯、下坡，山谷里现出灯光。一座小城，小得如同一枚烛光。城里的主干道，还没有我老家镇里的宽。高楼没几座，街面的店铺多半很陈旧。这很像二三十年前内地的小镇。司机说：这已经不错了，四五年前，这里就跟个村子似的。

礼节性地吃过饭，我进了房间。给亲人们报了平安后，打开电脑，摊开书本，进入我日常的独处空间。我习惯把一个封闭的房间与我的身心合为一体。无论在什么地方，只要关上门，坐在电脑前，或捧起一本书，我就觉得在哪儿都是一样的。没过多久，我心中已经没有高原，仿佛还是在北京的家中。

有人说，高原反应的第一板斧就是让人睡不着，或睡不踏实。这我一点也不担心。我是一个在任何时候任何地方都能倒头就睡的人，属于那种天生缺觉，起床永远需要闹钟的瞌睡虫。

这一夜，我当然睡得不错。有一小小的变化——梦多了。梦中，处处是高原的气息。我在梦中建构了一座高原，想来，这样的建构，有我一路所遇见的，有从书本文字转化而来的，有影视中的画面切分嫁接的，也有我的想象和期待。我做梦一向天马行空，杂乱无章，这晚的梦居然特别有条理，逻辑性很强，充满生活的真实质感。

早上，我拉开窗帘，阳光别样清纯。小城起得比我早，行人不多，车不多。小城的悠闲和安静，让我很舒服。

我住的房间在七楼，比对面的山还高。

嗬，我这是在高原的高处啊！

重逢

一

如不假思索，我总以为我第一次到冶力关坐的是船。

冶木河穿过冶力关镇，带着大山里的寂静汇入日夜骚动的洮河。以前这条河常用于从山里运木材，故有此名。近些年水小了，加之禁伐，当然也与路好了车多了有关，冶木河里早已没有“木”，也没有船了。在冶力关，我只在冶海见过而且坐过船，有花船式的游船，也有快艇。冶海是封闭的堰塞湖，这与我认为坐船到冶力关毫无关系。那里的船只负责承载娱乐、撞击浪花，而我心中真正的船，是漂泊者的躯体。

稍稍梳理一下记忆，我就明白这是幻觉。但不能深思，否则，记忆深处的某些东西会彻底打败曾经的真实。那些从指尖滑去的岁月，渐行渐远，真实感也随之淡化。许多人和事，就这样消失得无影无踪，仿佛从未出现。而我们之于别人，同样如此。

从临潭县城去冶力关，最近的路，也是最险要之途。在海拔3000多米的山间，以心率测量海拔和山路的陡坡急弯。荒野一般的群山，如一头头随时要扑上来撕咬的野兽。人坐在车上，就像坐在被汹涌波涛随意把玩的小船上。即使不担心翻车什么的，海拔的高高低低，也让人头昏脑涨胸口发闷。都说紧张时，做做深呼吸，能缓解生理和心理的双重紧张。可在三四千米的高原上，越是深呼吸，越是感觉氧气不够。总算走进森林，路没刚才惊险，海拔也如流水一般下降，我紧张的心绪渐渐放松下来，生出回家的感觉。路尽头的最低处，就是冶力关。这里海拔仅2200米，在临潭县是最低的。还有一条路是经过羊沙乡的，由爬黄涧子替换成翻大岭山，区别只在于前半程在一座又一座山的脚下绕来绕去，不再那么惊险。

从临潭县城经合作市去冶力关，会经过美仁草原。美仁草原属于高原草甸型草原，忽略3600多米的海拔，这里的风景万分醉人。当然，海拔是无法忽略的，正因为高海拔，美仁草原才有了独特的神奇和美妙。面对美景，我心跳加快，只是不知道是愉悦带来的激动，还是高海拔作用下的反应，或许二者都有。美仁草原两边的山很远，仿佛在低调地守护草原。往前走，山向中间挤来，直路变弯路，豁然开朗时，就到了冶力关。

从兰州到冶力关，在临洮下高速公路后，便在村庄里穿行。远处有山，并不高，山中的一个个乡村，没有太多的山村风貌，倒像中原地区的村庄。山很温厚，仿佛只是为了给大地增添一些层次感。说是山，多半似土丘，且常呈馒头状，柔和沉稳。稍稍将目光抛高些，这些山更像是偌大的土包，连绵不断的庄稼仿佛在低声轻语。有树的地方，尤其是有不少树的地方，树成群的是村庄，树成列的是山路。经过一个水库，经过一段峡谷，深深的峡谷，让这里的山显得更高大更陡峭。进入真正意义的群山之中，便抵达冶力关了。

连绵不断的高山，一望无际的草原，鸡鸣犬吠的村庄，三条路，三种意境，汇入冶力关这座高原低处的小镇。殊途同归，在这里得到最好的阐释。

二

据史料记载，“冶力关”的称谓，可追溯到公元400~432年（东晋南北朝时期）。早先，这里曾是吐谷浑（246~317）之孙冶利部落的领地。冶利之兄冶延即位后，封其弟冶利为搏虏将军，其帐下部落驻扎在白石山一带游牧狩猎，后逐渐定居于此。冶利部落最盛时有峡内上冶三部和峡外下冶四部，统称冶力七部。1368年，在河州、洮州、岷州等卫设立榷场，以马易茶，此地随之被开辟为茶马交易的古道关隘，始称冶门峡，又在大岭山、八角山一带连设数道关卡，查验过往茶队。关街一带渐被官军和商户开辟为集市，始有少量汉族定居，自称为关里。二者合一，冶力关之名逐渐形成。

同样是史料，《甘肃省临潭县地名志》中介绍，冶力关由“野林关”演变而来。而“野林关”相传是野外森林和关隘组合得名的。在中华人民共和国成立初期也有过“冶泥关”和“冶林关”的书写和称呼。《洮州厅志》载为“冶泥关”，倒是藏语关于治泥关的称呼“拱郎囊”，没有争议。

我没有钻进故纸堆里查找冶力关的前世，只在现实中感受其今生。有意思的是，现如今多数人更倾向于由冶利部落而来的冶力关。一个地名两种出处，一个源于人，一个源于物。可能性比较大的是，这只是历史时间线上的两个节点。对于冶利部落而言，这地方是家园，而到了明朝来此驻扎的外地人，想得更多的是这里天高地远。如今小镇的人们早已与大自然亲密相处，对所谓的“野林”熟悉得如自家的小院。在整个冶力关，除了“野林关大酒店”这招牌，有关野林关的存在似乎已经无可奈何地隐入历史。每次走过

“野林关大酒店”那大大的招牌，我总能感受到某种倔强。

从热闹的广场，只需一个拐弯，便可见新城堡。这是冶力关众多堡子中最为重要的一个。在洮州诸堡中，新城堡被称为“拱卫洮州第一堡”，其有记载的历史可追溯至唐代。当年，如果贼寇欲攻取洮州府新城，必先攻取新城堡。如此重要的军事设施以及千百年的刀光剑影，已淡入历史深处。我登上城墙，左边的山为“十里睡佛”，也称“将军睡千年”，右边可见广场上悠然休闲的人们，新城堡成为一种隐喻，又是一种言不可尽的明示。有些城墙已经被修缮，而我喜欢注视那些如老人脸庞一样的破旧部分。没有了砖，只有裸露的土块，野草萋萋，另一种生命力在此重生，一年又一年。

时间是下午三四点钟，堡子里人很少。城门不远处，几位老人坐在墙根，表情从容，多数时间是各自的目光投向各处，如同老城墙一般缄默。偶尔的偶尔，谁和谁说上的一句话，也会迅速淹没在巨大的沉默里。或许，他们不再需要眼神的交流，也不再需要过多的言语掺杂其中，岁月已经将他们紧紧联系在一起，过多的交流反而会显得生分。我上前打听有关堡子的历史，其实更多的是想听听他们口中的新城堡。一位老人看了看我，说：肯定有故事啊，时间太久了，记不住了。另一位老人说：真要想知道，去书里查啊，现在这里就是个庄子。还有一位老人似乎从口音听出我是外地人，也看到了我浅浅的失望神情，笑着对我说：这堡子的年头太长太长了，我们说不好的，只知道过去这仗今天打过来明天打过去，现在太平了，不去想那些年月的事了。

有意思的是，堡子离镇中心广场几步远，但这里现在是个村子，名为堡子村。我在堡子里走过来转过去，每家每户独门独院，门楣上有对联有哈达，也有藏式的木雕刻。我寻觅不到历史的身影，可历史的气息又时刻萦绕着我。一条小巷的前面，没有路了，一户人家横在眼前，实木的大门，院墙贴着白白的瓷砖，里面屋子门窗上的铝合金亮得晃眼，越过房顶的红瓦，隐于野草中的土城墙像慈善的老人，又如顽皮的孩童。一座民宅一道土城墙，历史在这里交汇，文化在这里聚合。

就在这时，远处传来歌声。这是洮州花儿。以临潭为中心的一片区域古称洮州，在这里产生了集西部风情与江淮意韵于一体的洮州花儿。冶力关附近莲花山上的花儿会，已经延续数百年。我知道，到傍晚了，又有洮州花儿的爱好者在纵情放歌。他们有的身着尕娘娘的服饰，有的则是现代人的打扮，旋律的韵味有着历史的积淀，而许多歌词又是现编的，极富时代感。围观的，有来自四面八方的游客，也有小镇上的居民。有些居民，听着听着，就跟着哼唱起来，兴致高的，干脆走出人群，成为引人注目的演唱者。到了晚上，冶力关的中心广场会有文艺表演，以藏族歌舞为主，一展高原迷人之风。河对岸的莲花广场上，洮州花儿缠绵悠扬。河里倒映着大山和灯光，天上和人间流动在一起。

我走出堡子，走向广场，走进洮州花儿里。我不知道，这时的我，是离现实近些，还是离历史更近些。或许，冶木河日夜不息的水声可以为我作答。

三

历史在久远的岁月里，又在我们当下的日常里。大自然的山水养育了我们，我们又将文化的、精神的某些元素安放于山水之间，成为文明的载体和记忆的依据。而对于山水乃至物体的命名，则浓缩了巨大的张力。

冶力关的冶海，便是极好的例证。冶海，或冶海天池，是汉族人的命名。南北朝时，北魏太武帝太平真君四年（443）置水池县，便与冶海有关。藏族人称之为阿玛周错，汉语之意是母亲湖。冶力关是当年汉区进入藏区的重要门户，阿玛周错是安多藏区的三大圣湖之一，是藏族人过冶力关必来之地。直至如今，仍常有藏族百姓和喇嘛来此朝拜。每次去冶海，我都能见到着盛装的藏族百姓，他们或由喇嘛领队人数众多，或三五成群，也有独自一人的。有的是慕名第一次来，有的一年会来上好几回。经幡飘飞，煨桑之烟缭绕，抛撒的“龙达”在空中，在树木上，在草丛里，那些沉于水中的五谷袋，是敬奉湖神的礼物，也是真诚的祈祷。

回族百姓对冶海的命名，则与明朝大将常遇春有关。在临潭，有信奉龙神之俗。龙神均为明朝十八位王侯将领，称十八龙神，散居不同地方的庙宇，男性叫“龙王”，女性一般叫“娘娘”，临潭人通称为湫神。常遇春为敕封总督三边常山盖国都大龙王，其庙就在冶海后面的庙花山上。常遇春是回民，被回族百姓尊称为常爷，他的庙名为常爷庙，而冶海自然也就被叫作常爷池。

后来当地百姓出于风水的考虑，在池沟新建了一座常遇春的庙，取名常山庙，当然在人们的日常话语中，仍称常爷庙。史料记载，1943年卓尼水磨川寺活佛金巴加木措（人称肋巴佛）组织了“草登草畦”（七部落组织），于3月28日齐集冶力关池沟常爷庙，杀牲祭旗后，在冶力关泉滩召开誓师大会，参加起义的有汉、藏、回、土等各族贫苦群众2000多人。起义军在肋巴佛（司令）的带领下，攻打了临潭县城新城，打开监狱释放犯人，开仓救济贫苦百姓，后与陇南各地起义军会师。“肋巴佛以宗教领袖活佛的身份，高举义旗，率领藏汉僧俗群众反抗国民党暴政，后又加入中国共产党，这在我国现代史上是很少见的。”以汉风为主的庙里供着回族大将，藏族的活佛在此起事，这本身就具有传奇意味。之于他们，常遇春是历史上的真实人物，也是他们心中共同的英雄和神。我们难以还原当年他们祭旗仪式的细节，但可以想见，一定是汲取各民族的风俗精华聚合为同一个信念，他们的目光和心跳都凝结在那片鲜红的旗帜上。

庙的建筑基本上是明代的庙宇风格，门楼融合了藏汉之风，精致的木雕上，花绽放，鸟飞翔，黄色和白色的哈达挂在铜锁上。看得出，这庙又重建过，但步入其中，微小之地，仍能感受到岁月的悠远与宏大。现在许多地方，都在某些历史遗址上修建仿古建筑，还原某些场景，修复某些记忆。这其中，修旧如旧，是共同的思路。如果远离市场功利，以回到历史现场之心之艺的重修，确实可以延续我们的精神内容。许多时候，我们走进这些地方，或许不仅是借助物化的标志来唤醒那些或沉睡或麻木的心念和情怀，也需要倚仗某些氛围来净化、平和心境，让我们得以停下脚步，回到灵魂深处。

这座庙坐落在冶力关镇到池沟村的路上，两边高山相峙，虽然有一条水泥路，时有车辆经过，但依然能感受到浓郁的山野之气。这如同我们的许多历史以及历史积淀的文化和精神，有朴真，无聒噪，常被我们忽略，但终究是我们生命里不可或缺的。庙前有座桥，桥下是从冶海而来的水，一直流下去，经过小镇的许多地方，直至汇入冶木河。冶海，是小镇的重要水源地，这水，是生命之水，也该是文化之水，精神之水。

好几次，我从这里徒步去小镇。贴着路边走，左手是急缓不定的冶海之水，然后是庄稼地，然后是山。右手是大路，大货车、小汽车、马车，不多，但也不少。手提相机的游客，肩扛锄头的农家人，常常走在一起。再往左，自然也是山，放眼望去，我总不分清山坡上哪儿是阳光哪儿是羊群。走着走着，路两旁的房子多了起来，不变的是水流。走上一会儿，我就会被这水流挡住脚步，或者站在那儿，或者蹲下来，听水声，看水中的小草、小石子和蓝天白云。此前，我一直认为蓝天的美和云的奇幻一定是在乡下，在旷野，与城市无缘。可在冶力关，我发现我错了。往往，在小镇中心仰望，天空时而绮丽，时而神奇，那些变幻的云，超乎我的想象，超过了人间的繁华与奇妙。

最初的目的地是小镇，可走着走着，就丢失了目标。我不需要终点，一直在路上，才是我向往的人生。

我不知道何时算是进入了小镇，因为我确实难以界定。

四

小城镇，大村庄，这几乎是中国小镇的共性。至今我们还是习惯说乡镇，乡是乡村的乡，镇是城镇的镇。小镇上的气息，是奇妙的。这里通向广阔的世界，又可安放纯朴的乡愁。这里是真正意义上的城乡接合部，既传承了乡村的质朴，又浸染了城市的现代感。小街，如同小河那样充满生机，缓缓流动，温柔了我们的脚步。我们的心跳像琴弦上跳跃的音符，西装革履、短裙旗袍，不扎眼；旧衣布衫，一副农家人的打扮，依然亲切。商场里，现代化、智能化的家用电器，与城里同步的服装鞋帽，比比皆是。紧挨商场的，可能就有一家竹器铺，地上墙上处处是竹篓竹篮竹筛竹耙件。一位老者，或许是一位中年汉子，坐在其中，时而小刀如鱼儿游，时而竹片在指间似鸟儿翻飞。无论是生活还是文化，小镇常常就是连接乡村与城市的一座桥。也许还像我们这些人，在乡村长大，而后到城里谋生，不完全属于乡村或城市，又与城市和乡村都有着千丝万缕的联系。

山中小镇冶力关，在高原上的深山里，小巧精致，其实远不止如此这般。

甘肃省临潭县地处青藏高原东北边缘，是农区与牧区、藏区与汉区的接合部。在临潭县最北部的冶力关镇，最丰富地体现了这两种极致之间的过渡。这样的过渡，可以说是从地理到人文全方位的过渡。过渡，是一种极为奇妙的状态，一切在这里得以呈现，水乳交融，你中有我，我中有你。个性自然地张扬，众多异样的个性，汇聚共生为另一种个性。

冶力关素有“生态大观园，山水冶力关”之美誉，在我看来，“地质大观园，高原小江南”这一比喻，似乎更为贴切。这里有浩荡高原的气魄，也有飘逸江南的风韵；这里可以领略雪域高原的神秘，也可以寄放内地游子的乡愁。

硬朗、辽阔的高原之中，竟然有清秀、俊逸的冶力关，就像一朵小花卧于高大粗犷、孔武有力的西部汉子的掌心间。这花是格桑花，也是江南烟雨之中的桃花。

远处雪山安坐，近处小桥流水。行走于街道，人群里有西装革履的，有一身运动休闲装的，有着明代尕娘娘服饰的，有一身藏袍的，还有头巾紧裹的穆斯林妇女。他们就生活在这里，自己的日常生活，成为外来者惊叹的风景。

小镇的路很宽，广场很大，但其中的生活又相当密实，如同一枚放大的树叶，纹路纤细，细腻之感随处可遇。小镇确实是小，被群山相拥，紧依想象与现实共存的大森林，显得更加袖珍。人们的脚步欢快而轻盈，笑容如同飘逸的云朵，但在这轻快之中，厚重又如影随形。刚步入森林，小巧的木屋，朴素的玛尼堆，应和着风语的经幡，以及那些可爱的野生动物，撩拨着休闲者的心绪。再往里走，人迹稀罕，神秘渐渐浸染周身，生命中的古老元素源源不断地鲜活起来。小镇不远处的赤壁幽谷，在地下沉睡千万年的岩石钻出地面，又历经千万年的风霜雨雪，不由得让人的目光和思考凝重起来。冶海的水很清澈，很灵动，万年前的地质运动就这样缓缓来到我们面前，岸边岩石上的那些古化石，沉默地言说沧海桑田。

小镇的小，时常令人始料不及。短短巷子的尽头，可能是一条河，也可能是一片树林，还可能已经悄然踏上了上山的路。这是一座仿江淮风格的民宅，隔壁一家是地道的藏式民居，内部装饰古朴，处处尽显民族风。这是家，也是农家乐。门前是一条水泥路，人来车往，与繁华无关，但也是人生之路的映象。一条小河与路相依而行，水声不断，一直保持着如时钟一般的节奏。有些急促的水声，反而缓慢我们的脚步和心跳。快与慢，在这里竟如此和谐地共处，时间的寓言，只有声响，没有言语。而民宅的后面紧贴着山，山坡不陡，树木低矮，一匹被拴着的马，一群羊或低头啃草，或抬头嚼草。另一处民宅门前同样有路有河，屋后可能就是一片偌大的庄稼地，油菜花正盛开，或者青稞已经挂满穗，有人在做农活，有人在游玩拍照。这里是小镇，也是村庄，更是大自然的一部分。

人们常说，从乡村走向城市，或从城市回到乡村，路是漫长的。而在冶力关，只需一个简单的转身，甚至将目光稍稍抬起或落下，就能看到这种转换。每到这时，我总是有些恍惚，感觉时而在城里，时而置身我心头的村庄，时而又在陌生的山中之地。在这样的地方，不需要故事，我们就是故事本身；在这样的时候，我们不需要寻找诗意，因为我们已经成为诗意的一部分。

五

高高的牌楼下，一位老太太摆开地摊，面前全是自家上山入林采的野菜。在冶力关的街头和去景点的沿途，时常会遇见这样的小摊。就地摆上，或者支张小桌，稍正式的，用两个板凳架起一块木板。野菜的品种不少，但数量都不是很多。摊子的主人，男女老少都有，基本上都是十里八乡的本地人。他们很实在，会告诉你哪些是自家采的，哪些是从别人家收来或者从批发点进的货。放在显眼处的，一定是他们自家采的。

老人的装束很有意思，一双白色轻型底的旅游鞋，黑裤红上衣，左手戴银钏，右手戴砗磲圈，这是藏族人的习惯，而头上包的白底蓝花的毛巾，则是明显的江淮遗风。她面前的野菜分成了两部分，一部分是晒干的，一部分是当天刚采下的，全都干干净净，清清爽爽。有些野菜就散堆着，有些则扎成了一把，齐齐整整的。那些新鲜的野菜，确实新鲜，似乎还在森林草地的梦里，散发着神秘又平和的气息。“时绕麦田求野荠，强为僧舍煮山羹”，在诗人苏东坡笔下，吃野菜远不是饱口福，而是一种与大自然亲近，为日常生活平添好心情的野趣。我的老家在江苏，野菜也是有的，但就那么几种。而到了冶力关，野菜的丰富让我惊讶，大部分的野菜我叫不出名字，所以虚心请教。而老人说出的名字都是本地的叫法，我听不出个所以然来。尽管如此，我还是蹲在那儿，手指一堆又一堆野菜，老人不急不忙地试图用普通话回答我。其实我的普通话相当差，掺杂其中的家乡口音浓重且执着。此时，特别有意思，我与老人都在竭力向普通话靠近，但话里的家乡味总褪不尽，是想让对方听懂，又是表达一份尊重。有一刻，我在想，我们就像两棵野菜在冶力关的街头相遇。我一直认为我自己就是一棵野菜，或者说，我总把自己想象成野菜，尽管我不知道究竟是为什么。我一直不满意我的家乡式普通话，但我喜欢听家乡话，尤其是在远离家乡之时。老人词语里的山野之韵是我喜欢的，就如同我喜欢这样的相遇。老人一会儿拿起一棵干野菜，一会儿打开一把新鲜的野菜，像是在对我讲解，又像在抚摸自己的孩子。我相信，老人一定看出来了，我只是一个闲逛之人，根本没打算买她的野菜。一问一答间，我们更像聊家常。是的，我小的时候，时常就这样和爷爷拉呱。多年以后，我们说了些什么，我全然记不住，但一老一小在树下，在墙根，在河边，在草垛旁，这些画面，我记得一清二楚。只是那时，我不会蹲着，全是坐在地上，不会好端端坐着的，要么后仰身子，要么半趴在地上。

边上有两个孩子，都是不到10岁的男孩，估计是老人的孙子。大一点的在玩滑板，闪转腾挪，花式真不少，功夫显然也不错。小一点的不太专注，一会儿趴在地上，鼓起腮帮子吹纸包；一会儿又走进不远处的花坛里，想抓那只七彩的蝴蝶。蝴蝶飞走了，他就玩起了泥巴，捧把水和泥，忙得屁颠屁颠的。我看了好一会儿，都没看出他是在堆墙还是做小人。他倒好，时而凝神静气地搓啊捏，时而又对着泥块哈哈大笑。

老人见我蹲得太久，就把她坐的小木凳让给我，我说：不要的，蹲着舒服，真的。我是想席地而坐的，只是没好意思。其实我更想做的，是和小男孩一起玩泥巴。我举起相机想拍下这小男孩，不料他先是露出惊恐的神情，然后一下子跑开，躲到了老人的背后。呵呵，一个害羞的小男孩。就在这时，不远处，同样是一个不到10岁的小男孩赶着一群羊路过，左手的羊鞭下意识地晃动，右手的汉堡已被咬了一大半。这个孩子，我以前在他的小学里见过。那天，学校的美术室里，他正在画画。画的是国画，一幅冶力关的山水图，我去的时候，他已开始落款。画的画有些稚嫩，因为这样的稚嫩，使得画面倒像未经人类涉足的一片野地，毛笔字也处于初学阶段，歪歪扭扭的，可他很自信也很陶醉。当脑子里的场景和眼前的场景不断来回闪现时，我有些不确定我遇到的是同一个孩子。没关系，这里的孩子多半是这样，面容朴素，模样有小城的时尚之风，又有村庄的乡野之气。

我走开后，老人又拿起做了一半的鞋垫开始绣花，那是一朵正在绽放的荷花。在临潭，汉、回、藏族姑娘自小就要学习刺绣（俗称“扎花儿”）技艺，学描花样子。刺绣的部位多在幼童帽子、围裙、肚兜、鞋面，以及枕顶、枕边、针插、荷包等处，还按各自的需求用在缠腰、腰带、坎肩、鞋尖、鞋垫、袜底、耳套、门帘、被单、壁挂、苫巾等处。洮绣艺术是农耕文化与游牧文化共生共进的典型产物，也是江淮文化和古洮州文化结合的产物，它的题材和内容都是为适应农民和牧民生活习俗的特点而产生的，具有浓厚的乡土气息和地方特色。现在这样的绣品，尤其是鞋垫、荷包等已走出庭院，被四面八方来的游客带去四面八方。

六

每次到小镇来，我都喜欢独自转一转，就像我喜欢独自旅游行走，就像我回到故乡的村庄时，总会先独自在村里走一会儿，避开远处走来的熟人。这样的独自，让我感觉自己不是回到了自我，而是走进了更为宽广的世界。没有孤独，有的只是无处不在的丰盈。

来到冶力关这座小镇，时常会迷失，恰如我们在外漂泊太久，怀揣沉甸甸的乡愁回到故乡时的迷失。对陌生充满好奇，瞬间又可以亲切起来，而那些熟悉的，则被我们抛于半空中，可以思念和回味，却无法真切地抚摸。这山中小镇，仿佛在尘世之外，又竟然可以成为所有人的故乡。

无法真切地描述冶力关，它在我们梦里，也在我们身边。亲密相处的呼吸和连绵不断的思念，居然同时融入这座小镇的悠悠时光中。

冶力关镇就像一条河，是山中隐秘的溪流，也是我们家乡门前的那条河。

海拔

醒来，像往常一样。无须看表，亦知此时凌晨4点左右。窗外夜色依旧，房间漆黑。我像是被这浓浓的黑挤醒了一样，头脑介于清醒与混沌之间。躺着，无一丝睡意；倘若坐起来看书，不消几分钟，便会困得不行；再躺下，精神又足了。有关资料说，这是“高原性失眠”。据说凌晨4点左右，氧气最稀薄。关于这一点，我没有在理论上进行考证，但身体告诉我，自来到高原，这个时候的睡眠最脆弱。没有特别的感觉，就是睡不着。晚间入睡，也是一件困难的事。一夜下来，真正睡实也就三四个小时。我历来以“躺倒就能睡着，没有闹钟不醒”自得，现在高原没收了我为数不多的得意之一。我知道，这是看不见的“海拔”在骚扰我。

很久以来，海拔一直与我的生活无关，就连“海拔”这个词语也根本不在我的词典里。到高原前，偶尔遇见海拔多少多少米，也只是一组没有感觉的数字而已。那些有关高原的种种文字或言语，瞬间会在心里荡起波澜，但转眼便会散去。巨大的想象力，逼真的感同身受，如若没有亲身体验，终究不会抵达完全的真相，再深的感受也是肤浅的。许多事情就是如此，未能身在其中，就无法真正品出其中味。

有一年在云南丽江，和几个朋友一起登玉龙雪山，我几乎是一路小跑向上，而其他几个朋友到半路就都说头晕胸闷腿软，陆续停了下来。我一直到了刻有海拔4050米的石头前，上面无路了，才作罢。爬玉龙雪山确实比爬任何山都累，我一手撑着石头，着实喘了好一阵子。那时，我根本没有去想高海拔这个事，那“4050米”，是在石头上刻下，再涂上鲜红色彩的。数字醒目，但没能让我敬畏。

那时候，我还年轻，把一切都不放在眼里。若干年后，早过生猛年纪的我来到高原，想想才有些后怕。年轻时的无所畏惧，天不怕地不怕，身体是一个重要的原因，但多半是因为见识浅，所谓无知者无畏。在我看来，心理总是要比身体年轻。年纪大了，总是先由身体发出信号。比如体力不如从前，灵活性差了。许多动作，以前随随便便就来一个，现在心里想着是小意思，可一动起来，哪儿都不得劲。有那么几次下来，才意识到自己确实不年轻了。

来临潭的第一个冬天，一场大雪下了整整一个晚上。第二天早上，我从楼里出来，准备去食堂吃早餐。这楼的台阶铺着抛过光的人造大理石板，上覆雪，下卧冰。我试了几下，感觉特别滑，便打算知难而退，不去吃早餐。再一想，不就是滑嘛，小心点就行，可不能就这么被吓住。但我终究未能有勇气正面征服那八九级台阶，只得用手扒着花坛墙，以半蹲的姿势从边上抖抖索索着下去。这半蹲的姿势，离爬也不远了。事实上，我也做好了脚下打滑时双手撑地的打算。到了平地，我没敢直接穿过广场，而是绕回到门对面的盲道。这段路也就10多米，我却走了好几分钟。全神贯注，眼睛始终盯着脚尖，每一步都是轻轻抬起脚，轻轻地以全脚底正面踩到雪上。那份紧张，难以准确表达，幸好没吓出汗。类似的画面，我见过许多次，以前总觉得可笑。真没想到，这次轮到我行可笑之举。这哪是从前的我？从前，我就喜欢下雪结冰，因为可以滑行。根本不怕摔跟头，即使是摔了，爬起来后也若无其事。真的，从那一刻起，我才相信了年纪不饶人。看来，心态再好，其效果也是有限的。到了一定的时候，身体总会扯心态的后腿。

有些想法，我们无知无觉，但一直潜伏于内心深处，处于引而不发的状态。我喜欢自然山水，向往到许多地方走一走看一看，也知道西藏的美与神圣，但去西藏是我唯一没动过的念头。直到得知非得去甘南高原，我才意识到，原来我一直对高原怀有恐惧，对海拔的敬畏早就幽居在我心底的某个角落。

原来我对高原的海拔有着恐惧式的敏感。这样的敏感，无时不在，就像当年父亲关心我每一次考试的分数一样，就像一个高血压的人在意自己的血压指数一样。祖祖辈辈在高原长大的当地人，认为我的敏感太过了。然而，他们又很关心我在高原的感受，提醒我不要进行大运动量的活动。初次相遇的人，得知我从内地来，都会问我有没有高原反应，适应不适应。在与他们日常的交谈中，有关高原的话题也会时常闪现。看来，不管怎么样，高原总是与他们在一起的。

临潭县城所在地的海拔在2650米到2850米之间。之所以有如此大的数字落差，是因为到目前为止，几乎每个人都有根有据、十分确定自己说的数字是最权威的。就以最高的2850米来说，与3000多米4000多米的海拔比起来，真的不算高。谈及高原，人们总会认为至少四五千米的海拔，这还不到3000米，根本不能当个事。一些去过西藏的朋友也安慰我，临潭所处的高原，也就是稍微高了一点的平原，别紧张过度。

如果我不来高原，我更会认为这不到3000米的海拔，根本谈不上是高原。人就是这样，所谓的感同身受，所谓的换位思考，其实都是做不到的。一次战争，死亡一万人，我们很震撼，但我们永远无法体会到一个生命在战火中对生与死的感受——永远做不到。想象终究是想象，无法取代个体的真切体验。

海拔高低，只是高原的外在指数。如果没有高原反应，那么海拔高低似乎就是虚无的存在。虽然我极度惧怕高原，但我没有任何的高原反应。有一天，我无意中发现条状的速溶咖啡鼓胀得如棍棒一样硬，想到五脏六腑来到这样一个不同气压的环境，也会有咖啡这样的遭遇，心里还是颤抖的。虽没有任何不适应，但高原还是暗自给了我一点颜色。三个月下来，我两鬓有了白发。

在高原上，不去想海拔，眼前的一切，无从显示高原的存在。

高原在哪？高原在我的身体里。所不同的是，身体不一定告诉我高原的存在，但灵魂会不时地提醒，我在高原。

不可知的恐惧，才是真正的恐惧。高原的诡异之处在于，无法确定什么样的人会有高原反应。有没有高原反应，似乎与年龄、性别、身体状况等因素毫无关系。高原，具有幽灵的某些特性。而且，我坚定地认为，不管有没有高原反应，高原对人的伤害一直存在。区别只在于强度。有些伤害是立马显现，有些则会隐伏很长时间。

有位来过临潭并逗留了一周左右的朋友说，什么高原啊，纯粹唬人的，一点不适感都没有。

我没有朋友那么松弛，一直没有放松警惕。基本属于摸着石头过河的姿态，注意观察和体验。当地人时常提醒我，在高原如果感冒了，过程会比较长，伤害要比在平原大些。初到时，已是秋天，我特别注意保暖，尽可能地预防感冒。人家秋裤才上身，我已穿上保暖裤。尽量避免运动量大的活动，就连上楼梯也似老干部迈着方步。即使这样，到五楼后再往上，也会明显吃力，那感觉就像在平原上到十楼。

县城附近有座东明山，说是山，也就一二百米高。一个周末，天气不错，我独自前往。走的是山后的土路，起先感觉可以，还没登上一半就喘得不行。路并不陡，小小的坡度，偶尔才会遇上几米的陡坡。这是条穿过青稞地的小路，在我老家，这样的路，其实叫田埂。青稞，我总叫成高原上的麦子。时值青稞抽穗，满眼的葱绿，给人无限想象。青稞只在高海拔地区生长，我羡慕它的这份傲然。同在高海拔的我，真想变成一株青稞。那天，我反复给自己打气，似乎也在与青稞较劲，途中有六七次，差点打起退堂鼓，所幸最终总算到了山顶。这是我有生以来最艰难的一次登山，而且还只是一二百米高的山。后来想想不对，东明山相对高度一二百米，但海拔过3000米了。这一次登山，是我到临潭的半年后。说到底，我心里还是不服高原的蛮横。过后的数月里，我又老实了，任由高原嚣张。一个土包，一座小小的山丘，我也不敢再漠视。高原是巨人，东明山站在巨人的肩膀上，高高的海拔被它们的低调所伪装。

海拔这个词语一旦苏醒，强行参与生活，便一发不可收拾。毫不夸张地说，自到了临潭，海拔天天缠着我，成为我有生以来使用频率最高的词语。最初，我以为是我在手机中下载了海拔计量仪的软件带来的后遗症。有一段时间，我是有些着魔了，无论到哪儿，哪怕是上一层楼，都要看看海拔的变化。海拔计量仪上的数字变化，直接影响我的心跳。不想被这软件钳制，但卸载后，我的目光、我的双脚、我的感觉，又都变成了随时随地工作的海拔计量仪。我，就是一个具有生命特征的海拔计量仪。风景、方向、天气，在我面前黯然失色，我的生活完全被海拔左右。

从此，再说起往事，谈及某个地方，海拔都会在场。我家乡在江苏东台的海边，海拔几乎为零。以前，根本不会说到海拔，现在总是说，我的老家，挖个坑就是负海拔。说这话时，我表情灿烂，腔调轻松，却总有一丝凉意掠过心头。高原，这个离大海很遥远的地方，以高海拔这特殊的形式，让人们生活中有着大海的影子。

谈论海拔和高原反应，是经常性的，初来高原的外地人如此，高原上的本地人同样如此。如果本地人与外地人在一起，这话题一定会出现。

我不知道人类是何时开始在高原生活的，但我总觉得高原人远没有真正适应高原生活，生命与高原还未高度融合。或许，真正彻底地征服自然，只在我们的想象之中，不存在于现实。更何况，就我所遇见的高原人，多半的祖辈都是几百年前从平原地区来的。几百年，对于个体的人是漫长的，但就人类的进化而言，似乎可以忽略不计。高原人被高原拥抱，又被高原伤害。步入中年后，他们的身体年龄明显超过了生命的实际年龄，种种高原病开始显现出来。我固执地认为，他们只是被迫适应了高原，而非彻底征服了高原。因为只是被迫适应，所以高原之于他们的伤害总是存在的，只不过多数是隐伏的。

临潭县的绝大多数地方，植被相当脆弱，有山但几乎没有树，有沟但水很少，这导致空气的含氧量很低。每年6月至9月，大地披绿，还算好。余下的日子，或遍地枯黄，或大雪覆盖，景色着实美妙，但长期生活，真是不妙。高原人豁达、坚忍，可以轻松地聊高原聊身体，但我再怎么听，总是有病友在交流的感觉。他们不会像外地人那样有明显的高原反应，比如头疼、睡眠不好、稍剧烈运动就气喘吁吁，又或许他们也会这样，只是习以为常了。我发现，他们中的许多人在说话时，言语间总有类似于大喘气的停顿。我相信，这不是某种习惯，而是高海拔所致。平常，我与他们谈及高原，他们说，这海拔不算高，不会有什么高原反应的。而出差去平原地区回来，他们又说，还是低海拔的地方舒服，就连睡觉也特别香。他们自己漠视高原，但又常常提醒外地人，这是在高原，处处小心些。遇上来临潭的外地人，第二天一准儿会被关心地问：睡得怎么样?

我的住处旁边有一个广场，每天早上都有一些人打羽毛球。他们反应灵活，动作敏捷，全然不像是在高原上。这样的场景，早年我在高中练中长跑和在部队最初的几年训练时也向往过，那时常想，要是能到高原上强化训练一段时间，效果肯定特别好。而现在，我来到高原了，却再没这样的想法了。我喜欢打羽毛球，心里还是想凑上去参与一下的。可是，每次我都是远远地走过，非但没有靠近，反而有意避开。我与他们仿佛是两个世界的人。不得不承认，在对他们充满敬意的同时，我也在叹息自己对高原挥之不去的畏惧。我爱好运动，但并不是经常运动。问题在于，想运动时不敢运动，很折磨人。人就是这么奇怪。我们在家里待一天不出门没关系；如果这一天，你已准备在家里宅一天，但来人把你家的门反锁了，外面还有荷枪实弹的警察看着你，对你实施一天的软禁，你便不会再坦然，反而觉得极度不自由。类似这样的事和心境，我们经常会遇到。我们对于自由的理解，许多时候似乎说不清道不明。懒惰，是人固有的天性。我从最初的不敢运动，到后来的懒得动，过渡得是这样顺其自然。

甘南州府所在的合作市，海拔比临潭县城高100米。在闲聊时，我常与同样是外地来临潭的同事说："别看只是100米，区别大着呢。"这位同事不以为然："哎，你啊，就是太敏感，这点高差，完全可以忽略不计。"后来，有一次他去合作，需要住两晚。第二天上午打电话给我说：昨晚没睡好，这海拔高了100米，还真的不能小看。

当然，高海拔的生活，绝不会只限于睡眠不好。对于我而言，除了睡眠不好和几个月后两鬓生出白发，其他方面到目前还好。但先后从外地来的同事，有的血压高了，有的痛风了，有的没什么毛病，就是成天感觉身体不得劲。而这些症状，一回到低海拔之地，很快就消失了。

听说高原生活对人的损伤有时是缓慢的，一般七八年后，再到低海拔地区反而不适应了。高原人到低海拔地区几年，再回高原也无法适应。原因在于，身体有一次适应过程，但二次逆向适应比较难。有人为此提出证据：临潭的一些人退休后去兰州生活三四年，再回临潭，就浑身出毛病。我不知道这些例子有没有代表性，这其中有没有医学上的佐证，但我知道，对高原反应不明显的人，高原是在以温和的方式进行侵害，有点温水煮青蛙的意思。

刚到临潭时，我还是很容易入睡的，早上也需要闹钟才能醒。那时下乡，尽管一路上海拔不断变化，最低时2200米，最高时达3300米，我也没有任何不适。但一年下来，难入睡易醒来成为常态。若是在海拔不断变化的路上坐两三个小时的车，就有明显的反应，头晕反胃。这不是晕车，而是轻微的高原反应。

现在我才发现，所谓到高原一段时间就能适应，更多的是心理而非身体。既来之则安之，别人能待得住，我也可以。至于身体上，对高原的敏感度下降了，高原反应仍悄然存在。最大的适应来自某些习惯的改变，换种说法，就是臣服于高原。最明显的莫过于不再总想着动了，走路慢了，爬楼梯慢了，真正过上了“慢生活”。人常说高处不胜寒，现在要加一句，高处不胜快。就连感冒转好的步伐也出奇地慢，少则两三周，多则个把月。一年中，我至少有一次会患延续一个多月时间的感冒。最长的一次，将近两个月，感冒的症状如影随形。

高原的风景很美，而临潭的景色更呈现出多样化的丰富之美。随着海拔的变化，地貌、山形、植被等随之变化，说一步一景也不为过。不过，心跳的速度也在随海拔高低变化而波动。

我总认为，在高海拔地带长时间忽高忽低地行走，其伤害远大于停留在某一海拔高度上。临潭县的绝大多数乡镇离县城并不远。县里的干部下乡，多半会当天来回。八九个小时的时间里，行走在2800米到3300米的海拔之间，身体始终处于高负荷的调整状态。长年累月如此，过度劳作的器官肯定会受到不同程度的损伤。

我与临潭的许多干部交流过我的这一观点，他们不以为然的态度出乎我的意料：不会吧，这些年就这样过来了，没什么啊。或：你心太细了，有损伤又能怎么办？三天两头得下乡，不下不行啊！他们的口气很平常，表情也很平和。可他们越是这样，我越是敬佩他们。他们习惯了高原，习惯了超乎我想象的海拔之折磨，更习惯了50多岁甚至40多岁时便一身疾病。我不得不承认，他们的精神高度远超过临潭所在的海拔高度。

与他们在一起，我最朴素的想法就是，他们长年甚至一生都在高原上辛劳，我只待两三年，没有理由成天任由海拔纠缠在心间。我对他们的由衷敬佩，也是缓解我在高原生活种种不如意的良药。

高原临潭，高于我以往生活之地2000多米，一切的生活景象完全不同。这里的大地天空，这里的人们，我熟悉而陌生。这是一个我熟悉而陌生的世界。

一切因海拔过高而来，一切似乎又不仅仅因高海拔所致。

一个人的高原

隐秘，是世界最可靠的真相。我们的一切，总会被某种力量篡改。我们以为已经抵达某种真实，而真正的真实正在一旁捂嘴偷笑。自欺欺人，是人类的一大愚蠢。我们的脸，与我们朝夕相处，是身份最有效的识别标志。但我们永远无法看到脸的真实模样。我们所看到的脸，都已被光线涂抹过。特别是我们自己的脸，更是被光线多次修改。我们这张脸，递出去的都是布满虚光的皮相，真正的脸在隐秘之处。隐秘，这一种无形的力量，左右世界，时常让我们无所适从。某个夜晚，隐秘鼓动我去寻找高原的真相。

在这个平常的夜晚，我的视线不经意间从字里行间移至窗外。对面的一幢住宅楼，有一些窗户的灯光安宁如佛，有一些窗户与黑暗为伴。这是离我最近的夜空，浩瀚的天穹，星光点点。这又是离我最远的人间，仿佛远在天边。我像是坐在一条船上，漂浮在茫茫的大海上。这样的感觉，与我坐在车里行进在高原山间的感觉是一样的。我真切地读懂了“高原是大海”的意味。

当有朋友问我，从临潭县城到某个乡镇有多少公里时，我都认真纠正，在这里公里数没有任何意义，距离远近的衡量标准只能是所需的时间。20公里的路程，开车可能要一小时，也可能两小时。我知道常年在高原开车的司机，驾驶技术都相当好，早已对高原的山路了如指掌。但看着那些如一个个回形针连接起来的山路，看着路边的悬崖或陡坡，我还是很害怕。我不晕车，但在高原群山中绕来绕去，起伏二三百米，紧张和潜在的高原反应，总让我不舒服。这时候，又不能和司机聊天。怎么办？我只能用手机不断地拍照，消解内心的不安。

拍出的照片，真是不错的。我用手机在网络创作社区里将其即时发布，每次少则十来张，多则二三十张。有朋友就提意见了，风景确实好，但全是照片，看起来还是不爽，配点文字吧。我知道，图文并茂，既可增加阅读的节奏感，也可更好地宣传临潭。但我这人有些懒，不愿意每次都为一些图片写上一篇文章，而且我多半是实时发布的，坐在颠簸的车上，也不可能写长文章。于是只能采用折中的方法——看图说话，将文字多多地分行。没想到效果不错。

几个月后，不断有朋友夸我诗写得好。这是我始料不及的。我不会写诗，也从没写过诗。虽然多年前就有过写诗的冲动，但我不懂诗该如何分行。我曾经向许多著名诗人诉说过我的苦恼，他们认为我在说笑：诗歌，怎么分行都可以，你不会分行，说不通的。后来，我想明白了，我不会分行，其实是没有找到诗歌的叙事方法。到临潭，到高原，我居然在无意中会写分行的文字了。这让我欣喜万分。这以后，我有意识地以单张照片撰写分行式的图片说明。到了2017年5月20日，我第一次正式按诗的格式来写作。那天晚上，我拿起手机，认真地对自己说，来，写诗，写下人生的第一首诗。从此，我走上了诗歌写作之路。

如果这是我走上诗歌写作之路的真相，那是对诗歌的大不敬，也是在亵渎高原。我深信，是高原为我提供了写诗的内在动力和外在叙述语言。

高原，才是最伟大的诗人。

我写诗，几乎都在路上或床上。在路上写诗，是为了打发紧张的时光，也是让灵魂与我一同行走——我不想丢下灵魂。在床上写诗，那是在安慰疲惫的灵魂。毕竟，我需要让身体里的高原与灵魂能够亲如一家地相处。

真实的高原，其实早已隐藏。我看不到高原的存在，高原不在我的目光里。没有高原反应的我，还是能经常感知到高原在我身体里的蠢蠢欲动。这不但是告诫我身在高原，也是不时地提醒我，这里与我的生活常态完全不同。表面上，我是轻松的。别人问及我在高原的情况，我总说，我是在农村长大的，又当过20多年的兵，在天南海北的不少地方都生活过，身心很皮实，所以在高原与在其他地方没什么两样。但那个叫“异样”的东西，总还是不断挑战我。我学习语言的能力相当差，这导致我至今都听不懂地道的临潭话。好处在于，既然听不懂，我就不听。几个人坐在一起，或同在一辆车里，他们神聊，我收起耳朵，权当听不见。我可以若无其事，但别人做不到，生怕冷落了我，时不时要和我说说话。这时，他们就竭力地捋捋舌头，尽最大努力说普通话。我很感动，他们不仅有着高原的豪爽，还有着高原的细腻。感动的同时，我又有些别扭。我与他们不一样，无法真正地融入他们。这样的别扭背后，是伤感。

来高原前，家人和朋友为我担心，曾经在高原生活过的好友特别关心我。他们怕我成为孤独与寂寞的手下败将。可能是因为他们不知道我有对付“孤独与寂寞”的绝技。

我可以自我充实，能娴熟运用围魏救赵的战术。运动，是我的一大法宝。我这人不喜欢散步，偏爱打球、跑步等有一定运动量的锻炼。可惜，这些偏爱在高原上无用武之地。因为过度小心翼翼，我不敢尝试。有一次，在不断的心理暗示后，我有胆量尝试了。那是在一个拔河现场，看大家竞争得相当激烈，难分胜负，我便自告奋勇担当裁判。那个把小时里的吹哨和喊叫，让我呼吸困难，难受了好一阵子。这样都缺氧，别的体育运动，自然都是危险的。我在自信复活片刻后，又自我熄灭了冲动的火苗。

没关系，我还有阅读和写作这两大招数。这都是一招制敌的好办法。读书，可以让我找到静心安逸的港湾，把自己丢在书里，与文字窃窃私语。世界只在书里，而书里没有高原。有关高原的文字，我只有在情绪特别饱满时，才会去赴约。这段时间，我看得最多的书，是有关乡村的，与我故乡特别相近的书。走进纸上的乡村，翻动故乡的记忆。这算是一种逃避现实的表现吗？不管怎么样，当人回到记忆中，无论是温暖还是伤感的记忆，都会觉得特别富有和坚实。这个时候，我催眠身体内的高原，不让它骚扰我的灵魂，勾引我的孤独与寂寞。

还是要说到写诗。

一些朋友看到我写的诗，说我伤感了，孤独了。是的，就诗的表达内容而言，确实如此。只是我在写作时，以文字来放牧孤独与寂寞。它们在牧场中快乐玩耍，就不会纠缠我。我站在牧场远处的山顶，独享一个人的丰盈。

高原，撩拨了我的诗心，我又在诗行里放逐高原。至此，高原是我一个人的，我可以随意地差遣它。

附录

我在高原之上的临潭

我们在长廊里说话，一个孩子从院子外跑进来，朝众人笑了笑，有些害羞。这是一个女孩，不到10岁，后来知道她刚上三年级。她进来后，就坐在长廊一角的一张小桌子前写起作业，一点也不受我们的干扰。我这才注意到，桌子上有几本旧书，是被翻旧的。在和孩子父母聊天中得知，这孩子特别喜欢看书。我掏出200块钱给孩子，并对大人说，这钱一定要给她买书，只买书，买她爱看的书。看着孩子，让我想起我的童年。此时，我到高原已经一年多的时间。走村入户，和乡亲们聊聊家常，是我所喜欢的。这让我消除了许多的陌生感，更让我对这块土地有了感情。这是在甘肃省甘南藏族自治州临潭县卓洛乡的一户人家，每每到这样的人家，我的心里都有隐隐的痛。但我回避不了，不是不能回避，而是我不愿回避。多年来，痛是痛，但会触动我内心的柔软，加强我来临潭的意义，坚定我在临潭的信心。

到高原之上的临潭，是我始料不及的。我不善规划人生，喜欢顺其自然。那好吧，迎面而来的，都是人生应有的一部分。我说服自己的理由很简单：别人可以上高原，我也可以；无数的父老乡亲能在高原上生活一辈子，我去三年，不该认为是难事。过了心理关，其他都是小事。人就是这样，最难战胜的是自己，最容易战胜的，其实也是自己。

我清楚心态的力量，凡事往好处想，内心将会充满阳光。是的，一束光就可以穿透黑暗。我开始寻找和拣拾来临潭的种种益处，滋养我稍有虚弱的内心。我在农村长大，18岁参军后，再也没有体验过乡村生活。到临潭好啊。临潭有16个乡镇114个行政村，虽然平均海拔2825米，虽然属于藏区，其中还有3个乡镇是回族乡镇，但这里有我源于生命里熟悉的乡村生活。

临潭，古称洮州。明洪武年间，大批江淮军士和家属来到此地，从而保留了绝版的江淮遗风。作为江苏人的我，感到格外亲切，在这远方的远方，呼吸浩荡了600年的故乡风。别人是他乡遇故知，我是在他乡看到了故乡的身影。临潭，不是他乡，也不是我的第几故乡，而是我故乡的一部分。这里的乡村生活，与我童年和少年时期的乡村生活，有着太多的相似。下乡走村入户时，遇上小孩子，我总忍不住要摸摸他们的头，仿佛是在亲近童年的我。

对于下乡，我确实有些矛盾。临潭山大沟深，许多山路通行条件很差，坐在车里，我总觉得大山是位放风筝的人，弯弯曲曲的山路是那根线，我与车子是在空中晃荡的风筝。数小时的路程，海拔不断变化。我从不晕车，可跟不上海拔起起伏伏的身体，总是受不了，头痛、恶心、反胃，成为经常之事。这也好办，摇下车窗，拿起手机，拍拍一路的风光。这也算是意想不到的收获。临潭人自豪临潭是离内地最近的雪域高原，个性化的旅游资源相当丰富。然而，外界对此并不了解。许多朋友和读者看到我的图文，总以为我在西藏。我说，临潭甚或整个甘南，真的都是旅游胜地。有许多景色和地貌，具有独特性和唯一性。满山的格桑花、悠闲的牦牛、调皮的高原羊，能让我们感受到大自然的亲和与神秘。下乡途中，我见过鹿、野兔，看过百姓挖冬虫夏草。时常遇到过路的牛羊，它们不紧不慢的样子，真的很可爱。临潭的冶力关，既是行政上的冶力关镇，又是更广范围的冶力关大景区，这里的地质风貌独特，景点众多，有“山水冶力关，生态大观园”之美誉。而临潭的牛头城、洮州卫城，以及遍及全县的土城墙、烽燧、城堡等，从岁月的深处走来，写满历史的沧桑。转一转，旅行一番，是顶好的去处。至于长期生活，那还是相当艰苦的。

作为国家级深度贫困县的临潭，自然条件恶劣，严重缺乏经济发展的必要条件。脱贫是国家之重举，也是百姓们过上幸福生活的必由之路。临潭贫困的百姓还很多，可他们乐观的光芒照亮了我的心魂。在羊永镇的一个村子里，一位60多岁的老人，妻子和两个儿子早在10多年前就相继去世，他独自拉扯孙子，现在20岁的孙子在夏河县打工。我去的时候是傍晚，夜色已经开始漫开来。通向村庄的路还算不错，从大路进入村子，就很难走了。同行的村干部不时提醒我注意脚下的坑和土块，路两边的土墙和草垛，有一种说不出的悲凉。挺大的院子，显得特别空旷，因为收拾得干净，反而更像荒原。老人不爱说话，与老屋一样沉默。令我诧异的是，屋子里特别整洁，超乎我想象。墙面和屋顶糊着的报纸和油皮纸已经泛黄，一如老人满脸的沧桑。没有灰尘，没有蜘蛛网，柜子后面、门的上沿等处，用手一摸，干净得不可思议。老人抽水烟，喝盖碗茶，身体上的衣服虽旧但板正，竟然把困苦的日子磨出了光泽。老人说，苦都熬过去了，现在孙子打工挣钱了，政府也很关心他，日子越过越好了。我不敢直视老人，他眼神里的从容和向往，让我温暖，又让我心痛。在此之前，我曾到过冶力关镇的另一户人家。爷爷腿有残疾，只能靠双手挪行。我去的时候，他在屋外的廊道里，身后是一间暗如黑夜的屋子。我和他聊了几句，想进屋里看看，刚到门口，从里面闪出一个小小的黑影。定睛一瞧，是一个四五岁的男孩，后来知道是爷爷的孙子。这孩子衣服破旧、油腻腻的，深黄色的污垢愣是涂出个大花脸。一个小脏孩子，比小时候号称“泥猴子”的我还脏。孩子不说话，在我身边来来回回跑跑蹦蹦，一会儿拿起小土块当作玩具玩得很专注很开心，一会儿又倚着爷爷静静地站着。孩子的无忧无虑，孩子的活泼，那清澈的眼神，让我顿时生出许多羞愧。

我来临潭挂职帮扶，协管文化、扶贫和交通等工作。因为是协管，所以接触的工作面反而大。而中国作协这样的单位，也不可能像一些单位那样有资金和产业项目等资源。我只能发挥作协的文化优势和文学强势，在加大人文关怀和锻造人文精神上寻找突破口，多做文章。这其实与扶贫先要“扶志扶智”是相通的。因为长期形成的生活习惯和封闭性思维，许多群众对扶贫政策的理解比较浅，有时因为过于自我，面对众多的惠农政策，反而心生不满。有的贫困户“等、靠、要”的思想确实有些严重。这时候，干部主动热情地贴上去做工作，就显得尤为重要。而许多干部为贫困户送政策送资助送技术，好事做了很多，偏偏没落个好，既委屈又不同程度地埋怨群众。在一个村子，我遇上一家贫困户的男主人，帮扶干部送钱物，他嫌少，帮助谋划致富之路，他要么说学不会，要么说干了没多大意思。那天，我和他聊了很久，替他解开了一些心结。我的优势是，有些家乡口音，群众一听就知道我是外地人，我再随意一些，他们就认为我不是本地干部，说话就随意多了，聊着聊着，就愿意说说心里话，我站在他们的角度说一些道理，他们也愿意听听。我的感受是，干部真要学会用农民的语言和农民说话，要多站在农民的角度去看世界想问题。很多时候，沟通、交流，真诚比物质更重要。

三年来，我走访了临潭县全部16个乡镇，足迹遍布全部140多个村（含自然村）和330多户贫困家庭，累计下乡达450多天570余次。坚持“职务挂职，工作态度不挂职”的原则，通过走访群众、召开会议和座谈交流等方法，指导乡村干部广泛宣传“扶贫先扶志，扶贫先扶智”的理念。注重发挥自身在多个岗位锻炼经历和具有部队基层实践经验及文化理论优势，同时边工作边学习，虚心向当地干部群众请教。由于挂职这一特殊性，经常会和各行业督查组、检查组下乡进村。我力争做到在具体行业性工作中不说外行话，提出贴近实际又具专业性的工作意见和建议。面对农民群众，我也能发挥自己曾生活在农村、了解农村的优势，同贫困户交谈或做思想工作时，能用农民的语言交流，善于聊家常事，从而达到把大道理讲实的目的。在下乡入村时，我从不在乡镇机关作过多停留，而是多走村入户，到田间地头，和农民在一起。通过同他们聊身边的人和事，开导并说服他们，听取他们的意愿和诉求，帮助梳理急需解决的困难和问题，为其出谋划策、制定脱贫计划，不断激发贫困户脱贫致富的斗志和热情，树立起脱贫奔小康的信心和志气。这些做法得到了县委、县政府和各职能单位以及广大干部群众的好评，认为中国作协派出的挂职干部帮扶总能帮到点子上。

我清楚地认识到，扶贫工作，有的能在短时间内见效，更多的则需要我们有些耐心，从视野、自信心等方面潜移默化地影响，慢慢地收获。

在一个仅有12名学生1名老师的村小学，我的到来，让孩子们很紧张，他们躲得远远的，目光里有胆怯也有好奇。我尝试以孩子的口吻与他们说话，还是不管用。我不再强求式地与他们交流，而是和他们一起推铁环、跳绳。玩了一会儿，孩子们都围着我，先是相互间开玩笑，争着向我说同伴的糗事。再后来，我感觉他们把我当成他们中的一员了。我问什么，他们都抢着回答。每到一个学校，和孩子们在一起，我都问我自己，当年我在村里上学时，我希望见到什么，听到什么。在作协的支持下，我们协调社会力量为孩子们捐助衣服、学习用品和文体器材等。每次将这些物品发放给孩子们时，我总会说：这是山外的哥哥姐姐叔叔阿姨们带来的关爱，是奖励你们的。以后，你们长大了，学有所成了，也要这样去奖励小朋友们。我总是相信，对孩子而言，为他们打开一扇窗，在他们心里种下向上、美好的种子，看似没有实质性的资助，其实对他们成长的影响是巨大的。

“文化润心，文学助力”是我提出的，但这样的扶贫理念背后，并不是我一个人在战斗，我的身后是中国作家协会所有的领导和同事。三年来，中国作协动员社会力量为临潭县各级学校、贫困村社等筹集图书、学习用品、文体设施和衣服等帮扶物资，折合人民币60余万元。联系北京蔚蓝公益基金会，引进帮扶资金20万元，用于改善临潭县贫困学生生活条件。三年来，共计落实了折合人民币825万元的资金和物资等帮扶实举。分别组织50名语文老师、60名基层文化干部进京免费接受10天的培训，帮助他们增加教育的责任感和光荣感，开阔视野，提升文化素质和业务水平。200万码洋的图书进学校进县图书馆和村“农家书屋”。一系列的文化扶贫，很好地实践了扶志扶智。此外，作协还动员数十名作家倾情撰写反映临潭人文风情和旅游资源的散文诗歌，结集出版《爱与希望同行——

作家笔下的临潭》，公开发行。《文艺报》更是以前所未有的气魄，把文化扶贫做到实处，用三个专版集中展示临潭本土作家的文学作品，展现临潭人民扑下身子抓扶贫、竭尽全力奔小康的精神风貌和走在幸福路上的欢笑。

临潭许多干部群众也常对我说，多写写我们临潭，让更多的人知道我们坚定而热切地走在扶贫脱贫路上，让更多的人知道我们临潭有得天独厚的旅游资源。在临潭三年的挂职帮扶工作中，我一方面努力履行挂职之责，另一方面怀着对临潭的热爱之心，把中国作协干部的自身优势和资源鲜明地发挥和挖掘出来，结合自己在摄影、新闻、文学创作和文学评论上的爱好和特长，利用能够熟练使用微信、微博、百度百家号等新媒体的优势，全方位、多角度宣传临潭的脱贫攻坚工作和丰富的人文、旅游资源。因表现突出，先后两次被评为“甘肃省脱贫攻坚先进个人”。

挂职后，我利用晚上的业余时间，写出了750多首诗，在中国青年出版社出版了反映临潭人文的诗集《临潭的潭》。诗集出版的相关新闻，全国有20多家报纸和杂志报道过。我注重深度挖掘临潭的历史、文化和旅游风貌，撰写了6篇近10万字的长篇散文，发表在《人民文学》《十月》等全国知名的大型期刊上。先后在《人民日报》等报刊发表新闻、摄影作品和文学作品480多篇（首、幅）。利用文学评论的优势，推介临潭的文学爱好者，先后在《文艺报》《中国民族报》等报刊发表推介文章10多篇。我还认真汇总和梳理了临潭70年的文学成绩，主编出版《洮州温度》三卷本，全面展示临潭70年来的小说、散文和诗歌创作，在宣传临潭、推介临潭上取得了很大的实质性效果。我主编了临潭脱贫攻坚作品集《临潭有道》，全面反映临潭脱贫攻坚的过程和成绩，以身边人讲身边事为主旨，由奋战在脱贫第一线的干部群众讲述家乡临潭的脱贫攻坚故事，这样的书，在全国是第一部。我始终把发现临潭之美、宣传临潭作为自己的本分。下乡时，注意在不影响正常行车、保持准时到达目的地的同时，时常透过车窗拍照片。在实地工作时，以不影响工作为前提抓拍一些照片。利用微信公众号等新媒体，宣传临潭特有的自然风光和人文风情。三年来，我拍摄了1万多张照片，在各类新媒体推送发布图文或图集320多篇，阅读量超过100万人次。我持续、高频率地广泛宣传临潭，获得了网友的好评和点赞，进一步提升了临潭形象的宣传。

为使扶贫同扶志、扶智紧密结合，我组织开展了“助力脱贫攻坚文学创作培训班”，帮助临潭文学爱好者提高创作能力，着力书写“脱贫攻坚”故事。我既是组织者，又是管理员和教员。培训前期的教学调研、课程设计和师资邀请，培训过程中的跟班管理都是我具体负责。我还结合自身特长优势，在“洮州大讲堂”、干部夜校等各类培训活动中，为广大干部群众讲授学习十九大精神和习近平新时代中国特色社会主义思想、摄影专业技术、公文写作、临潭文化等，受众人数达到1200多人次。协调为临潭5位基层作者出版了个人专著。

是的，挂职帮扶，我职责所在。我想，中国作协让我来临潭，也包含支持和动员作家深入生活的意旨。

到临潭挂职，艰苦自然是免不了的。

我有一年的时间以办公室为住处，办公室里除了办公桌椅只有一张床，没有卫生间等基本的生活设施，没关系，这不需要经受上下班的劳顿；在楼道的洗漱间洗衣服，不到五分钟，手就冻僵了，没关系，我就想当年我当兵时与此一样的洗衣服情形；晚上因在高原而久久睡不着，没关系，这是多了看书写作的时间。挂职三年，实际在岗时间超过950天。有人说，我在岗时间超过许多挂职干部和任职干部，其实我也是有私心的。我母亲肺癌晚期，除了春节回去看望，其他时间我不敢回。一旦假期用完了，如若她老人家有个三长两短，我便没有时间回去了。事实也是这样，母亲于2017年7月去世，我来回用了一个月的时间。

虽然在外工作很多年，在以面食为主的地方也生活过很多年，但我仍然吃不惯面食。吃起来困难，且不扛饿。怪异之处在于，面条、馒头之类的，我还能勉强对付，就是面片，我怎么也降不住。在临潭，人们最爱面片，在他们看来，这是天下最美味的主食。可我从来没能把一整碗面片吃下去过。我爱米饭，但许多场合是没有米饭的，加之我又不好意思主动提出要吃米饭。这对我，是一件头痛的事。艰难地吃几口，然后期待下顿可以有米饭，实在不行，面条、馒头也成。好在，这里喝茶相当普通。那好吧，我就多喝茶，喝他个水饱。还有就是，我的扛饿能力还是相当强的。即使是一天三顿不吃，也几乎没有任何不适反应。如此一来，饿是饿不住我的。只是每到这样的时候，身体以这样的方式提示我在他乡，在高原，让我不舒服。

人至盛年，惰性渐占上风。喜欢梦想，开始睡懒觉，拥抱固守的生活状态。改变和挑战，似乎是最大的敌人。而我这个时候，走进陌生的人群，来到高原，开始从未经历过的生活之旅。幸好，高原的高海拔武器，没能挑我下马。所谓的艰苦生活，对我也没有构成威胁。虽然有些困难，但真的不值一提。生活，本就是与困难朝夕相处、形影不离的，在哪里都一样。不一样的，只是困难的形态和方式。

我确实认为，在临潭挂职的三年，是我人生中极为艰苦的岁月。可是，与临潭的干部群众相比，我的这些艰苦又微不足道。别的不说，就是县上的干部，每天除了开会，就是下乡，或在下乡的路上。白天的工作太多，许多会都是在晚上开的，动不动就开到一两点，甚至3点多。我曾开玩笑说，临潭的百姓真是大开眼界，他们见到县委书记、县长，是常事，就是州委书记和州长，村民们也见到过许多回。在我看来，在临潭经常性地下乡，是在与生命相搏。一天里，以2800米海拔为中心点，低到2200米，高到3200多米，海拔在短时间里如此频繁不断地变化，身体需要付出更多的机能进行调整，直接的高原反应常有，潜在的损伤一定也不少。临潭的干部们，就这样一天又一天，一年又一年。

临潭的县、乡、村三级干部天天在扶贫第一线，付出了比我多的辛劳，受了比我多的委屈，挨了比我多的批评。我的挂职是短期的，而他们还将长期这样工作下去，他们中的许多人，将会把一生交给临潭，交给高原。

记得当初中国作协领导在我起程来临潭前对我说："去挂职，困难一定很多，收获一定会更多。"当时我半信半疑，现在着实相信了。时光逝去，我发自内心地感谢中国作家协会选我来挂职。我可以与临潭人民一起参与脱贫攻坚的伟大战役，收获许多意想不到的成果。只有经历了艰辛，才能真切地体味到美好的实质。

来到临潭，来到高原，我才发现，高原一直在我身体里，一直在期待我打开。这是工作需要，也是我生命的机缘。

现在，高原与我，互为对方。真好！

洮州文学的温度

一

就一个县而言，临潭文学有理由自豪。

临潭，属于许多人心中的那个远方。这令人心动的地方，古称洮州，早在新石器时代就有先民生息繁衍，千百年来一直是陇右汉藏聚合、农牧过渡，东进西出、南联北往的门户，被史家称为北蔽河湟、西控番戎、东济陇右的边塞要地，是唐蕃古道的要冲地段，史称“进藏门户”，是始于宋、兴于明、止于清的有名的“茶马互市”。临潭县总面积1557.68平方公里，境内属高山丘陵地带，海拔在2209米至3926米之间，平均海拔2825米。全县辖16个乡（镇）、141个行政村，有汉族、回族、藏族、蒙古族等10个民族，常住人口12万多，少数民族人口占总人口的26%。临潭处于青藏高原东北边缘，是离西藏最近的雪域高原。明代西征将军沐英屯边，江淮之风得以在异域流传。农区与牧区、藏区与汉区接合部特有的地理人文环境，形成了多民族文化的互动。高原、大山和无边的草场，辽阔之中，也会让人孤独。江淮遗风的长久滋润，使得这里的人们粗犷又不失细腻，豪爽里温婉之风习习。

虽然临潭不为世人熟知，但临潭的文学却独具特色和潜力。临潭文学的民族气息浓郁、生活质感浓烈。近年来，花盛、敏奇才、彭世华、丁颜、葛峡峰、禄晓凤、黑小白、丁海龙、薛兴、连金娟、赵芝等作家、诗人，在大报大刊攻城略地，四处斩获各类奖项。已在《诗刊》《民族文学》《收获》《飞天》《青年文学》

《星星》等国内数百家报刊发表大量文学作品。临潭的作家、诗人将心灵的成长、文学的行走与地域文化精神有机结合在一起。在他们看来，文学不是事业，而是生活的一部分，是自在绽放的格桑花，是大雪纷飞时的一盏心灯。

值得注意的一个现象是临潭与甘南，乃至与甘肃一样，诗歌、散文诗和散文的创作热情颇为高涨。或许，在他们看来，与生活对话，对世界倾诉，诗歌和散文可能是最接近灵魂的表达方式。当然，近年来，这里的小说创作也渐呈上升之势。丁颜是其中的佼佼者，其小说创作已经进入90后作家的第一方阵。

临潭作家群中的作家，基本上都还生活在高原，创作极富高原品性。除了目前依然生活在临潭的作家诗人们，还有许多生在临潭、成长于临潭，后外出工作、生活的写作者。诸如李城、扎西才让、王小忠、牧风、李志勇、敏彦文、唐亚琼、陈拓、王永久、流石、薛贞等，已经取得不俗的成绩。他们是临潭人，作品中的临潭气质从未消失。他们都在生活的第一现场，与生活对话，与世界倾诉，作品的生活气息浓郁，文化质感浓烈，生活的诗性与文学的诗意，得到较好的交融。

特殊且丰富的自然地理、地域文化，是临潭文学创作独特的资源。更为重要的是，临潭的作家、诗人对这些资源的运用具有高度自觉性。他们扎根生活，让文学真正接地气。以小镇为叙事场域，是他们不少人的选择，小说散文如此，诗歌也是如此。

在生活和文化中，小镇的确是带有众多明示和隐喻之地。可以说，真正了解了乡镇，就能感知当代中国。在乡村人眼中，小镇是城市；在城里人看来，小镇属于乡下。应该说，小镇处于乡村和城市之间，既拥抱城乡，又被城乡排挤在外。或许，小镇是乡村到城市的过渡地带，这样的表述更为恰当。这与临潭的处境十分贴合，临潭就处于平原与高原的过渡区。过渡，也意味着交会。小镇如此，临潭也是如此。对于创作而言，以小镇为承载地，既可以与乡村紧密相连，又能倾听城市的脚步。时下，农村正走在通往小康的路上，城市向原生态回望，小镇是双方的聚焦点。临潭作家几乎人人都在文学中守着小镇，这在其他地域性作家群中是不多见的。尽管他们中的有些人，早已离开了乡镇，有的还离开了临潭，但其心灵和作品依然与小镇拥抱在一起。他们时常会回到自己儿时的乡村或者翻进大山走村入户。他们没有认为这是在体验生活，而是源于内心本真的渴望。

始终潜在生活之中，创作如同血液的流动，这使得临潭作家能够抵近朴实之美，又自然地书写出临潭某些隐秘的存在。他们的作品题材，似乎在我们的想象之外，但又似亲切地参与了他们的日常生活。藏、回、汉等多民族的风情，既是作品的外在气质，又是作品的内在气韵。他们在熟悉的状态下，写出了我们的陌生。

二

临潭所在的高原，绝大多数地方群山簇拥，但都不太高。当然，这些山已经站在高原这个巨人的肩膀上，绝对高度还是很厉害的。不高的这些山，敦实，仁慈，几乎没有树木，像一个秃顶、富态的中年男人。身处其中，旷野之感扑面而来，在身体里鼓荡。高原以一种温和的表情，让你自发地生出渺小的感觉。一个人来到这里，你就是高原的主人。但高原上只有你，又是怎样的孤独与无助？看似热闹的县城和那些小镇，其实都在狭小的山谷中，如一朵格桑花，安静且微细。空旷的高原，给予我们无限的自由。而这样的辽阔，又在挤压我们的内心。这就如同我们坐在繁华城市的路边，陌生的人潮涌动，反而会让我们倍感寂寞与惆怅。

孤独，是盛产诗人的沃土。无论是环境给予心灵的孤独，还是人生态势衍生的孤独感。比如苦难、激愤，最终都会在灵魂上留下孤独的印痕。诗歌，是情绪最直接也最快捷的表达路径。写诗是一种释放，诗歌又可以是取暖的烛光。如若是这样，就比较好理解为什么西部诗人众多，抵近诗歌精神的作品灿若繁星。甘肃如此，甘南如此，临潭也是如此。

“我不想就此写下一个人的孤独/不想说出飘满雪花的高原上/难以抵抗的严寒和无边的荒芜”。花盛在山村长大，后来到县城的机关工作，本职工作干得很出色。他写出了很多有力度的诗作，诗龄远超过工龄，属于年轻的老诗人，在诗坛上有一定的影响。读他的诗，能体悟到人与高原的相处。走出小山村，他是幸运而幸福的。小山村外的世界，确实精彩。但一想到父母还在深山之中，自己那无忧的童年还在小山村，乡愁的忧伤便如一条河在花盛心中流淌，时常似潺潺小溪，时常有浪花飞溅。身在小山村，心可以飞过群山。而来到更广阔的世界，方知自己的羸弱。从乡村自足、单向度的生活走出，花盛其实是进入了两难的境地。丰富与苍白、希望与无助、快乐与忧愁，似一杯混合果汁。他喝着这样的人生饮料，在清醒与迷失中行走。这是人类共有的一种生存状态。花盛只是更深切地品察到其中的滋味。走在高原的山间，一年四季都有苍凉纠缠。山谷的幽静，使自己的脚步声更加寂寞。一切都被山路所掌控。那弯弯的山路，如同一根绳子套在脖子上。挣脱吧，甩开山路，登上山顶，脚下是沉默的群山，鸟儿在脚下飞翔，头顶是无尽的苍穹。短暂的兴奋之后，世界还在，我消失了。登高望远，一下子化作有气无力的叹息：“前不见古人，后不见来者。念天地之悠悠，独怆然而涕下。”这一刻，这首诗与他拥有同一个灵魂。

这不是探险，不是旅行，而是日复一日的生活。再美丽的风光，再神奇的景观，也经不住日常化的消融。高原热烈的阳光，可灼伤皮肤，但常常不能温暖心灵。花盛写诗，倾诉，并不是他最需要的。他用诗歌燃起篝火，温暖身体，温暖灵魂。以诗歌的方式，把遥远的星光拉到自己跟前，照亮孤独的影子。

“草原”“山”“雪”，是花盛诗歌中出现频率最高的词语，也可称为其诗歌写作的关键词。这三个词语，有着鲜明的象征意味，带有强烈的延展性。而花盛又将中国文化的意境与西方诗歌的现代意识做了交融，把藏地高原的神秘风情与大众化的人文艺术性地互通，形成了自己的诗歌个性和品质，生成了富有特色的诗歌情感与精神。

在花盛的诗歌里，草原是旺盛生命力的代言。这里格桑花绽放，绿草遍地，诗意流淌。广阔的草原，可以尽情放飞美好与愉悦，但也能让人产生渺小之感，顿生孤寂之意。这里的草原，又是高原上的草原，是高原上藏区的草原。有一个世界在草原的尽头，无边的草原，让视线无限延伸，但又困住了远行的脚步。是的，花盛站在草原上，被这两种完全相反的情绪所包围，真的是“痛并快乐着”。这也正是他的诗性力量所在。他的诗是在审美中抵达哲学性的回味与呈现。

山，是花盛仰望和倾诉的对象。事实上，他总认为山是孤独的，无助的。所以，许多时候，他既被山的雄健、冷峻所折服，又心甘情愿地视山为亲密朋友。他赋予了山与他相通的情感，在内心与诗行中，某种神性的语言一直存在。我们可以感觉到，他不在意山的形态，不着墨于山的面目，只把山呈现为一个巨大的背影。这本身就隐含着巨大的隐喻。

至于雪，更是花盛所偏爱的，准确地说，他偏爱雪花。他所在的甘南，降雪量很大，积雪随处可见。然而，他似乎对满地的大雪和高高的雪山视而不见，只在意那纷飞的雪花。“片片雪花隐藏了整个草原广袤的心事”，晶莹的雪，却有满腹的心事，这是他的想象，也是他对雪花的另一种解读。透明至极，便是大隐之士，无限轻盈，但又极其沉重。“每个冬天我都会像雪花一样漂泊”，自在飞翔，或无奈坠落，都不是他所感受到的，只有漂泊，才是他对雪花的感悟。由此，他的诗歌具备了雪花的性情，明亮、纯美，又有淡淡的伤感。某些无助的背后，又有坚挺的支撑。

花盛与藏区、与高原，有着某种内在的关联，诗意与他的心灵一同成长，一起行走于高原之上。“草原”“山”和“雪”，是他生命的外在环境，又是他灵魂的内在循环。他把“万物皆有灵”化于血液，放牧于字里行间。在生命体验和文化感染中，以诗歌的方式拓展古典的意象，扩容现代的意识。

诗人花盛和花盛的诗歌，都是纯净的，真诚的。这不是每个诗人都能做到的，或者说，能如此写作的诗人，其实并不多。

为此，我得向花盛致敬，并希望他可以初心永在，以纯粹的诗歌精神立于诗歌的高原。

生活节奏的提速，让我们都很忙碌。我们会因为忙得不可开交而忘记疼痛，可疼痛依然在喊叫。对于从小生活在高原的人而言，特殊的自然状态，是他们习以为常的。但我们知道，身体里有高原和没有高原的人，注定是不一样的。高原，终将参与他们的性情和人生。

葛峡峰，一位警察，工作是执勤、办案，或者在去执勤和办案的路上。这是一份脑力和体力损耗都很大的工作，又是与日常生活几乎割裂的工作。工作在生活之外，在高原上穿行，又与世俗隔绝。葛峡峰在路上与高原交谈，在点滴的空闲时间里临时性地找回自己。如此一来，他的许多诗都是在途中写成的。许多的诗句动感强烈，如他一路的颠簸。他的诗，喜欢描述日常生活，具有浓郁的生活气息。我想，他是在以诗歌的方式充填因工作所带来的生活缺失。在荒无人烟的苍茫中，诗歌挽着他的手回到人间。“我热爱这一切/诗歌，山水画卷/即使天涯/又是逆旅/我仍坚忍地爱着万物。”有关高原的景象，在他的诗中是空灵的、美好的。写诗，帮助他偶尔放飞灵魂。

在临潭，冶力关山水如画，生态如歌。这个山中小镇，有着许多神奇的景观和神秘的传说。这些神性的人文和自然，本身就极富诗意。灵动的生活质感和难以真实触摸的隐秘，如同高原风一样，虽抚摸肌肤，但又猜不透它的心事。禄晓凤的诗歌，就是如此的气质。生活在小镇，工作在小镇，她与生活亲密相处，又在想象中抵达梦幻之城和古典之美。她在如诗的情境中，把生活过成了诗。

辽阔的高原，静若处子。群山无言，神情憨厚。它让你孤独中有感动，渺小中有坚忍，静寂中有温暖。这也是临潭的诗人所共有的品性。临潭有许多诗人，只是他们都已经把写诗当作了生命行走的方式，诗歌与他们一起生活，一起品味人生。更多的人，并没有写下文字之诗，诗在他们的灵魂里，血液里。他们是一群为自己写诗的诗人。与高原一样，他们不趾高气扬，不卷入汹涌的喧哗，让自己的诗歌静静地流在心中，和高原风一起与群山默默相守。

三

散文诗作为新近发展比较迅速的文体，有其独特的文本力量和存在价值。在我看来，散文诗，首先当是诗，内在必须以诗性支撑，只是在形式上有散文的面相。换而言之，散文诗应该是诗在分行和内容等方面的拓展，本质上归属于诗的范畴，是诗在行文上的一种变体。满怀诗意，挣脱诗的约束，接受散文的从容，散文诗当是比较好的创作路径。

临潭作家正是如此。可以说，他们中间没有写过诗，没有写过散文诗的，少之又少。而这之中，散文诗为他们所青睐。他们中绝大多数人都涉足过散文诗创作，有许多散文诗的质量相当高，影响也很广泛。或许，散文诗这样的位置，与小镇，与临潭都有着某些本质性的联系。

牧风的散文诗，很好地应和了这一特性。牧风从散文诗中收获很多，并成了重要的散文诗写作者。读他的作品，如同在高原上且行且吟，心中诗意与高原迷人的诗性同频共振。是的，高原本就是位伟大的诗人。或许这有助于解释许多诗人来自高原，许多诗人在写高原。事实也是如此，如果从题材而言，故乡与高原，似乎备受诗人们的青睐。具体到牧风所在的甘南，就有不少诗人，而且他们中多数同时也在写散文诗，甚至渐以写散文诗为主。牧风自然是这其中的重要代表。他一直扎实地前行，不断拓展写作的疆界和深度，取得了很好的成绩。

牧风出生和成长于临潭县古战乡，与他现在的生活地甘南藏族自治州的州府所在地合作市相距也就几十公里。临潭，素有“高原深处的江淮人家”之称，自古，尤其是近六七百年来，藏文化与汉文化在此相互浸染，共同繁荣，形成了独特的藏汉合体的文化。牧风是藏族人，从小说藏语，而写作用的是汉语，藏汉两种语言统一于他的生命体中。

在牧风的笔下，高原一如我们的故乡，遥远而又时刻驻守于我们内心。一切都是生命与大自然的对话，其间的原生性和纯净，激荡着我们的灵魂，扩展着我们的精神空间。高原，不再是那一片固定的土地，而是我们一个巨大的心灵意象和精神叙述场。

之于牧风，家园是高原，更是万物有灵的大自然和生生不息的原乡文化呼吸。立于高原，立于高原天空之下、大地之上，身后的历史，眼前的生活，远方的未来汹涌激荡。这样的场景和状态，就是他写作的场域，当然也与他的日常生活和灵魂脚步高度融合。诗性与神性，相依相生，是藏地风情的一部分，更是牧风作为写作者拥有的灵气和财富。对我们而言，高原是陌生的，而之于牧风，高原是他的家乡，是他再熟悉不过的地方。牧风以生活者和写作者的双重身份深度体察日常生活，既尊重和考量生活的本相，又从生命存在、历史积淀、文化血脉等诸多方面展开思考和表达。高原上的众生万物，都是他的抒写对象，比如草原、牦牛、鹰、石、水等。之于他，首先是生活的本真，具有工笔画式的细致，这也成为他文本中的底色纹路。他的文字就像工笔的线条，既具象又带着韵味的飘逸。绘就写实性高原巨幅长卷，从中能够找到与现实生活的准确对应。这样的诚恳，是他体验生活和创作表达的能力体现，成为他写作的重要品质。正所谓脚踏大地行走，展开双臂飞翔，他在坚守生活质感的同时，怀抱厚实的文化精神意象，不断发现和收获生活的诗意，丰富诗性的表达可能。在物象与畅意之间，牧风找到了属于自己又极具文学的结合点，并在写作中艺术性地呈现，处处可感大写意之风。站在大地的，是牦牛，飞在天空的，是鹰；近处是低吟细语，远处则是嘹亮并带些野性的歌谣。这不是转换，而是我们追求的一种境界。

无论是甘南，还是甘南以外更广阔的世界，牧风的书写，总是“乡愁式”的。不是简单地怀旧，而是在以心灵之光擦拭某些锈蚀。这样的乡愁，处处可见人与自然共生的文化气象和生命印记。与追忆式的乡愁不同，牧风的“乡愁”，更多的是从当下生活中捕捉那些散落的但又闪光的碎片，揣摩那些依然在身边，更在血液里的日常性珍贵。

四

如果论及临潭文学的关键词，“孤独”是最鲜明的。除上述提及的地理原因，还有一个极为重要的因素，这就是临潭作家的文化心理状态。

江淮遗风，一个“遗”字道尽了临潭人内心的乡愁。在临潭，有些人的祖上从别处迁移而来，但多半人是江淮人的后裔。在建筑、饮食等方面，处处可见江淮的影子。当地百姓至今还保留着南京先人的穿着打扮和风俗习惯，口唱《茉莉花》的歌谣。更值得注意的是，临潭境内至今还有不少庙宇供奉着徐达、常遇春、李文忠、胡大海、沐英等明朝功臣的塑像，有18位之多，当地人称之为

“十八位龙神”。每年端午节，还有民间自发组织的“龙神会”。著名历史学家顾颉刚于20世纪30年代撰写的《西北考察记》中有一段话说：“洮河流域一带的汉人都说祖先来自南京、徐州、凤阳三地，乃‘初明戡乱来此，遂占田为土著’。”许多人家比如刘姓、宋姓、李姓、朱姓等都有家谱，记录着可以追溯到明代封过官的祖先。近些年来，不少临潭人还远赴南京寻祖，他们的先祖是南京人，几百年前从遥远的江南迁徙到西北，他们的家，在“应天府纻丝巷”。

乡愁，随岁月流转而弥坚，坚固于生命和文化之中。在异域扎根生活了一代又一代，然而内心那个遥远的故乡，也在隐约生长。看似安稳的生活中，漂泊的情愫依稀飘忽。乡愁是伤感的，但又充满淡淡的美好。临潭文学中的乡愁，不仅仅是“江淮遗风”这样的，还有更深层次的对于人的精神和存在的探寻。由乡愁到孤独，直到生存状态的叙事，使临潭文学获得极强的生命力和感染力。临潭文学终日行走于山大沟深的高原之路，倾听大地的呼吸，仰望天空的浩瀚，感悟人间的喜怒哀乐。这是文学的使命所在，也是临潭作家一直寻找的创作理想。